HOT REWARD

SARAH DHEILM

HOT REWARD

Luv

« Le choix d'une liberté n'est pas aisé à faire lorsque l'on est soi-même sous l'emprise de faux-semblants. »

Thérèse Renaud

PROLOGUE

Lorsque le téléphone se met à sonner en affichant un numéro inconnu, j'ai tellement la tête dans le guidon que je décroche en me demandant si c'est E.D.F., mon nouvel opérateur téléphonique, ou mon futur propriétaire.

– Hé! Salut à toi! Je n'ai qu'une question à te poser, annonce la voix enjouée d'une femme à l'autre bout du fil.

Ouh là, qu'est-ce qui m'attend?

– Est-ce que tu connais Hot Rock Radio? s'époumone-t-elle en criant presque le nom de la radio qui se targue d'être la station numéro un à chaque fois que mon autoradio s'allume au démarrage de ma voiture.

– Oui, bien sûr mais je…

– Formidable! s'extasie-t-elle avec un tonnerre de cris et d'applaudissements pour fond sonore. Comment t'appelles-tu?

– Angèle.

– Eh bien, Angèle, j'ai une grande nouvelle. Nous avons composé ton numéro au hasard, et figure-toi que tu es l'heureuse élue, la grande gagnante de notre incroyable concours « HotEverShot Rocks »! Alors, ça te fait quel effet?

– Ah, euh… C'est chouette, dis-je sous le coup de la surprise.

Alors, ça! Moi, je suis la fille qui ne gagne jamais à

rien, à aucun jeu, à aucun concours, qui n'arriverait même pas à attraper le pompon dans un manège pour enfants. Bon, certes, il faudrait déjà commencer par jouer, mais de toute façon, ça tombe toujours sur les autres, même quand je croise très fort les doigts. Non pas que j'aie la poisse, c'est juste que j'ai « pas de bol ». Comme dans ma vie amoureuse, d'ailleurs. Mais ça, c'est une autre histoire, longue, triste et douloureuse.

– Oh là là, chers auditeurs, je crois qu'Angèle ne réalise pas la chance qu'elle a ! Mais c'est sans doute parce que nous ne lui avons pas encore expliqué ce qu'elle a gagné ! Alors, Angèle, tu es prête à entendre l'énoooorme surprise que nous t'avons réservée ?

– Euh… Oui.

Je m'attends à tout. Un lot de CD inutiles à l'ère du numérique ? Une place de concert à l'autre bout de la France pour aller voir Nana Mouskouri ? Un ensemble de mugs avec l'inscription « J'écoute Hot Rock Radio et j'ai décroché mon téléphone » ?

– Tu t'envoles dans deux jours avec moi pour passer trois semaines à Los Angeles dans un palace cinq étoiles, et surtout, tiens-toi bien, tu vas partager le quotidien des HotEverShot, LE groupe de rock qui déchire tout de l'autre côté de l'ATLANTIQUE !!!!!!!!!!

Médusée, je reste sans voix, le tympan très certainement perforé par ce dernier mot qu'elle a hurlé dans le téléphone. Si c'est bien vrai, ce gros lot tombe à pic ! Pouvoir partir aussi loin, pile au moment où j'ai désespérément besoin de fuir ma vie ici, serait un réel soulagement. Je n'ose pas m'emballer, mais quand on me passe finalement une standardiste qui m'assure que tout est vrai et qu'elle a juste besoin d'un e-mail pour m'envoyer les informations, je sens déjà l'effet sur le nœud qui enserre mon ventre depuis des semaines maintenant. Il y avait quoi ? Une chance sur cinquante millions ? Si, si, j'ai compté, c'est la probabilité d'avoir la chance de gagner. Enfin, c'est le nombre d'utilisateurs de téléphones portables en France, d'après ce que Google répond à la question que je viens de taper sur mon ordinateur.

1

Angèle

Un éclair de lumière me transperce les paupières, et j'ouvre les yeux en papillonnant des cils pour faire le point. La grande blonde qui m'accompagne observe l'écran de son téléphone avec une moue indiquant qu'elle est satisfaite de la photo, puis elle porte à ses lèvres le dictaphone qui semble greffé à sa main.

– « Et c'est parti pour Los Angeles ! » dit-elle dans le micro, de sa voix spécial enregistrement. « Deux heures de vol, et notre grande gagnante s'imprègne déjà de la musique des HotEverShot, ses grands yeux verts perdus dans le vague. Elle porte une tenue confortable et a détaché ses cheveux blonds… Non, roux ? Châtains ? »

Elle appuie sur l'écran de l'appareil, probablement pour mettre en pause le dictaphone.

– Putain, j'arrive pas à savoir de quelle couleur ils sont, marmonne Mika. C'est trop bizarre.

Mika, alias le revers de la médaille. Médaille qui possède tellement de revers qu'elle doit plutôt ressembler à une boule à facettes, puisque la seule chose positive dans cette histoire, c'est l'occasion qui m'a été offerte de prendre le large avec un timing des plus parfaits. Il fallait vraiment que je m'envole. Littéralement. Alors oui, je sais, j'ai une chance folle d'avoir gagné ce concours, il faudrait être une sacrée peste pour ne pas l'admettre. Mais voir mon confort et mes habitudes bousculés me fait peur, encore plus sachant que je vais me retrouver propulsée dans un univers qui m'est totalement étranger. Si j'avais pu, j'aurais laissé cette chance à quelqu'un qui la méritait sans doute bien plus que moi. Mais je n'avais pas le choix… S'il m'avait retrouvée…

Mika attrape une mèche de mes cheveux et la tourne dans tous les sens en fronçant les sourcils pour essayer d'en définir la couleur qui varie selon l'intensité de la lumière. Je pousse un long soupir à l'idée de ce qui m'attend.

Durant les trois heures d'attente dans la salle d'embarquement, j'ai pu constater que cette femme est une boule de pure énergie, ce qui pourrait être agréable si elle ne tenait pas davantage d'un soleil sur le point d'exploser en dévastant tout sur son passage que d'un astre lumineux aux rayons apaisants. Depuis notre rencontre à l'aéroport, elle n'a eu de cesse de tout commenter en poussant de grands cris de joie dans son dictaphone, tout en ajoutant des détails improbables qui m'ont fait sur le moment me demander si elle n'était pas sous substances. L'ensemble des voyageurs semblent d'ailleurs partager mon avis, si j'en crois les regards agacés qu'ils lui lancent régulièrement, visiblement fatigués de devoir subir tant de bruit depuis notre décollage. Lorsque Mika délaisse son dictaphone, en revanche, elle a tout de la femme normale et agréable. Mais encore faudrait-il qu'elle le pose, justement…

Et dire que je vais me la coltiner pendant tout mon séjour… Moi qui ai horreur d'être mise en avant et préfère être la plus discrète possible… C'est loupé ! La reporter-photo-blogueuse-chroniqueuse – elle doit avoir d'autres casquettes encore, j'imagine – va me suivre comme mon ombre durant ces trois longues semaines.

– Faut que je refasse une photo de toi, Angèle. Avec le sourire, et les yeux ouverts, aussi. Je dois mettre un maximum de photos sur Insta, sans compter qu'il faut que je poste un article sur le blog tous les jours. Rappelle-toi, on te suit, toi, qui suis le groupe. C'est notre façon à nous de le mettre sous le feu des projecteurs : à travers tes yeux. Sur les réseaux, en profondeur dans le magazine à la fin du mois, sans compter sur les ondes. C'est moi qui ferai le plus gros du boulot, tu as juste à sourire et à dire à quel point tu t'éclates, ce que tu penses, les questions que tu te poses, toutes les formidables découvertes que tu fais en pénétrant dans les coulisses des concerts et enregistrements en studio pour leur nouvel album. Le reste du temps, tu pourras te balader en toute liberté. Je viendrai avec toi de temps en temps, mais moi aussi j'aurai besoin d'air.

Que du bonheur ! « Juste sourire », c'est tenir la pose pendant un temps interminable, recommencer les clichés jusqu'à ce qu'elle soit satisfaite du rendu – oui, elle m'a déjà fait le coup pas moins de trois fois rien qu'en montant dans l'avion, créant un véritable embouteillage à l'embarquement, raison de plus pour que le reste des passagers l'aient prise en grippe. « Juste sourire », c'est aussi retrouver ma photo sur Instagram, réseau sur lequel je ne suis pas, fort heureusement, étant hautement allergique aux réseaux sociaux. Quant à « dire ce que je pense », Mika m'a déjà prévenue que ça consisterait en un débriefing d'au moins deux heures tous les soirs, si ce n'est plus. Alors mon temps libre, j'ai peu d'espoir d'en voir la couleur.

S'il n'avait pas été impératif que je prenne autant de distance en changeant carrément de continent et en y ajoutant un océan, jamais je n'aurais accepté ce « super grand prix ».

– Hé ! Souris un peu, on croirait que tu te rends à un enterrement. Tu vas rencontrer le groupe le plus en vogue des États-Unis. La plupart des nanas tueraient rien que pour les entrapercevoir, et toi, tu vas pouvoir assister à tous leurs concerts.

Je réponds d'un lever d'yeux vers le ciel paré d'un faux sourire, mais ça ne l'empêche pas de continuer à parler toute seule. J'ai l'impression d'être Korben Dallas, le héros cynique et taciturne du film sur lequel je suis tombée l'autre soir, agrémenté d'un Ruby Rhod[1] plus vrai que nature. Mika serait parfaite dans ce rôle de l'animateur radio aux tenues plus loufoques les unes que les autres qui commente avec un enthousiasme surjoué chaque respiration du gars qui finit par sauver le monde. Enfin,

1. Personnages du film *Le Cinquième Élément* réalisé par Luc Besson, diffusé en 1997, dont le héros, cynique et mutique, est suivi comme son ombre par un animateur radio complètement déjanté.

la journaliste qui m'accompagne a certes des vêtements excentriques, mais pas au point de dégainer la combi léopard, du moins je l'espère. Cela dit, si elle sortait un tel accoutrement, je pourrais facilement longer les murs, on ne voit déjà qu'elle, de toute façon.

Je replace mes écouteurs pour me replonger dans l'album des HotEverShot. J'avoue, j'adore leur style. Du rock un poil métalleux, avec des notes lyriques, des paroles au double sens engagé – enfin, c'est mon point de vue, si ça se trouve, ils ne dénoncent rien du tout et n'ont même pas conscience qu'on peut avoir une tout autre lecture de ce qu'ils chantent – et des passages agressifs, mais pas trop. Tout à fait ma came ! Même si là, tout de suite, je fais une overdose de HotEverShot. Depuis des jours, je me cogne toutes leurs chansons comme on fait ses devoirs : avec application, en prenant même des notes de temps en temps. C'est qu'il faut que je trouve des choses un tant soit peu profondes à dire sur leur musique si je ne veux pas passer pour une imbécile sans aucun sens critique.

Hors de question d'être une de ces groupies qui ont des étoiles dans les yeux et se pâment rien qu'en étant dans la même pièce qu'un groupe de rock. Ce sont peut-être des stars dans leur pays, mais d'illustres inconnus en Europe. Si je les suis, c'est contrainte et forcée. Je ferai ce qu'on attend de moi et profiterai un max du voyage gentiment offert tous frais payés par Hot Rock Mag & Radio.

– Angèle ? demande Mika en plongeant ses yeux gris dans les miens.

– Hum ?

– Rassure-moi, tu es contente d'avoir gagné ?

– Oui, oui, bien sûr.

– Alors souris, merde !

2

Angèle

Jet lag, décalage horaire, tête dans le cul… Appelez ça comme vous voulez, mais je voudrais dormir ! Il est peut-être seulement minuit moins le quart ici, mais pour mon corps, il est presque neuf heures du matin, heure de Paris, et je n'ai pas pu fermer l'œil dans l'avion avec ma surexcitée de reporter personnelle qui me harcelait de questions pour tout comprendre de « qui est notre grande gagnante ».

J'ai savamment esquivé toutes celles se rapportant à ma vie amoureuse et me suis cantonnée à mon parcours professionnel et à ma famille. À la fin, Mika m'a carrément demandé si j'avais au moins déjà eu un flirt du haut de mes 26 ans, et la noirceur de mon regard a suffi à lui faire abandonner toute velléité d'en savoir plus sur ce sujet.

Je suis ici pour m'éloigner de mes soucis et me changer les idées – et accessoirement pour servir de faire-valoir à un groupe de musique et à tous ceux qui sont derrière pour leur faire de la pub et qu'ils gagnent un paquet d'argent –, pas pour ressasser mes ennuis. Ils reviendront bien assez tôt me hanter quand je serai rentrée.

Toujours est-il qu'après l'atterrissage et le trajet en taxi, j'étais contente de découvrir le grand hôtel cinq étoiles dans lequel Mika et moi allions passer les trois prochaines semaines. Ma chambre et surtout son grand lit *king size* ne semblaient attendre que moi ! Mais si l'endroit est parfait, les voisins le sont beaucoup moins ! Je ne parviendrai jamais à fermer un œil si le boucan qu'ils font ne cesse pas immédiatement. Même la tête enfouie dans mon oreiller, j'entends les basses de la musique qui résonnent du fond du couloir jusque dans mes tympans.

Je finis par me lever, les nerfs en pelote. D'ordinaire, je suis d'un naturel calme et réservé – bon, un peu revêche aussi, je veux bien l'admettre. Mais ça, c'est quand j'ai ma dose de sommeil. C'est bien la peine d'être dans un hôtel cinq étoiles aux chambres immenses et luxueuses s'ils ne sont pas capables de préserver le calme pour leur clientèle.

Je me dirige droit vers la source de tout ce tintamarre, dont le bruit gagne en intensité au fur et à mesure que j'avance vers l'antre du coupable. Des éclats de voix s'élèvent entre les basses. Apparemment, ils sont contents. Loin de moi l'idée de les en empêcher, je veux juste qu'ils soient heureux en silence.

Je frappe une première fois, sans succès. Le second essai n'est pas plus concluant, il faut dire que, même moi, je n'entends pas le bruit de mon poing qui cogne contre la porte. J'y vais donc de toutes mes forces à la troisième salve, au point que la douleur du bois d'un blanc immaculé contre ma peau remonte jusque dans mon coude.

La porte s'ouvre sur des yeux injectés de sang d'un bleu perçant. Ils seraient à se taper le cul par terre s'ils n'étaient pas voilés par l'alcool ou je ne sais quelle substance. Je m'attarderais volontiers sur la petite fossette au menton de l'homme auquel ils appartiennent, son visage angélique, et surtout son torse nu et musclé qui mérite très certainement d'être regardé de plus près, mais mon lit me réclame et surtout mon cerveau est aux abonnés absents : je veux juste dormir !

– Bonsoir. Il y a moyen que vous baissiez le son ? Je suis cinq chambres plus loin et j'aimerais vraiment dormir, sauf que je vous entends comme si j'y étais.

J'ai remarqué que mon anglais se lâchait lorsque je suis énervée. Moi qui n'osais pas ouvrir la bouche à l'école de peur que mes petits camarades se moquent de mon accent, voilà que je découvre que je parle un anglais impeccable chaque fois que la colère me gagne.

Monsieur Yeux-bleus-défoncés-à-tomber m'observe pourtant comme s'il n'avait pas compris un traître mot de ce que je viens de dire. Il me détaille de la tête aux pieds avec un sourire narquois tout en se tenant au chambranle de la porte pour maintenir un équilibre précaire. Je réalise alors que j'y suis allée léger sur mes vêtements de nuit – shorty et caraco moulants ornés de dentelle, la seule petite lubie que je ne me sois jamais autorisée sur le plan vestimentaire – plutôt que de me cacher sous mes habituels pulls *oversize* et jeans troués. Tenue stratégique pour qui, comme moi, supporte difficilement le regard des autres.

– C'est Rick qui t'envoie?

– Pas du t…

– Hé, les gars, Rick a envoyé une fille! crie-t-il en tournant la tête sans attendre ma réponse.

Derrière lui, deux hommes lèvent le pouce en l'air. Ils paraissent pourtant être suffisamment occupés avec la gent féminine pour avoir à se réjouir qu'une fille de plus se joigne à la fête.

Je mets trois bonnes secondes – si, si, c'est long dans ces cas-là – à réagir lorsqu'il me saisit le bras et que sa langue se fraye un passage entre mes lèvres. C'est la partie de mon cerveau régie par l'instinct qui proteste la première et dicte à mon poing de s'abattre sur sa pommette de toutes ses forces.

L'homme titube jusqu'au sofa, avant de s'y laisser tomber lourdement. Soyons honnête, cela n'a rien à voir avec la puissance de mon coup, mais plutôt avec son état d'ébriété avancé. L'un de ses camarades m'interroge d'un haussement de sourcils avant de recommencer à jouer avec la bouche d'une nana siliconée de la tête aux pieds – bon, juste les seins, peut-être les fesses, mais allez savoir dans quel état sont ses orteils.

– Vous pouvez baisser le son? hurlé-je à l'intention du seul homme de la pièce encore en état de réagir, tout en faisant mon possible pour ne pas laisser mon regard dévier vers le sud ou encore vers les tatouages qui ornent son torse.

Il quitte la bouche de la fille pour faire un pas vers la sono et obtempérer, puis il retourne à sa petite affaire – et dans cette histoire, c'est bien la seule chose qui est petite, oui, mes yeux ont suivi le chemin proscrit par mon cerveau – en levant à nouveau le pouce. Sans perdre de temps à essayer de savoir si le sourire satisfait qu'il m'offre est provoqué par les lèvres de la bimbo ou par le fait d'avoir accédé à ma demande, je commence à sortir de cet antre de vice et de luxure. Au bout de quelques pas, je m'aperçois que j'ai laissé la porte grande ouverte. S'ils ont fait l'effort de baisser la musique, je peux bien faire celui de revenir en arrière pour leur rendre leur intimité. Encore qu'ils ne semblent pas bien attachés à cette dernière…

– Euh, désolée ! dis-je en faisant un petit signe d'au revoir sans plus oser les regarder, préférant cette fois m'intéresser au plafond tandis que j'attrape la porte par sa poignée pour la refermer.

Puis, rouge de honte, je retourne dans ma chambre à grands pas.

Malgré le silence chèrement gagné, je n'en suis pas moins incapable de trouver le sommeil. Des images tournent en boucle dans ma tête, alors je me plonge dans le dossier de presse que m'a confié Mika avant de me quitter pour le troisième étage. C'est sidérée, la bouche subitement asséchée par le choc provoqué par les photos qui s'étalent devant moi, que je découvre que mes nouveaux voisins sont les trois hommes qui vont rythmer mon quotidien. Je n'aurais jamais cru dire ça un jour, mais avant d'écouter leur musique, j'aurais mieux fait de regarder leur photo…

3

Davon

Je me réveille avec un mal de cheveux qui vient douloureusement me rappeler pourquoi je n'abuse jamais de l'alcool. Sauf hier soir, mais ce n'est pas tous les jours qu'on fête les cinq millions d'albums vendus couplés à pas moins de cent millions de vues pour la mise en ligne du clip du premier single de notre prochain album. Il va juste falloir faire décanter un peu certaines de nos chansons en peaufinant quelques arrangements avant de les enregistrer en studio, et surtout composer les trois dernières, certaines ne me satisfaisant toujours pas. J'espère que la journaliste et la gamine qui a gagné leur concours à la con ne traîneront pas trop dans nos pattes, même si j'ai bien conscience que c'est un sacré coup de pub pour notre tournée de cet automne.

Après avoir aspergé mon visage d'un flot d'eau fraîche, je m'observe dans le miroir et découvre un magnifique hématome à peine deux centimètres sous mon œil. Apparemment, le reste de mon corps n'a pas morflé, il n'est marqué que de l'encre que j'ai fait tatouer sur ma peau. J'ai dû me casser la gueule en allant me coucher, ou plutôt en échouant sur le canapé dans lequel j'ai émergé ce matin.

Tomy et Jay ont déjà vidé les lieux, et j'ai trois appels en absence de Rick. Je ne prends même pas la peine d'écouter ni de lire les multiples messages dans lesquels il doit m'engueuler pour mon retard. Vu le prix de location à l'heure du studio, j'ai intérêt à me dépêcher si je ne veux pas entendre parler du pays pendant des jours. C'est que notre manager veille à ne pas gaspiller le moindre cent de la boîte de prod, malgré les millions qu'on lui a déjà fait engranger.

En dix minutes à peine, je suis douché et habillé, et la chance doit être avec moi, car je parviens à retenir les portes de l'ascenseur alors qu'elles étaient sur le point de se refermer. Cette saleté de machine est vraiment lente à en mourir, je suis sûr que j'aurais pu passer la moitié de la matinée à l'attendre.

J'entre et me cale au fond de la cabine. La nana qui était déjà à l'intérieur répond à mon « Bonjour » en se contentant de me lancer un regard noir avec des putains d'yeux verts qui vous défoncent l'âme – à noter pour ma prochaine chanson, tiens. Je sors de ma poche le calepin qui ne me quitte jamais pour y immortaliser mon illumination, y ajoutant que cet ascenseur a tout d'une cage d'acier.

Pas besoin de lever le nez de mon bloc-notes pour savoir que la fille ne m'a pas lâché des yeux. Je m'apprête à lui faire mon sourire de rock star qui dit « Eh oui, ma belle, c'est moi, tu ne rêves pas », mais il disparaît aussitôt qu'il naît sur mes lèvres quand je constate qu'elle a vraiment l'air d'avoir une dent contre moi. Est-ce que ce serait une de ces nanas que j'ai jetées à peine montés dans ma chambre? Pourtant, une tête pareille, ça ne s'oublie pas. Des grands yeux de biche plantés au milieu d'un visage mutin. Des traits fins qui encadrent un nez qui frôle la perfection... Cette fille ressemble à un ange qui aurait bouffé de la vache enragée et essaierait de la digérer malgré tout. Elle se cache derrière sa frange, mais ça n'en fait que ressortir davantage son regard. Et apparemment, elle se planque aussi sous ses fringues, parce que de ce côté-là, elle ne vend vraiment pas du rêve. Pourtant, quelque chose me dit que ses formes sont précisément telles que je les aime.

– Laissez-moi deviner, pas fan de rock, c'est ça? finis-je par dire, agacé qu'elle continue de me toiser comme ça.

Et puis, qu'est-ce qu'elle fout là, d'ailleurs? Rick a privatisé tout l'étage pour nous éviter d'avoir des groupies dans les pattes.

– Ah, parce que, forcément, je suis censée vous avoir reconnu?

Elle croise les bras en levant le menton, et mon jean semble soudain trop serré. Amusant. Elle a un léger accent, mais je serais bien incapable de savoir d'où il sort.

– Tiens, elle a une langue.

– Pardon?!

– Vous n'avez même pas répondu quand je vous ai saluée. Et puis vous me regardez comme si j'avais détroussé votre grand-mère en la laissant pour morte dans un fossé.

Donc oui, vous m'avez reconnu, et apparemment, vous ne faites pas partie de mes fans. J'imagine que vous êtes de ceux qui sont persuadés qu'on est tous des camés qui ne pensent qu'aux filles et à la gloire?

Dans mon monde, soit on est adulé, soit on est détesté. Par jalousie, préjugés… Les raisons sont diverses et variées.

Elle fait un pas en avant pour se planter devant moi, et je me sens un peu plus à l'étroit au fur et à mesure que les secondes passent, jusqu'à ce qu'elle ouvre enfin la bouche.

– J'ai estimé que mon poing vous avait assez dit bonjour aux toutes premières heures de la journée, siffle-t-elle en lançant un regard appuyé vers ma joue. Vous savez, celui que je vous ai collé quand vous avez foutu votre langue au fond de ma bouche.

J'en perds mes moyens. Vraiment. La tension retombe comme elle est montée, en même temps qu'un bon gros flash-back vient me rafraîchir la mémoire. Eh merde.

– Ah, mais non! reprend-elle. Vous étiez tellement *camé*, avec ces *filles* dans votre chambre qui ne pensent qu'à se gorger de votre… *gloire*, que je suis sûre que vous ne vous souvenez même pas de cet épisode.

Elle m'enfonce ces mots, *mes* mots, dans la gorge, me coupant toute capacité à lui répondre. Pour la première fois de ma vie, je ne trouve rien à dire. Jamais je n'aurais forcé une femme à m'embrasser. C'est tout sauf moi. À ceci près que c'est précisément ce que j'ai fait cette nuit.

Je plonge le visage entre mes mains, y cherchant le courage de lui répondre.

– Je suis vraiment, vraiment désolé. Je n'étais pas dans

mon état normal. J'ai cru que mon… Rien n'excuse ce que j'ai fait. Je vous en prie, laissez-moi une chance de me faire pardonner. Je vous invite à dîner, tiens.

– Non, mais vous plaisantez, là ?

– Non, pas du tout.

C'est la première chose qui m'est venue en tête, inutile de me demander d'où m'est sortie une idée pareille. Et je parie qu'elle va m'expliquer à quel point elle est mauvaise.

– Donc pour me faire oublier que vous m'avez embrassée de force, il faudrait en plus que je m'inflige un dîner avec vous ? C'est censé être un truc génial, un cadeau… une récompense ?

Ouais, vu comme ça, effectivement, je peux affirmer que j'ai tapé à côté.

Allez, Davon, rattrape-toi aux branches.

– Non, mais j'aimerais que vous m'accordiez une chance de me faire pardonner en vous prouvant que je suis tout sauf ce que vous avez vu de moi.

Tandis que mon portable vibre dans la poche arrière de mon jean, me rappelant soudain que je dois partir au plus vite, un raclement de gorge nous fait sursauter. Apparemment, nous sommes arrivés à bon port depuis un moment, et l'employé qui vient de nous signaler sa présence veut nous faire comprendre que nous bloquons l'ascenseur depuis trop longtemps.

Elle sort en pestant, se faufilant entre les nouveaux arrivants qui attendaient qu'on leur laisse la place, et il me faut une longue seconde pour réagir et lui emboîter le pas.

– Je vous en prie, laissez-moi vous montrer que je ne suis pas un énorme enfoiré.

Elle s'arrête net puis me regarde de la tête aux pieds en grimaçant.

– Pourquoi ?

– Je vous l'ai dit, je…

– Non, ça, j'ai compris. Mais qu'est-ce que ça peut vous faire, ce que je pense de vous ?

Excellente question. Je n'en sais rien, je me fous toujours totalement de ce que peuvent penser les gens de moi. Et puis, soudain, c'est comme si j'avais une illumination.

– Je préfère être jugé pour ce que je suis vraiment, pas pour ce que je parais être. Ce que vous en penserez après, je m'en fiche pas mal, ça n'appartiendra qu'à vous. Mais autant que vous détestiez le vrai moi plutôt qu'un con qui tient tellement mal l'alcool qu'au premier verre de trop, il déconne à plein tube.

Elle croise à nouveau les bras, comme pour mettre la distance nécessaire afin de peser le pour et le contre. Elle a beau se cacher sous un pull dix fois trop grand qui lui donne dix kilos de plus, je me souviens de son corps frêle et du goût de dentifrice qu'avait sa langue. Merde, voilà que je durcis à nouveau. Mon portable vibre une nouvelle fois, comme pour me dire qu'il faut vraiment que j'y aille si je veux arrêter de m'enfoncer. Mais je ne partirai pas tant qu'elle n'aura pas répondu. Tant pis si Rick m'en fait voir de toutes les couleurs. En retard pour en retard…

– Pourquoi pas ? On verra, ce n'est pas comme si on allait manquer d'occasions de se voir.

Elle file en me plantant là, sous un monceau de paroles énigmatiques. Totalement embrouillé, je prends la direction du studio en n'ayant plus qu'une idée claire en tête : je veux cette fille.

4

Angèle

Bras croisés, Mika m'accueille d'un froncement de sourcils au coin bar où nous nous sommes donné rendez-vous, tout en m'observant de la tête aux pieds avec une moue désapprobatrice.

Je tire sur mon pull pour m'assurer qu'il n'y a pas une grosse tache dessus, mais non, il est nickel.

– Quoi ?

– Je croyais que tu nous avais sorti des vêtements confortables uniquement pour le vol, mais je vois qu'aujourd'hui tu as fait pire. Comment tu veux vendre du glamour avec un accoutrement pareil ?

C'est sûr, son look et le mien sont à l'extrême opposé. Mais je préfère largement mon jean troué de toutes parts à la simple idée de porter sa tenue : une minijupe en vinyle et une veste cintrée ouverte sur un top qui a tout du soutien-gorge. Le pire, c'est que ça lui va à merveille. Moi, j'aurais l'air tellement minable là-dedans. Mais Mika, avec sa poitrine opulente et sa taille marquée, serait canon même dans un sac de pommes de terre.

– Je ne suis pas là pour vendre du glamour.

– Bien sûr que si, qu'est-ce que tu crois, enfin ? C'est toi qu'on suit.

– Non, vous faites semblant de me suivre, moi, mais on sait toutes les deux que c'est juste pour prendre les HotEverShot en photo à la moindre occasion. Vous n'aurez qu'à cibler vos clichés en laissant apparaître un bout de mon épaule ou une mèche de mes cheveux, et vous les aurez vos photos.

Je m'attends à l'entendre me dire que ce n'est pas une pauvre petite instit' qui va lui apprendre son métier, mais elle hoche la tête comme si elle jugeait l'idée plutôt intéressante.

– On va faire ça pour cette fois. Malheureusement, c'est trop tard pour faire bonne impression, on doit être parties d'ici dix minutes grand max. On ira faire du shopping en repartant du studio.

Pour la bonne impression, on repassera. J'ai surpris le batteur en train de se faire tailler une pipe par une bimbo, fichu mon poing dans la figure du chanteur et me suis pris la tête avec ce dernier dans l'ascenseur pas plus tard qu'il y a trente secondes. Je ne comprends pas pourquoi Mika veut que je change de style, on ne verra qu'eux de toute façon. Surtout que ce mec est horriblement canon. Ils le sont tous, d'ailleurs, ce qui explique leur succès. Leur musique vaut vraiment le détour, mais eux, ils méritent de faire un tour complet avec séjour à chaque escale. Et lui, avec ses yeux d'un bleu électrique et ses cheveux d'un noir profond, c'est le genre Kilimandjaro. Le sommet inatteignable, mais qu'on escalade quand même pour foncer en ligne droite alors qu'il suffirait de se simplifier la vie en passant sur le côté.

Je ne vois vraiment pas pourquoi il veut perdre son temps à me faire réviser mon point de vue sur lui alors que j'ai montré clairement mon aversion à son encontre dès que je l'ai vu passer les portes de l'ascenseur. J'avais surtout besoin de le voir loin de mon espace vital plutôt que d'être coincée avec cette espèce de taré dans une cage de quatre mètres carrés. Son sourire en coin débile était carrément craquant, mais ça n'empêche que je n'ai pas apprécié qu'hier soir il me prenne pour une pute, ou au minimum une fille facile.

Il a cependant gagné un point avec sa réponse à ma question. Sur le coup, j'ai cru qu'il voulait me montrer qu'il n'a pas tout du connard, de peur que je lui fasse une mauvaise pub auprès de Mika. Mais son air ahuri lorsque je lui ai dit qu'on allait se revoir me confirme qu'il ne veut pas rattraper le coup. Il n'avait visiblement pas la moindre idée de qui je suis ni des raisons de ma présence dans cet hôtel.

– « Angèle a les yeux perdus dans le vague, rêvant déjà à sa rencontre avec les HotEverShot. Qui sera le plus craquant? Davon, le guitariste et chanteur sexy à souhait? Tomy, le batteur aux muscles à tomber? Ou Jay, le bassiste rebelle? » Bon, t'es prête?

C'est incroyable d'entendre la journaliste passer d'une petite voix sirupeuse lorsqu'elle s'adresse à son dictaphone à celle de la marchande de poisson quand c'est à moi qu'elle parle. Elle est impressionnante et maîtrise clairement ce qu'elle fait en sachant s'adapter à son public.

Le studio est apparemment à deux pas de l'hôtel, et je sens monter une pointe d'excitation à l'idée de découvrir Los Angeles en plein jour. Lorsque nous sommes arrivées hier, le taxi nous a déposées juste devant l'entrée du luxueux cinq étoiles et je n'avais qu'une hâte : prendre place dans ma chambre, filer sous une douche et dormir. La suite, on la connaît.

En début de matinée, la température est agréable, mais j'imagine que ça va vite virer à la fournaise en ce mois de juillet.

Nous débouchons sur Hollywood Boulevard, dont les larges trottoirs sont parsemés d'étoiles en l'honneur de stars dont je connais désormais les noms, mais qui ne me disent pour la plupart rien du tout.

– Angèle, accroupis-toi et pose tes mains sur cette étoile.

Je regarde entre mes pieds l'étoile à cinq branches aux tons rosés sertie de lettres d'or. Le symbole d'un tourne-disque m'informe qu'il s'agit de celle d'un musicien.

– Artie Shaw? Sérieux? Comme le légume? Vous savez qui c'est, au moins?

– Tu peux me tutoyer, tu sais, me répond la grande blonde en repoussant une mèche de cheveux derrière son épaule dans un geste altier. Non, je n'en ai aucune idée, mais ça fera une jolie photo, et on ne verra pas son nom, donc on s'en fout. Allez, zou ! On est déjà en retard.

Je m'exécute, sors mon sourire de façade, celui que j'ai étudié cent fois dans le miroir ce matin pour m'entraîner à paraître au septième ciel durant cette mascarade. Je le rengaine sitôt la photo faite.

– « Au summum du bonheur, Angèle n'a pas pu résister à se faire prendre en photo sur l'étoile de Rihanna quand ses pieds se sont posés sur son nom. »

– Vous êtes sûre qu'elle a une étoile?

– Je vérifierai avant de publier sur le blog, on ne sait jamais. « Et nous voilà reparties en direction du studio, Angèle est impatiente de rencontrer enfin le groupe, je n'arrive plus à la tenir, elle sautille partout comme une petite folle. »

Estomaquée, j'observe Mika qui commence déjà à s'éloigner. Non, mais elle est sérieuse, là?

– Vous êtes vraiment obligée de me faire passer pour une groupie à moitié hystérique?

– Quoi, tu préfères que je dise que tu tires la gueule depuis notre arrivée et qu'on croirait qu'on t'a amenée ici de force? Sérieusement, c'est quoi ton problème, Angèle? Tu es dans une des plus mythiques villes du monde, tu vas rencontrer des célébrités qui font baver toutes les midinettes des États-Unis, tout ça en dormant dans un cinq étoiles aux frais de la princesse. Même mon grand-père, Dieu ait son âme, serait ravi. Si c'est vraiment si horrible que ça, tu aurais dû laisser la place à quelqu'un d'autre. Personne ne t'a forcée à venir.

Je sais qu'elle a raison. Je devrais être heureuse d'être ici. J'y ai vu avant tout une échappatoire, mais je devrais m'enlever toutes ces merdes de la tête et profiter de mon séjour. Et même si j'ai horreur d'être au centre de l'attention, je n'ai qu'à faire abstraction de ces petits moments. Après tout, personne ne me regardera vraiment, on ne verra qu'eux. Je prends une grande inspiration tout en ordonnant à mon corps de se détendre.

– Tu as raison. Excuse-moi. Promis, je vais jouer le jeu.

– Ah ben, voilà, tu me tutoies. Allez, on va peut-être quand même réussir à faire quelque chose de toi, dit-elle en souriant et en m'attrapant par les épaules pour me serrer contre elle. Enfin, quand on aura revu ton look.

Une fois passé la lune qui honore sur le sol les astronautes de la mission Apollo 11, nous bifurquons et arrivons quelques minutes de marche plus tard devant un grand bâtiment blanc et cylindrique haut d'une dizaine d'étages.

– « Le Capitol Records Building est impressionnant. Avec ses treize étages, il ressemble à une pile de vinyles sur un tourne-disque. Il a vu passer des artistes mythiques, et aujourd'hui, nous allons y rejoindre les HotEverShot, qui sont en train d'y enregistrer leur tout dernier album, dont vous avez déjà pu découvrir le premier titre sur les ondes et qui casse la baraque aux États-Unis. En vingt-quatre heures, leur clip a fait pas moins de cent millions de vues, et il nous tarde d'entendre le reste de l'album. Avec un peu de chance, nous arriverons à grappiller quelques accords et à les partager avec vous ! »

Mika a prononcé ces derniers mots avec tant d'enthousiasme que je m'attendais à l'entendre terminer en clamant « *supergreen*[1] ! »

1. Expression fétiche de Ruby Rhod dans le film *Le Cinquième Élément*.

Une agréable fraîcheur nous accueille lorsque nous entrons dans le bâtiment, où un grand type en chemise et veste ne tarde pas à nous rejoindre. Mika s'est redressée en bombant les seins à l'instant même où elle a repéré l'homme qui se présente à nous comme étant le manager des HotEverShot. Il ressemble tellement à Idris Elba que, l'espace d'un instant, je bloque en me demandant si ce n'est pas réellement l'acteur en question. Après tout, ici, j'ai beaucoup plus de chances de tomber nez à nez avec une célébrité que dans ma petite province normande. J'ai bien réussi à me faire rouler une pelle par une rock star au bout de même pas deux heures... Forcément, puisque cet imbécile m'a prise pour le cadeau d'un certain Rick.

– Alors, mesdames, qui est qui? demande l'homme sans quitter des yeux la journaliste.

– Notre grande gagnante est là, je vous présente Angèle. Quant à moi, je suis la Mika que vous avez déjà eue au téléphone. Je suis ravie d'enfin mettre un visage sur cette voix suave, Rick.

Tiens donc, voilà l'homme généreux qui offre des filles à ses poulains. J'aurais dû m'en douter. J'imagine qu'il gère tout, jusqu'à leur choisir leurs sous-vêtements et les habiller le matin.

Rick nous emmène jusqu'à la salle d'enregistrement en nous demandant de ne surtout pas faire de bruit. Consigne qui va apparemment moins bien à Mika qu'à moi, vu le petit son désabusé qui s'est échappé de sa gorge.

Mon cœur se met à cogner plus fort dans ma poitrine au moment où il nous ouvre la porte de la salle. J'espère que les deux autres membres du groupe ne réaliseront pas que je suis celle qui les a vus extrêmement bien occupés cette nuit. Quant à celui de l'ascenseur... Je suis déjà en train de me maudire de lui avoir rafraîchi la mémoire. Il n'y a plus qu'à croiser les doigts pour qu'il ait juste parlé dans le vide et soit déjà passé à autre chose.

La pièce est plutôt sombre, à part du côté d'une grosse console pleine de boutons et autres machins à pousser autour de laquelle trois hommes sont installés. Elle donne sur une grande vitre au travers de laquelle on voit le batteur œuvrer sur son instrument. Enfin, *ses* instruments, parce qu'il y en a partout : des caisses de toutes les tailles, des cymbales dans tous les coins... Je n'aurais jamais cru qu'il y en aurait autant. Le batteur frappe dessus à un rythme effréné, on a l'impression qu'il est partout à la fois.

Rick l'entremetteur nous montre du menton un canapé en cuir au fond de la pièce, puis il part rejoindre ses petits.

– Tu te rends compte du nombre de culs célèbres qui se sont posés dans ce canapé ? me chuchote Mika tout en s'installant, m'entraînant à sa suite.

Je laisse échapper un gloussement de surprise que j'essaie vainement de réprimer en mettant la main devant ma bouche, tandis que Rick nous fait les gros yeux. Mika y répond d'un clin d'œil auquel il sourit de façon irrésistible avant de retourner son attention vers les autres.

Les quatre hommes nous tournent le dos, affairés sur la grosse console qui me fait penser au tableau de bord d'un vaisseau spatial de série B. C'est sans mal que je repère parmi eux la chevelure de Davon, son noir profond reconnaissable entre mille. Il appuie sur un bouton pour s'adresser au batteur dans l'autre pièce.

– Ça va pas, s'agace-t-il. Recommence à la deuxième partie, faut qu'on sente que ça monte en intensité, et seulement après, tu balances tout.

– OK, lui répond l'intéressé.

Il reprend ses salves, mais Davon le fait recommencer, encore et encore.

– C'était bon, là, intervient Rick à ce qui doit être la dixième prise.

– Non.

– Davon, on a déjà perdu assez de temps avec ton retard de ce matin. Là, c'était bon. Qu'est-ce que tu as en ce moment? Je sais que tu es un éternel insatisfait, mais j'ai l'impression que ça n'ira jamais depuis que… Enfin, tu sais bien.

Davon se laisse retomber au fond de son fauteuil en soupirant, puis il fait pivoter son siège. Lorsque son regard rencontre le mien, j'ai l'impression de plonger dans ses yeux et de sombrer dans l'océan. Ses traits prennent une drôle d'expression – du genre choqué –, puis il fronce les sourcils comme si j'étais une mauvaise nouvelle de plus dans son agenda.

– Qu'est-ce qu'elle fait là?

– C'est les Françaises dont je t'avais parlé, pour le partenariat.

Il se contente de hocher la tête – même pas pour dire bonjour, juste pour répondre à son manager qu'il l'a bien entendu –, puis il se tourne à nouveau vers la console.

– Allez, on reprend, la dernière était pas mal. Tu refais tout depuis le début.

Je devrais me sentir soulagée, après tout, c'est précisément ce que j'espérais. Mais contre toute attente, je suis surtout vexée.

De toute façon, y a qu'un abruti comme moi pour s'encombrer d'une fille comme toi, s'amuse une voix masculine dans ma tête.

Ta gueule, Nes ! Mais c'est trop tard, je me sens minable, comme d'habitude lorsque sa voix se rappelle à mon bon souvenir.

Davon attrape sa guitare, sort le bloc-notes que je l'ai vu utiliser dans l'ascenseur, puis il fait quelques accords qui semblent n'avoir aucun rapport avec le rythme de la batterie. C'est bien la peine de prendre la tête à son frère – oui, ils font ça en famille, d'après le dossier de presse ; deux frangins et un ami d'enfance, c'est une histoire qui dure – s'il ne l'écoute même plus.

Les heures suivantes se succèdent et se ressemblent en tous points. J'avoue en avoir profité pour mater – juste deux ou trois fois, pas plus – la carrure musclée du chanteur aux yeux duquel je suis absolument inexistante. Rien de nouveau dans mon monde finalement. Il a dû être déçu de retomber sur moi. Il s'attendait sûrement à voir débarquer une jeune fille en fleur avec des étoiles dans les yeux raccord à celles de Hollywood Boulevard. Pas de bol, c'est moi, la fille transparente et sans intérêt.

C'est aveuglées par le soleil que Mika et moi sortons trois heures plus tard. Il doit être midi, mais finalement la chaleur n'est pas aussi harassante que ce à quoi je m'attendais.

– Bon ! s'exclame Mika en s'étirant de tout son long. Je t'épargne la question sur tes premières impressions, vu l'ambiance de merde quand ils nous ont vues. Ou pas vues. Il va falloir que je m'entretienne un peu avec Rick, parce que si eux non plus ne font pas d'efforts, on est super mal barrées. D'autant qu'on a prévu de ne retourner au studio qu'à la fin de la semaine.

J'étais étonnée que Mika ne dégaine pas son sacro-saint dictaphone – dont elle balance directement des passages sur son podcast – sitôt sorties du studio. Je la voyais déjà me demander comment je les avais trouvés, et tout le bla-bla autour de cette découverte qu'est le fait d'avoir eu l'honneur d'admirer les HotEverShot en plein travail. Mais effectivement, même en surjouant, je vois mal comment tirer quoi que ce soit d'intéressant ou de positif de ces quelques heures. La journaliste a beau avoir la fâcheuse tendance à me taper sur les nerfs, je dois avouer que sans ses petites mimiques, ses clins d'œil et chuchotements discrets, le temps m'aurait paru bien long. Il serait peut-être temps que j'arrête de voir en elle une ennemie plutôt qu'une alliée.

– Ouais, c'était plutôt glacial, j'avoue. Je suis désolée.

– Pourquoi ? Ce n'est pas ta faute. Ils ont sûrement déjà la grosse tête, c'est tout. Des connards dans ce milieu, il y en a un paquet, tu sais. Ça fait quinze ans que je bosse là-dedans, et j'en ai vu de toutes les couleurs. Et puis, j'ai fait des photos sympas.

– Ah ? Je n'avais pas vu que tu en avais prises.

– Tu déconnes ? J'en ai pris plein, mais tu étais tellement subjuguée que tu n'as rien remarqué. Regarde.

Mika sort son téléphone doté de pas moins de trois objectifs pour me montrer… l'étendue des dégâts. On me voit observer le groupe avec un air totalement envoûté. Beurk. J'ai vraiment fait cette tête-là ? On croirait que j'ai été hypnotisée ou que je suis sur le point de baver, au choix.

– Oh, pitié, ne mets pas celle-là. J'ai l'air tellement stupide à les regarder comme ça !

– Mais non, elles sont bien. Bon, OK, je retirerai celle où tu baves, s'esclaffe-t-elle en essayant de m'échapper alors que je tente d'attraper son téléphone.

Nous sommes déjà loin du bâtiment lorsque Rick nous rejoint en courant. Mika papillonne des cils en lui faisant un grand sourire au moment où il arrive à notre hauteur.

– J'ai besoin que vous reveniez cette après-midi. Et déprogrammez le reste de votre semaine aussi. Le groupe vous veut dans le studio tous les jours.

– Vraiment ? le toise-t-elle en croisant les bras. Vous êtes sûr d'avoir compris l'enjeu de notre présence ici ? On doit voir le groupe à travers les yeux d'Angèle. J'ai besoin de bien plus de matière que de la voir les observer en silence. D'ailleurs, je pense que vous et moi, on devrait parler de tout ça ce soir autour d'un verre.

Bon sang, elle n'y va pas par quatre chemins. Et ça a l'air de fonctionner, en plus. Il accepte en lui faisant un sourire amusé *et* sexy, puis il ajoute que ce serait avec plaisir.

– Bon, dit-elle en m'attrapant le bras pour m'entraîner dans son sillage, une fois le manager parti. Et si on allait te trouver des fringues dignes de ce nom ?

5

Angèle

Trois jours. Trois putains de longues journées enfermées à observer en nous faisant toutes petites les HotEverShot faire et refaire leurs prises, pendant que Davon œuvre sur sa guitare comme s'il était dans une bulle.

La séance shopping de Mika – pas avec, j'ai bien dit « de » – a failli virer en dispute, car je refusais systématiquement tout vêtement trop près du corps. Elle en a conclu que j'étais un cas désespéré et qu'elle rendait son tablier. J'ai pourtant fait l'effort de repartir de là avec des slims et des pulls à mailles lâches sensiblement plus courts, mais je n'y peux rien, moi, rien ne me va. Je n'ai pas la moindre forme, Nes m'a suffisamment répété que c'était vraiment dommage que mon corps n'ait pas davantage évolué à la puberté, contrairement à celui de mes copines. Copines à qui, j'ai découvert bien plus tard, il n'hésitait pas à faire du rentre-dedans dans mon dos, cet enfoiré.

Nes – un étrange prénom inspiré de Nestor, ses parents

étant fans de Nestor Burma[1] mais pas assez beaufs pour aller jusqu'au bout des choses, pas de chance pour lui – est mon ex. Il l'a été au moins vingt fois. J'avais à peine 15 ans quand nous nous sommes mis ensemble, le genre de relation passionnelle à coups de « je te prends, je te jette ». Il y avait égalité des points sur ce dossier. Enfin, égalité… Ce n'est pas moi qui allais m'éclater sitôt que l'un de nous deux rompait avec l'autre. Il n'avait même pas besoin qu'on mette officiellement un terme à notre relation pour ça, d'ailleurs. Peu importe qui prenait l'initiative de la rupture, il finissait toujours par revenir et par me convaincre de recommencer. À se demander pourquoi, puisque apparemment rien n'allait chez moi. De mon côté, j'étais totalement accro, encore plus après l'accident de voiture qui a causé la mort de mes parents. Du haut de mes 18 ans, Nes était alors carrément devenu le centre de mon univers.

– Bon, annonce Mika, interrompant mes pensées qui commençaient à dériver dangereusement, j'ai parlé avec Rick ce matin.

Ce matin ? Voyez-vous ça… Il est huit heures et je doute qu'ils aient convenu d'un rendez-vous aux aurores. Mais ça ne m'étonne qu'à moitié, étant donné les œillades appuyées que ces deux-là s'échangent depuis le lendemain de leur verre « pour parler travail ». Je suis persuadée qu'ils ne se sont plus quittés depuis, ce qui expliquerait pourquoi la journaliste ne râle même pas alors qu'on est au point

1. *Nestor Burma* est une série télévisée française racontant les enquêtes du détective Nestor Burma et dont le premier épisode a été diffusé en 1991.

mort, à revivre en boucle la première matinée que nous avons passée dans le studio d'enregistrement.

– Les garçons ont quartier libre cette après-midi, et tu vas la passer avec Davon.

Elle se met à sautiller en tapant dans ses mains tandis que je la regarde, interloquée.

– « Angèle vient d'apprendre la grande surprise que lui ont réservée les HotEverShot. Autant vous dire qu'elle ne cache pas son enthousiasme, tout l'hôtel nous observe après avoir entendu ses grands cris de joie qui ont dû résonner jusqu'au dernier étage. Que lui réserve le beau Davon ? Qu'est-ce qu'Angèle va découvrir de lui ? Elle vous le racontera dès ce soir, c'est promis ! »

– Mais pourquoi ? Depuis le début, il fait comme si on n'était pas là.

Seulement Davon, en fait. Les autres sont sympas, on a le droit à « Bonjour », « Comment ça va ? », ils nous proposent même gentiment les beignets et autres gourmandises qu'ils ingurgitent tout en travaillant. Je me demande comment ils font pour avoir un corps pareil en mangeant autant de cochonneries, mais j'ai une théorie : les calories vont directement se loger dans leurs biceps. Ces muscles saillants qui feraient baver n'importe quelle fille normalement constituée, c'est du gras, pas du muscle ! Le reste du temps, ils sont concentrés sur leur travail, discutent du rendu, des arrangements, sans vraiment nous prêter attention.

Quand il n'est pas en train d'écouter ce que donnent les sons enregistrés sur la table de mixage, Davon est toujours en train de griffonner sur son carnet. Je croise le bleu de ses yeux de temps à autre, mais c'est comme s'il ne me voyait pas, perdu dans ses pensées, bien au-delà des quatre murs insonorisés du studio.

– Je ne sais pas pourquoi c'est Davon qui doit passer l'aprèm avec toi… Rick a dû réaliser que c'était le seul moyen de faire sortir quelque chose de sa bouche, puisque c'est à peine s'il s'est aperçu qu'on était là. Je compte sur toi pour relever un peu le niveau, du coup. Pose-lui autant de questions que possible, que tu aies quelque chose à me raconter ce soir. Parce que s'il est aussi mutique que toi, autant te dire qu'on va être collées dans l'avion sans même comprendre comment. Ça fait deux jours que je n'ai pratiquement rien posté. Ni sur le podcast, ni sur le blog. J'arrive tout juste à rattraper le coup avec des photos, mais on tourne en rond, là. Et comme je ne serai pas de la partie, tu vas devoir prendre la relève. Essaie de faire quelques clichés de l'endroit où il t'emmène, de lui tirer les vers du nez… Je ne m'attends pas à un scoop, mais j'ai besoin d'avoir un truc à raconter ce soir, on commence à me mettre la pression chez nous.

Oui, bien sûr, c'est tout moi, ça. Reporter en herbe au cœur de l'action. Je m'y vois déjà, tiens. « Alors, Davon, c'est quoi, ta plus grande peur? Et ta couleur préférée? Tu embrasses souvent des filles quand elles frappent à ta porte? Et pourquoi tu leur dis que tu veux rattraper le coup en les invitant à dîner alors que tu les ignores superbement après? »

Parce que t'as rien qui fasse rêver, ma petite.

Ferme-la, Nes, on t'a pas sonné. Et puis, je suis déjà au courant, merci.

***

– Salut, les filles ! proclament Tomy et Jay d'une même voix en pénétrant dans le studio.

Comme d'habitude – oui, à ce stade, on peut parler d'habitude – Davon nous prête à peine attention, allant directement rejoindre sa guitare tout en sortant son carnet. Jay va piocher un muffin dans la grande boîte rose qui n'attend que lui, tandis que Tomy passe devant moi en me frottant les cheveux. Je sais que c'est à ses yeux une marque d'affection, mais à chaque fois, j'ai l'impression d'être un chiot qu'on caresse.

– Arrête de la décoiffer, me défend Mika en souriant tout en lui donnant une petite tape sur la main.

– Mais non, et puis Angèle aime bien que je fasse ça.

– Pas du tout !

J'ai dû m'exprimer un peu trop fort, parce que Davon lève le nez de son calepin avec l'air de se souvenir que Mika et moi sommes dans la pièce. Puis il fronce les sourcils et attrape sa guitare pour faire quelques accords, oubliant à nouveau la présence des intruses. Ça va être beau, cette fabuleuse après-midi que nous allons passer ensemble. Si je me transforme en guitare ou en stylo, j'aurais peut-être un peu d'intérêt à ses yeux ?

– Chut, vous allez déranger le génie créatif, s'amuse Jay. Ça va, mon pote ? T'as oublié d'être poli ?

– Ferme-la, Jay, lui répond Davon sans même prendre la peine d'y mettre un tant soit peu de conviction.

– Eh bien, j'en connais un à qui ça va faire du bien de

prendre l'air, commente Mika en soupirant, les yeux au ciel.

Tomy attrape un muffin dans la boîte que nous tend Jay – pour ma part, j'en prends un aux myrtilles, on ne change pas une équipe qui gagne –, puis il se laisse lourdement tomber à mes côtés dans le large canapé en cuir.

– Ne cherchez pas, mon frère est dans sa phase créative. Dans ces cas-là, impossible d'en tirer quoi que ce soit. Et puis, au pire, s'il n'arrive pas à décrocher, c'est moi qui t'accompagnerai, ajoute-t-il en tapotant mon genou.

– Tomy… gronde Davon, menaçant.

– OK, OK, lui répond son frère en levant les mains en l'air comme s'il était face à un agent de police qui l'aurait surpris en train de s'approcher trop près d'un fourgon blindé. On se met au travail, ça te va?

– Ouais, t'as du pain sur la planche, grommelle le chanteur.

Durant toute cette conversation, il n'a même pas levé les yeux de son carnet. Je me demande ce qu'il peut bien y écrire. Mika m'a déjà dit qu'elle donnerait cher pour pouvoir mettre la main dessus et avoir les paroles de ses nouvelles chansons en exclusivité, mais peut-être que ça n'a rien à voir avec la musique. Il nous prépare peut-être, je ne sais pas, un livre de recettes ou le futur best-seller de l'année?

– Pfff, soupire Jay. Ça va bien, le boulot. On a deux jolies femmes qui s'ennuient à qui faire la conversation, et je n'ai même pas fini mon muffin.

– Avoue que le muffin compte plus que nous, lui dis-je en lui mettant une pichenette sur la cuisse tandis qu'il dévore son gâteau.

– Beaucoup plus !

Bon, là, j'ai traduit, parce qu'il avait la bouche tellement pleine que ça faisait plutôt « beaufu flu », sans parler des morceaux de nourriture qui ont volé dans les airs alors qu'il me faisait un clin d'œil pour accompagner sa réponse.

– Normal, raille Tomy. D'habitude, les jolies filles, tu ne leur parles pas, tu les b…

– Tomy ! éclate Davon en levant cette fois les yeux pour les planter directement dans ceux de son frère.

– OK, OK. On se met au boulot, j'ai compris…

Bien trop tôt, cette petite incartade s'achève et les garçons se mettent au travail. Le temps reprend alors son cours, c'est-à-dire qu'il se remet à s'allonger indéfiniment…

Au fur et à mesure que passe la matinée, le stress commence à monter et à me tordre l'estomac à l'idée de me retrouver seule avec Davon. J'imagine que ça lui passe complètement au-dessus, ou alors il n'est carrément pas au courant des sombres plans de son manager malgré la remarque qu'a fait Tomy tout à l'heure, parce que je n'ai même pas croisé le bleu de ses yeux une seule fois aujourd'hui.

Sitôt la séance achevée, je me lève en espérant que tout le monde ait oublié cette idée tordue et que je réussisse à me glisser hors d'ici discrètement. Mais c'est sans compter sur la main brûlante qui me retient par le poignet au moment où je me dirige vers la porte. Je récupère mon bien – c'est une partie de mon corps, après tout – d'un geste brusque. La bouffée d'adrénaline ajoutée aux battements effrénés de mon cœur m'informe que je ne me suis pas aussi bien remise que je le croyais, mais toute pensée cohérente s'envole quand je me tourne et rencontre le regard d'acier de Davon. J'en regretterais presque mes réflexes. Il semble choisir de faire semblant de ne pas me trouver bizarre, mais je n'ai pas loupé le froncement de sourcils ni la demi-seconde où ses yeux ont observé mon poignet.

– Vous êtes prête ?

Non.

– Autant qu'on peut l'être, dis-je d'une voix dont suinte le faux enthousiasme.

Derrière Davon, Mika me fait signe de sourire en étirant le coin de ses lèvres du bout des doigts. Je fais de même – sans les doigts, ça va sans dire, et sans montrer mes dents, il ne faudrait pas non plus que le chanteur pense que j'ai oublié sa langue dans ma bouche. Même si je le voulais, mon cerveau se charge de toute façon de me le rappeler toutes les nuits avant que je ne m'endorme. Il va jusqu'à me rejouer la scène, dans une version où je ne lui colle pas mon poing dans la figure. Après tout, il n'y a que dans nos rêves que tout se déroule comme on l'aimerait. La réalité est toujours beaucoup moins sympa.

Davon m'ouvre la porte en me faisant signe de passer la première.

– Prenez bien soin de ma petite protégée ! lance Mika au moment où le battant se referme derrière nous.

Incapable de définir si c'est de l'humour, une volonté de protéger mes arrières, ou des encouragements, je lui fais les gros yeux, ce à quoi elle répond en me faisant un clin d'œil. Je lui tirerais volontiers la langue en représailles, mais je préférerais éviter de passer pour une gamine de 2 ans. Oh, et puis zut!

Je jurerais voir Davon sourire tandis que nous nous éloignons vers la sortie. Il a mis une casquette et passé par-dessus la capuche du grand sweat-shirt qu'il vient d'enfiler tout en marchant. Bien entendu, je n'ai pas remarqué qu'il a fait ça en se déplaçant avec une allure féline, et je ne regrette en aucun cas que cela masque les tatouages sur ses biceps que je n'avais pas du tout notés. Ce n'est pas comme si j'avais dû – oui, « dû », je n'ai pas eu d'autre choix pour m'occuper ces trois derniers jours – le mater durant des heures…

Je le suis jusqu'à une Jeep décapotable jaune dont il m'ouvre la porte passager pour m'inviter à m'asseoir. En France, tout le monde se retournerait sur une voiture pareille, fichant par terre ses efforts vestimentaires destinés à ne pas être reconnu, mais ici, elle passe totalement inaperçue, noyée dans la masse de tous ces véhicules clinquants.

– On va où? demandé-je quand nous entrons sur l'autoroute.

– À Venice Beach.

Parfait, j'avais déjà mis les lieux dans ma liste des endroits à visiter à Los Angeles. Ça, l'Observatoire, le grand panneau Hollywood… J'avais même envisagé de faire un petit tour dans les studios de cinéma, voire d'aller à Disneyland. Mais c'était sans compter être coincée dans le studio d'enregistrement toute la journée.

Alors que le silence retombe, me rendant de plus en plus tendue, mon portable vibre entre mes doigts et affiche un message de Mika bourré de smileys que je choisis de décoder comme étant un « Courage, tu peux le faire ». Mais cette aubergine n'a rien à faire là.

J'observe mon chauffeur, trop concentré sur la route pour s'en apercevoir. Tout est parfait chez cet homme, même son profil. Encore plus quand il fronce ainsi les sourcils. À la base, je ne raffole pas de la barbe, mais ces deux minuscules millimètres de poils soulignent ses traits et lui donnent un côté viril horriblement sexy.

Ma nervosité monte d'un cran au moment où nous descendons de la Jeep pour marcher droit vers l'océan, mais elle s'envole un instant lorsque l'air marin vient me chatouiller les narines. La plage semble s'étendre à l'infini, et je n'ai qu'une envie, aller mettre les pieds dans l'eau. Davon m'entraîne cependant sur la large promenade agrémentée de palmiers qui sépare la plage des boutiques et terrasses de cafés.

Pourquoi est-ce que je n'arrive pas à profiter de ce moment? Je suis sur l'une des plus célèbres plages du monde, accompagnée par l'homme le plus canon qu'il m'ait été donné de voir en vrai comme sur papier glacé, dont j'adore qui plus est la musique quand on ne m'oblige pas à écouter son album mille fois de suite. J'ai l'impression d'être en total décalage avec les sourires de tous ces gens bronzés qui nous entourent et qui profitent de la vie. Quelque part, constater que Davon est tout aussi silencieux que moi et qu'il n'arbore pas cet air de béatitude typiquement californien a quelque chose de rassurant. S'il avait un physique quelconque plutôt que cette aura fascinante qui l'enveloppe quoi qu'il fasse, je pourrais peut-être même me sentir bien, au lieu d'avoir l'impression d'être une petite chose insignifiante.

C'est pourtant ce que tu es.

Lâche-moi, Nes, je me sens déjà assez mal comme ça, et parfois, j'aimerais que ça change, que ce sentiment de culpabilité disparaisse, redevenir insouciante... Mais l'ai-je jamais été ?

Même caché sous sa casquette et sa capuche, Davon attire les regards, faisant grandir l'impression de ne pas être à ma place à mesure que nos pas nous font longer la plage.

Sur le côté, un stand à hot dogs me fait de l'œil. Il est exactement comme dans les films, et j'ai toujours rêvé d'en manger un, même si je ne voue pas un amour démesuré aux saucisses au contenu non identifiable. Mon estomac se met à gargouiller avec force pour confirmer qu'il veut tester, lui aussi.

– Vous en voulez un ? demande Davon en haussant les sourcils, un sourire léger mais avenant sur les lèvres.

Oh, merde, il ne faut plus jamais qu'il me regarde comme ça, ça me fait perdre tous mes moyens. Je hoche la tête comme une petite fille qui serait devenue muette.

Une fois notre magot récupéré, nous continuons d'avancer tout en mangeant, la concentration nécessaire pour ne pas nous en coller partout nous donnant au moins là une bonne raison de ne pas avoir à échanger un mot. Ces petits morceaux d'oignons frits sont délicieux, mais ils ont la fâcheuse tendance à essayer de se faire la malle. J'ai même dû en récupérer discrètement un qui avait réussi à se frayer un chemin dans mon soutien-gorge, la grande classe !

Nos hot dogs terminés, nous nous installons à la table d'un café avec une vue imprenable sur la mer. Et le silence s'abat à nouveau, de plus en plus pesant. Davon me regarde avec insistance, et j'hésite entre me confronter à ses beaux yeux et accorder un soudain intérêt à mon jean, dont j'égratigne les coutures avec mes ongles.

Sauvée par le serveur qui a tout d'un surfeur avec ses cheveux longs et blonds aux mèches décolorées par le sel et le vent iodé, je commande un smoothie passion-papaye-eau de coco. Il faudra au moins ça pour faire passer le hot dog. Un nouveau message de Mika arrive sur mon portable.

[Menace-le avec une arme s'il le faut,
mais reviens avec un truc à raconter,
par pitié !]

Elle est marrante, elle. Elle aurait au moins pu me briefer un minimum plutôt que de me lancer dans la fosse aux lions sans la moindre préparation.

J'en profite pour prendre une photo de la plage, j'envisage même d'en faire une de mon compagnon de mutisme, mais je me ravise au dernier moment. Ça ferait une photo parfaite, pourtant, avec cette lumière et la mer en toile de fond. Oh, et puis zut, j'en fais une, tant pis si son regard de braise est immortalisé dans mon téléphone, c'est pour la bonne cause. Nouveau message :

[Débrouille-toi comme tu veux,
mais si tu n'as rien à me dire en rentrant,
c'est de toi qu'on va parler en long,
en large et en travers !!!]

Enfer, damnation, elle a trouvé ma kryptonite.

– C'est quoi, votre couleur préférée ? dis-je en reposant mon téléphone sur la table.

Non, je n'ai pas vraiment demandé ça ?

Alors qu'il fronce les sourcils, je m'enfonce dans mon siège. J'aimerais pouvoir me convaincre que c'est la chaleur du soleil qui me donne cette sensation brûlante sur les joues, mais je ne doute pas une seconde que j'ai viré rouge de honte. Je plonge dans mon smoothie tout en jouant avec ma paille, celle-ci étant soudain devenue fascinante.

– Ça vous intéresse vraiment ?

– Non, j'avoue que je m'en fiche. Mais il faut bien trouver un sujet de conversation, après tout.

Je marque une pause en soupirant avant de reprendre. Autant crever l'abcès…

– Écoutez, ça ne me fait pas plus plaisir qu'à vous, cette histoire. Je suis désolée que vous deviez vous traîner un boulet comme ça. Mais vous pourriez me parler au moins, parce que Mika va me harceler quand je vais rentrer et…

– C'est le vert.

– OK.

Cool, ça, ça va faire la une des journaux, je le sens. Je vois déjà les gros titres :

« Davon, le chanteur sexy des HotEverShot a une révélation à vous faire… “J’aime le vert.” »

– Personne ne m’a forcé.

– À aimer le vert ?

Il rit. Merde, il est craquant quand il fait ça. En plus, ce con a des dents parfaites, il pourrait même se faire sponsoriser par les dentistes de la région.

– Non, à être ici. C’est moi qui l’ai choisi. Rappelez-vous, je vous dois un repas.

Comment l’oublier ? Il faut croire qu’il veut se défaire de sa promesse et en être débarrassé. C’est plutôt un bon plan, et le hot dog a fait des merveilles, voilà une corvée qu’il peut rayer de sa liste des choses à faire.

– Donc, cette sortie, c’est… votre idée ?

Tandis que le silence s’étire, son regard se rive sur mes cheveux si longuement que je finis par vérifier qu’il n’y a pas de ketchup dessus.

– Je ne suis pas doué avec les femmes, annonce-t-il tout à coup en plantant ses yeux bleus dans les miens.

Mais bien sûr… Et puis quel rapport avec cette histoire de repas ? Il me dit ça de but en blanc comme si ça pouvait avoir un lien avec la nourriture. Et puis, qui croirait ça, franchement ? Bientôt, il va me dire qu’il est puceau et que la bimbo occupée avec son frère est une simple urologue qui a réinventé le concept de la pose de diagnostic en pompant les hommes avec sa bouche.

J’essaie vainement de ravaler mon sourire lorsqu’il ajoute :

– Quoi, ça vous étonne ?

– Honnêtement, oui. Elles sont toutes à vos pieds, je pense que ça doit aller de ce côté-là.

– Les apparences sont parfois trompeuses. Et puis, quelle rock star je ferais si des femmes ne passaient pas dans ma chambre comme dans un moulin ?

– Ouais, c'est vrai, qui fantasmerait sur un mec qui ne saute pas sur tout ce qui bouge dès que l'occasion se présente ?

Il rit à nouveau et je réalise que j'ai fait cette remarque à voix haute.

– C'est un monde fait de paillettes, mais derrière la lumière, l'ombre est tenace, murmure-t-il d'une voix sombre.

Ouh, quelles jolies paroles énigmatiques ! Il devrait mettre ça en chanson, ça ferait un carton.

– Pourquoi me dire ça ? Vous voulez que je fasse passer le message à vos fans, histoire de travailler l'image de la rock star sensible qui a besoin d'être chouchoutée ?

Le pire, c'est que ça aurait son petit succès. N'importe quelle fille se prendrait à rêver d'être celle qui lui apprendrait à s'occuper d'elle.

– Non, ça m'arrange que tout le monde pense que je passe d'une fille à l'autre comme je change de fringues.

Il se penche puis pose sa mâchoire carrée sur ses doigts entrelacés pour plonger ses yeux droit dans les miens.

– Je vous dis ça parce qu'il faut que vous compreniez que je ne sais pas comment m'y prendre avec vous, mais que je ferai tout pour vous avoir.

Il me faut dix bonnes secondes pour refermer la bouche

et assimiler ses paroles. J'ai forcément dû louper un épisode.

– Pardon ?

– Il y a… ce truc. Je ne sais pas quoi, exactement. Mais je vous veux.

J'ai la soudaine impression d'être au supermarché, et d'être du mauvais côté, celui des produits mis en rayons. Il avait le choix entre le baril de lessive, la poupée Barbie et les donuts, et d'un coup, il s'est dit « Tiens, je vais prendre une Angèle ». Après le choc, c'est la colère qui prend le relais et investit tout mon corps. Instinct de survie oblige.

– Vous croyez quoi exactement, que je suis une chose qu'on choisit de prendre ou de laisser ? Ce n'est pas parce que la radio m'a fait venir ici que je suis à disposition. C'est la deuxième fois que vous me prenez au mieux pour une pute, au pire pour un objet.

Ses yeux se sont arrondis au fur et à mesure que je montais dans les tours. Si je savais lui dire en anglais qu'il peut se la mettre derrière l'oreille, je le ferais. Mais j'ai peur que ça n'ait aucun sens hors version originale. Je me contente donc de le planter là et de partir dignement, laissant derrière moi ses yeux bleus à tomber encore écarquillés de surprise.

6

Davon

J'ai à peine passé la porte de ma chambre que, de rage, je balance ma veste et ma casquette par terre, avant de shooter dans ces foutus accessoires destinés à me cacher des fans et autres paparazzis.

J'ai été archi-nul. Mon père n'arrêtait pas de me dire que je ne serais jamais bon à rien et j'ai tout fait pour lui prouver le contraire, mais sur ce coup-là, je suis sûr qu'en tendant un peu l'oreille, je pourrais l'entendre rire depuis sa tombe.

– Ça va? demande Tomy en sortant à poil de la salle de bains tout en se frottant les cheveux et en répandant de l'eau partout.

– Fous-moi la paix.

Je me laisse tomber dans le fauteuil et croise les pieds sur la table basse hors de prix de notre suite où règne un bordel qui colle parfaitement à mon humeur. Mettez trois mecs dans la même piaule – dont deux qui passent leur temps à baiser tout ce qui a une paire de seins – et voilà le résultat. On pourrait penser qu'on ferait mieux de vivre séparés les uns des autres avant de risquer de nous taper dessus, cependant, non seulement c'est plus pratique, mais surtout nous en sommes incapables. On a déjà tenté le coup, et nous nous sommes vite aperçus que ça ne collait pas à notre besoin de garder des liens serrés. Nous ne vivons que dans des suites d'hôtels depuis que nous avons quitté nos « nids parentaux », – pas de ménage, pas de bouffe à préparer, et surtout, une mobilité à toute épreuve avec nos concerts qui nous amènent à nous produire aux quatre coins du pays – et ça nous permet de conserver un semblant de vie réelle. Une espèce de vie en communauté plutôt que de se retrouver seul dans une chambre impersonnelle qui, malgré le luxe et l'espace, nous donnait l'impression d'être dans un dortoir. Oh, un jour, je ne doute pas que nous finirons par nous en lasser et nous trouver un vrai pied-à-terre, peut-être même qu'on se prendra une immense villa tous les trois, à moins que l'un d'entre nous ne se fixe…

– Quoi, ta petite sortie en amoureux a fini en queue de poisson ?

Tomy sourit de toutes ses dents tout en me lançant sa serviette en pleine tête. Je la retire rageusement et la lui renvoie à l'endroit de son anatomie que je me passerais bien d'avoir presque sous le nez.

– Range ta queue, bordel. Et ferme-la, aussi.

– Oh, ça s'est si mal passé ? Qu'est-ce qu'il y a ? Encore une finalement pas assez intéressante pour aller plus loin ? Ça fait combien de temps au juste que tu n'as pas tiré ton coup ?

Je lui lance un regard venimeux et son sourire disparaît la seconde suivante. Il sait très bien depuis combien de temps. Pourtant, il n'a pas tort, toutes les filles me paraissent fades depuis des mois, ça a commencé avant ça, même. Mais oui, ça fait six mois que je n'ai pas baisé et que je les fous à la porte ou dans les bras de Jay ou de Tomy avant même de démarrer les hostilités. Un psy dirait que ça a un lien avec la mort de notre paternel, mais franchement, je ne vois pas en quoi le fait de ne plus avoir à supporter cet alcoolique, ancienne star sur le retour qui m'a toujours répété que je ne lui arriverais jamais à la cheville, pourrait m'empêcher de m'éclater. J'ai simplement fait le tour, j'imagine, et je me suis rendu compte qu'elles étaient toutes chiantes comme la pluie. Il me faut quelque chose de plus intense.

À la rigueur, je veux bien admettre que sa mort a quelque chose à voir avec le fait que je n'ai rien écrit depuis que je n'ai plus à prouver à ce connard que non seulement je suis aussi bien que lui mais, qu'en plus, je suis même carrément meilleur. Enfin, cette panne d'inspiration, c'est du passé, car cette fille m'inspire sans que je comprenne pourquoi. C'est ce truc, dans ses yeux. Cette flamme qui brûlait en eux quand elle m'a incendié pour l'avoir embrassée et qui s'est à nouveau allumée lorsque j'ai explosé en plein vol en lui disant que je la voulais.

Mais il n'y a pas que dans ces moments-là. Même au studio, je ne voyais qu'elle. Je ne sentais qu'elle. J'ai passé les trois derniers jours à écrire comme jamais, et j'ai mis au point deux des trois chansons qui me manquent pour boucler l'album. Il suffit qu'elle entre dans la pièce pour que l'inspiration coule dans mes veines. J'avais espéré comprendre pourquoi en me retrouvant en tête à tête avec elle.

Elle me plaît, c'est sûr. Entre ses yeux immenses aux nuances qui pourraient hypnotiser n'importe quel homme, la finesse de ses traits, ses cheveux dont la couleur de miel semble changer selon l'éclairage... Et je sais comment est son corps, même si elle passe son temps à le cacher, car les souvenirs de cette nuit où elle m'a collé une droite me sont revenus. Des jambes fuselées, une taille fine, des seins petits mais ronds et formés qu'on rêve de prendre dans la main... Déjà là, même si j'étais bourré, elle sortait du lot, et rien que d'y repenser, je me sens durcir comme jamais. À ce moment-là, à travers le voile de l'alcool, elle s'était déjà insinuée sous ma peau comme l'encre de mes tatouages. Je n'aurais jamais dû la recroiser. Mon inconscient aurait sûrement grappillé encore quelques miettes dans mes souvenirs pour nourrir mon inspiration... mais le destin en a décidé autrement. Le destin ou plutôt moi, en exigeant de Rick qu'il la fasse venir tous les jours au studio, même si j'ai bien conscience que ça n'a rien d'agréable pour elle d'être enfermée comme ça avec nous. Quoique... J'ai bien remarqué cette façon qu'elle a de se redresser lorsqu'elle nous entend jouer. Elle a beau être blasée de cette privation de liberté, elle n'en est pas pour autant insensible à notre musique.

Maintenant que je passe mes journées à ses côtés, elle m'obsède jour et nuit. J'ignore si c'est juste sa présence qui semble donner des ailes à mon inspiration, cette façon dont elle m'a rembarré dans l'ascenseur ou sa manière de réagir quand j'entends les garçons la chambrer gentiment, mais toujours est-il que, chaque matin, je me lève en n'ayant qu'une hâte : aller la retrouver. C'est un peu comme la drogue, finalement. Il me faut ma dose et, après, mon esprit peut planer.

J'avais besoin d'en savoir plus et surtout de comprendre ce qui m'arrive. Sauf que je me suis planté en beauté en voulant jouer la carte de l'honnêteté. Pire, j'ai réussi à la faire flipper. Forcément, d'habitude, les filles viennent à moi sans même que je le leur demande. Mais en séduire une qui ne succombe pas à mes charmes d'un simple regard, je ne sais pas faire. Si le physique et le statut de star ne marchent pas, je ne vois pas ce qui pourrait la faire tomber dans mes bras.

La main de Tomy s'agite devant mes yeux, et je dois faire le point en clignant des paupières pour le rejoindre dans le monde réel.

– Et si tu me disais ce qui cloche ?

– Ça t'arrive parfois de te dire que papa se foutrait bien de ta gueule en te disant qu'il avait raison ? soupiré-je.

– Ouais. Des fois, même, j'ai l'impression de l'entendre dans ma tête. Et tu sais ce que je fais dans ce cas ? Tout le contraire de ce que ferait ce vieux con.

7

Angèle

C'est encore sous le coup de la colère que j'ai répondu aux questions de Mika lors de son interview. J'ai bien raconté à quel point il est craquant, comment toutes les filles le regardaient, qu'il les tombe comme des mouches à coups de sourire enjôleur – bon, OK, là, j'ai carrément inventé. Bref, j'ai bien montré que Monsieur séduit tout ce qui bouge. Il aime passer pour le tombeur de ses dames? Très bien, pas de problème, s'il veut sa réputation, il l'aura, il peut compter sur moi.

Je ne comprends rien à toute cette histoire. Et il me veut pour quoi, d'ailleurs? J'ai bien compris que ce n'était pas pour faire de la broderie, mais on ne me fera pas croire qu'il cherche chez moi tout ce qu'il peut avoir avec ces filles. Elles ont bien plus à offrir, dans tous les sens du terme.

– Merci, Angèle, dit Mika en reposant son dictaphone. Ça s'est si mal passé que ça?

– Qu'est-ce qui te fait penser ça? Je n'ai dit que des trucs positifs.

C'est vrai, franchement, j'ai fait la totale, en surjouant bien à chaque réponse que j'ai donnée à Mika, comme si j'étais complètement emballée par cette après-midi durant laquelle j'ai fini par rentrer en bus.

– Si ça s'était bien passé, tu aurais à peine sorti un mot, et j'aurais été obligée d'en faire des caisses pour réussir à avoir quelque chose.

Elle n'a pas tort, j'aurais exactement fait comme ça. À peine quelques jours, et Mika lit déjà en moi comme dans un livre ouvert, c'est limite flippant.

– Tu penses vraiment me connaître?! répliqué-je pour me défendre sans vraiment y croire moi-même.

– Bien sûr, qu'est-ce que tu imagines? Je cerne assez vite les gens, en général. Et donc, tu veux bien me dire ce qui ne va pas? Ça restera entre nous, ajoute-t-elle en me voyant regarder d'un œil mauvais son dictaphone.

Oh, zut! Autant lui dire, j'ai besoin d'y voir plus clair et Mika semble avoir ce petit truc qui lui permet de décoder la psyché humaine comme personne.

– Il n'a pas décroché un mot pendant deux heures, soupiré-je.

– Oh… commente la journaliste d'un air navré.

– Et puis il est passé en mode psychopathe et m'a dit qu'il me voulait.

– Ooooh, dit-elle cette fois en écarquillant les yeux. Ouah… Je m'en doutais un peu, je dois te l'avouer.

Elle avait compris qu'il avait un grain, alors. Et elle m'a laissée partir toute seule avec lui. Super, j'espère qu'elle ne comptait pas me voir finir dans les faits divers pour pouvoir en faire un scoop.

– Enfin, je n'en étais pas sûre, ajoute-t-elle. Il y avait deux options : soit il avait le melon au point de se tirer une balle dans le pied en sabotant le partenariat avec nous, soit tu lui plaisais. Je penchais plutôt pour cette solution, surtout quand Rick m'a dit que ça faisait des mois que Davon n'avait plus d'inspiration et, qu'apparemment, c'était revenu comme par magie pile quand on est arrivées ici.

Je lève les yeux au ciel. Il faut toujours qu'elle en rajoute en inventant des histoires improbables. C'est comme pour l'étoile de Rihanna, j'ai vérifié, elle n'en a pas.

– Tu te rends compte à quel point ta théorie est ridicule, Mika ?

– Bon, mon ego avait envie de penser que c'était par la seule force de ma présence, poursuit-elle sans me prêter attention. Mais j'ai été convaincue qu'il t'avait en ligne de mire quand Rick m'a dit que c'était Davon qui avait insisté pour que *tu* sois dans le studio non-stop, et qu'il avait demandé à faire une pause malgré les milliers de dollars que la location du studio allait coûter à la prod juste pour pouvoir passer l'après-midi avec toi.

– Et toi, tu m'as vendue comme si j'étais un morceau de viande ?!

Non, mais je rêve, là. Elle m'a foutue dans ce traquenard en toute connaissance de cause. Cette traîtresse me prend les mains puis s'installe sur le canapé en me faisant pivoter pour me faire face.

– Écoute, vous êtes deux beaux jeunes gens, majeurs et vaccinés. Tu aurais voulu quoi, au juste ? Que je m'interpose entre vous pour faire écran avec mon corps ? Honnêtement, Angèle, je ne sais pas comment tu en es arrivée à avoir cette image de toi, mais je t'assure qu'il n'y a rien d'étonnant à ce qu'un bel homme craque pour toi. Même une star de la musique. Alors je dis pas, avec ton foutu caractère, on se demande ce qui l'a séduit, mais…

– « Foutu caractère » ?

– Oui, foutu caractère. Bon sang, Angèle, ce n'est pas parce que tu te la fermes la plupart du temps qu'on ne lit pas en toi comme dans un livre ouvert. Tu te crois transparente, mais on ne voit que toi. Si tu arrêtais de regarder tes pieds, tu t'en rendrais compte, merde !

– Je ne comprends rien.

– Tu te prends trop la tête. Tu lui plais, il te plaît, il…

– Non, dis-je en récupérant mes mains pour me lever et faire les cent pas.

– Tu vas me faire croire qu'il ne te plaît pas ? Il faut que je te ressorte les photos que j'ai prises de toi complètement subjuguée par Davon sur sa guitare ? Très bien, regarde !

J'écarte son téléphone tandis qu'elle me montre une photo de moi, perdue dans la contemplation de Davon en train de jouer de la guitare en toile de fond. Le pire, c'est que la photo est magnifique – si on oublie quel est le modèle en premier plan.

– Rassure-toi, je ne l'ai pas mise sur le blog. Pourtant, ça doit être la meilleure photo que j'aie jamais faite. Mais ne me dis pas que c'est un problème qu'un homme aussi charismatique n'ait d'yeux que pour toi.

Rassérénée, je me détends instantanément en apprenant

que l'honneur est sauf. Mika a beau vivre pour son travail, elle a la décence de ne pas le faire en me piétinant au passage. Pour autant, j'ai du mal à croire qu'une fille telle que moi puisse intéresser Davon.

– Donc je devrais m'estimer heureuse qu'un mec comme lui veuille de moi ?

– Non, mais tu devrais simplement profiter de ce que t'offre la vie. Tu n'es là que pour trois semaines. Tu peux être qui tu veux et oublier celle que tu croyais être. Amuse-toi, bon sang !

Je sais faire ça, moi, m'amuser? Depuis combien de temps n'ai-je pas ri, ou même souri? L'amour ne réussit jamais qu'à vous briser, au bout du compte. Pourtant, depuis que je suis arrivée, la vie semble vouloir me donner matière à m'amuser. Des années à me faire enfoncer dans le crâne que je ne valais rien ont créé un blocage que mon séjour ici pourrait me donner l'occasion de déverrouiller. Mais Nes a fermé la porte à double tour, et je ne suis pas sûre d'être capable de lutter contre cette emprise qu'il a sur moi, même de l'autre côté de l'Atlantique.

8

Angèle

Aujourd'hui, nous avons échappé à une nouvelle journée aux Capitol Studios. Ces messieurs devaient se préparer pour leur concert de ce soir, et c'est un vrai soulagement de ne pas avoir à me retrouver enfermée entre quatre murs à moins de trois mètres de Monsieur Je-vous-veux. Je suis ravie de pouvoir regarder jouer le groupe sur scène tout en étant noyée dans la masse. J'aime vraiment leur musique, et ce serait dommage de m'en priver juste parce que leur chanteur est tordu. Parmi la foule, je serai loin de ses griffes et de ses idées sorties de je ne sais où. Je pourrai même le regarder sans que ça ne soit bizarre, puisque dix-sept mille paires d'yeux feront de même. Et puis, je ne le regarderai pas, je l'écouterai. Je ne baverai ni sur ses muscles ni sur ses tatouages, et même si j'ai une place aux premières loges, je serai de toute façon trop loin pour me laisser sombrer dans ses yeux qui hypnotiseraient n'importe qui.

En cette journée ensoleillée – mais je crois bien qu'ici

elles le sont toutes –, Mika et moi avons décidé de mettre à profit notre liberté pour nous promener dans Los Angeles. Nous avons poussé tranquillement jusqu'à Venice Beach en nous baladant à pied, juste pour profiter du sable et du soleil. Et je voulais aussi absolument regoûter à ces smoothies à l'eau de coco qui sont tout bonnement délicieux, sans être observée comme si j'avais une tache sur le bout du nez.

Cette fois, en revanche, je n'ai pas coupé à une séance de shopping, Mika m'ayant imposé de me trouver une robe. Elle veut me prouver par A + B qu'en faisant un petit effort vestimentaire, je réaliserai que je ne suis pas si « transparente » que ça.

Foutaises.

Chut, Nes, je pourrais presque y croire, alors tais-toi.

– « Nous voilà en mode relooking. Eh oui ! J'ai plusieurs cordes à mon arc. Et aujourd'hui, ma mission, c'est de faire d'Angèle une digne Angelena, comme sont appelées les habitantes de cette ville. Avouez qu'elle était faite pour ça ! Et c'est vous, mes petits, qui allez voter sur notre compte Instagram pour ce qu'elle portera ce soir au génialissime concert des HotEverShot au mythique Hollywood Bowl, une salle de spectacle en plein air, ou plutôt un amphithéâtre naturel niché au cœur des collines. »

Non, elle ne va pas me faire ça quand même ? Je croyais qu'elle avait compris comment je fonctionne, elle devrait donc savoir qu'il n'y a rien de pire pour moi que d'apparaître en photo comme ça à jouer les potiches. Tout en essayant vainement de me faire la malle – Mika ne le loupe pas et me rattrape par le bras –, je la laisse continuer à décrire la salle de concert, qui apparemment a tout un effet acoustique inimitable grâce à une grosse coque. On a le droit à un véritable cours d'histoire qui m'intéresserait sûrement si je n'étais pas aussi stressée.

Je tâche de me rassurer en me disant que je ne suis qu'un faire-valoir. Elle ne fait ça que pour pouvoir annoncer le concert et placer qu'elle en mettra les meilleurs moments sur les réseaux.

– Bien, annonce-t-elle de sa voix normale. Alors, montre-moi ce que donne cette magnifique robe jaune.

– Oh, par pitié, Mika, je déteste cette couleur.

Semblant peser le pour et le contre, la journaliste pose élégamment le menton sur le dos de sa main.

– Oui, tu as raison, et puis niveau teint, j'ai peur que ça te donne l'air encore plus malade.

– Hé ! Je ne suis pas malade !

– Je sais, ma belle. Mais pour le moment, j'ai du mal à voir les effets du soleil californien sur ta peau. Tu me diras, vu qu'on est cloîtrées dans une salle sombre toute la journée, ça n'a rien d'étonnant.

Là, pour le coup, je suis bien d'accord avec elle ! Ma peau craint le soleil, mais pas au point de devoir m'en priver totalement. Je vais ressortir de ce séjour plus pâle que je ne l'étais à l'arrivée.

– Après, on a la sacro-sainte petite robe noire, ajoute-t-elle, pensive. Ça passe partout, ces choses-là. Prends donc les deux que j'ai déjà mises sur le portant, pendant ce temps-là, je vais farfouiller pour trouver les autres.

Les autres? Mais c'est bien, la robe noire, je valide complètement le choix de Mika, moi! Les gens n'auront plus qu'à sélectionner l'une des deux, c'est parfait.

– Mais Mika... dis-je d'une voix suppliante en faisant en prime un petit air de chien battu.

– Si tu crois que maintenant que je t'ai sous la main, enfin coopérante, je ne vais pas en profiter pour te mettre la moitié du magasin sur le dos, tu rêves!

Elle me fait un gros clin d'œil avant de pouffer de rire de façon démoniaque – si, si, c'était démoniaque, on aurait dit la sorcière dans *Blanche-Neige* lorsqu'elle empoisonne la pomme, mais en version bonne fée tout de même, façon marraine dans *Cendrillon*, curieux mélange s'il en est. Puis la journaliste va se perdre au milieu des rayons en m'envoyant un baiser moqueur.

Mika m'a ensuite fait essayer une bonne dizaine de robes, et nous repartons avec cinq d'entre elles, le temps que les instagrameurs fassent leur choix.

– Et si personne ne vote, je pourrai y aller en jean? demandé-je pleine d'espoir tout en grimpant dans la voiture venue nous chercher pour nous ramener à bon port.

– Oui, bien entendu. Mais si on dépasse les, disons, dix mille votes, tu dois me promettre de porter la tenue qui sera choisie.

– Ça marche.

Je lui serre la main: deal accepté, je vais pouvoir m'habiller comme je veux. Sauf que...

– Pourquoi tu souris comme ça?

– Parce qu'au moment où on est sorties du magasin, il y

avait déjà plus de sept mille votes, donc ton jean, tu peux te le carrer où je pense, déclare-t-elle, hilare.

***

J'ai donc gagné dans cette histoire, en plus d'un sacré mal de pieds dû aux quatre heures de marche qui nous ont menées à Venice Beach, l'obligation de porter une robe vert tendre bien trop courte à mon goût.

Comme si cette chose ne me moulait pas assez, il a fallu qu'elle soit de la fameuse couleur préférée de Davon. Misère, pourvu qu'il ne pense pas que c'est volontaire.

– L'effet cache-cœur te fait des seins magnifiques, dit Mika en entrant sitôt que je lui ai ouvert la porte. Ça ne m'étonne pas qu'elle ait été choisie à l'unanimité. Mais arrête de tirer sur ton décolleté comme ça, c'est fait pour mettre la poitrine en valeur, ce genre de coupe croisée. Tu vas finir par déformer la robe si tu fais ça.

– Je te préviens, si tu veux faire un truc débile, du style me maquiller ou me coiffer, je ne mets pas un pied hors de cette chambre.

– Tu n'as pas le choix, tu as signé. Et ce n'est pas une expression, Angèle. Tu dois te prêter au jeu à tous les moments-clés pour le groupe, sinon tu es bonne pour rembourser tous les frais engagés.

Je sais. J'avais bien lu le contrat, petites lignes comprises. Mais je n'avais pas pensé que ça voudrait dire me faire transformer en poupée à la première occasion. Tant pis pour eux, après tout. Ça ne peut que les desservir de vouloir faire de moi un machin déguisé totalement mal à l'aise.

– Mais rassure-toi, ajoute-t-elle, je ne compte pas faire quoi que ce soit. Tu es parfaite comme ça.

Je sonde ses yeux gris pour m'assurer qu'elle ne se moque pas de moi, mais elle me sourit chaleureusement, en toute innocence.

– Vraiment ?

– Oui, vraiment. Quand tu auras mon âge, tu devras peut-être dégainer le pot de peinture pour sauver les meubles, mais pour le moment, il ne te faut rien de tout ça. Cette robe fait ressortir tes yeux, pas besoin d'artifices. Un coup de mascara et un peu de gloss suffiront.

Alors pourquoi est-ce que je me sens aussi mal ? J'ai l'impression d'être mise à nu. Physiquement, pour commencer, avec cette tenue qui enveloppe mon corps comme si je ne portais rien. Et moralement, à chaque mot de Mika, qui semble avoir tout compris de moi.

9

Davon

– Tu es prêt? demande Tomy en faisant des mouvements amples avec ses bras pour maintenir dans ses muscles les effets de l'échauffement.

N'est pas batteur qui veut. Si je fais en sorte de préserver ma voix, mon frère, lui, doit entretenir en permanence sa musculature et préparer son corps avant chaque concert. Ça lui convient cependant parfaitement : non seulement ça le défoule, mais, en plus, il est ravi de voir les filles tomber en pâmoison devant son corps aux muscles proéminents.

– Pas encore, non.

Elle n'est toujours pas là. J'ai été trop cash avec elle et je l'ai fait tellement flipper qu'elle a peut-être carrément refusé de venir. Ou elle s'en fout. Ou elle est vraiment très fâchée contre moi? Peu importe la raison, à mon grand regret, elle brille par son absence.

Ça fait déjà bien dix minutes qu'on devrait être sur scène, mais je reste planté là dans les coulisses, à deux pas de la scène. Partout autour de celle-ci, sans même que le public ait conscience de leur existence, vont et viennent les techniciens chargés de gérer l'envers du décor. Les lumières, le son, les effets pyrotechniques... C'est plus qu'un concert, c'est un show. On tient à offrir le meilleur à nos fans.

– Elle va venir, me dit mon frère d'un air entendu.

Ce qu'il peut me gonfler à faire comme s'il avait compris ce que j'ai dans le crâne ! Même s'il a raison, est-ce que c'est si évident que ça ? Oui, forcément. J'ai insisté pour qu'Angèle et Mika soient en permanence au studio, il était là quand j'ai dit à Rick que je voulais passer l'après-midi avec elle... Autant crier sur tous les toits ce que j'ai derrière la tête.

– Et même si elle n'en a pas envie, reprend-il, tout fier que je ne l'aie pas contredit. Mika ne lui laissera pas le choix, quitte à la traîner ici par les cheveux. Si ça se trouve, elles sont déjà devant la scène, à se demander comme tout le reste du public ce qu'on peut bien foutre.

– Mouais...

Sauf qu'elle n'y est pas, j'ai déjà vérifié trois fois en jetant discrètement un œil à travers les immenses rideaux qui entourent la scène pour la séparer des coulisses. La zone V.I.P. a bien son lot de journalistes et d'autres personnes qui ont soit été invitées, soit payé une fortune le droit de s'y installer pour assister au concert, mais pas la moindre trace des deux blondes.

– Si tu pouvais te dépêcher de te bouger le cul, par contre, ça m'arrangerait. À force de me voir agiter les bras comme ça, le staff va croire que je fais le poussin ou que j'essaie de m'envoler.

– Bon sang, qu'est-ce que vous foutez ? nous interpelle notre manager en arrivant comme une furie. Un peu de retard, ça embrase la salle, mais là, elle va carrément prendre feu !

– C'est bon, Rick. J'ai juste encore un peu besoin de m'échauffer, lui répond Tomy en se massant l'épaule. J'ai fait un faux mouvement cette nuit, j'étais pas loin de me froisser un muscle.

Merci, frangin. Chiant, mais toujours là pour sauver mon cul.

– Tu fais chier, Tomy ! On a déjà parlé du fait d'éviter de vous envoyer en l'air la nuit qui précède un concert. Ou au moins d'y aller mollo.

– Hé ! Je n'y peux rien, moi, cette fille était une vraie tigresse. Il a fallu dompter la bête, et pas qu'un peu, dit-il en rigolant et en donnant un coup de coude dans les côtes de Rick.

Ils continuent de se disputer sur les vertus d'une bonne baise d'avant concert, mais je ne les entends plus.

Elle est là, magnifique dans cette tenue aux antipodes des grands pulls qu'elle s'escrime à porter, et soudain, la crainte qu'elle ne vienne pas s'évapore.

Tandis que toute cette tension qui m'habitait sans que je ne le réalise vraiment disparaît, j'observe la façon élégante dont le tissu assorti à ses yeux enveloppe ses formes. Il n'y a plus qu'elle, plus belle que jamais, comme si enfin son corps voulait bien révéler ce que je savais déjà : elle est terriblement irrésistible, à tous points de vue. Surtout avec ses grands yeux innocents qui balaient les lieux sans avoir encore conscience de ma présence. Parce que quand elle me sait tout proche, son langage corporel change, tout comme ses expressions. J'ignore si c'est parce que, dans ces moments-là, elle sait que je n'ai d'yeux que pour elle, mais j'ai remarqué qu'elle essaie toujours de se faire toute petite lorsque j'entre dans le studio. Elle le fait toujours, bien sûr, j'ai bien compris qu'elle était mal à l'aise face au regard des autres, mais c'est encore plus prononcé quand elle réalise que je suis là. À la plage, hier, elle semblait perdue dans la foule. Elle se cachait derrière son hot dog, ensuite dans son verre, comme si elle se reprochait d'exister. Mais là, dans cette robe, même si elle se protège derrière ses bras croisés sur sa poitrine dès qu'un membre du staff s'approche d'un peu trop près, cette fraîcheur qu'elle dégage ne peut échapper à personne, surtout pas à moi.

– Eh, mec, faut qu'on y aille ou la salle va finir par nous huer, me murmure Jay à l'oreille tout en posant une main sur mon épaule. Tu rêvasseras plus tard.

Ce con m'a fait sursauter. Mais oui, il faut que je redescende sur terre. Concentré sur ma respiration, les paupières closes, je prends un instant pour faire le vide et repousser toutes ces choses qui m'envahissent tout en acceptant, cependant, l'allégresse que j'ai ressentie lorsque enfin je l'ai vue arriver. Une fois à nouveau en pleine possession de mes moyens, je me tourne vers Rick pour lui dire d'annoncer notre entrée sur scène.

J'ai repris le contrôle.

J'ai un concert à assurer.

Et je compte bien lui en mettre plein les yeux.

10

Angèle

Nous arrivons par les coulisses avec un bon quart d'heure de retard. Il y a des câbles de partout, des hommes vêtus de tee-shirts noirs s'affairent à déplacer des caisses… J'ai l'impression d'avoir atterri dans une fourmilière. Tandis que j'essaie de repérer des têtes connues, je manque par deux fois d'être bousculée, à chaque fois sauvée par Mika qui m'a déplacée de justesse en m'attrapant par les épaules.

– On ne devrait peut-être pas être là, lui glissé-je, nerveuse.

– Mais si, on fait partie de l'équipe, nous aussi, me rassure-t-elle en agitant fièrement le pass « backstage » qui pend à son cou. J'ai un reportage à faire et un million de photos à prendre. Bon, où sont nos stars ? Ah, les voilà !

Je suis la direction qu'elle pointe de son doigt sans la moindre discrétion, jusqu'à repérer les garçons, tout proches de la scène. C'est la première fois que je croise le regard de Davon depuis que je suis partie comme une furie. Alors que la foule scande leur nom, impatiente de les voir monter sur scène, il me regarde droit dans les yeux avec intensité. Je serais bien incapable de dire s'il m'en veut ou s'il est content que je sois là, mais je jurerais le voir me sourire au moment où il entre sur scène sous les acclamations du public, leur demandant comment va Los Angeles ce soir.

– Viens, on va aller les regarder de la zone V.I.P., me crie Mika tandis que les premières notes résonnent sous les hurlements hystériques des fans.

Tout en essayant de suivre la journaliste, je manque de percuter un cameraman. Il y en a plusieurs, le concert étant apparemment filmé pour la postérité.

Nous nous glissons dans la zone V.I.P., un large espace à la densité de spectateurs au mètre carré beaucoup plus raisonnable grâce aux barrières qui la séparent du reste de la fosse, précisément au moment où Davon déclame les premières paroles de « Mystic Show », la chanson qu'ils viennent tout juste de sortir.

– « Le regard d'Angèle s'est illuminé dès les premières notes, comme celui de tous ces fans qui nous entourent », hurle Mika dans son dictaphone. « L'ambiance est incroyable ici, écoutez ! Mais je dois vous quitter, je veux me laisser envelopper par la voix chaude et suave de notre chanteur préféré ! »

Cette fois, je ne peux que lui donner raison. Enfin sauf sur mes yeux illuminés. Quoique... Les entendre jouer sur scène n'est en rien comparable avec ce que leur musique donne dans mes écouteurs. C'est d'autant plus impressionnant en étant au pied de cet amphithéâtre à ciel ouvert encadré de toutes parts par les collines de Hollywood. La voix de Davon semble encore plus pure en direct que quand elle a été retravaillée en studio.

La seule fois où je suis allée voir un artiste sur scène, j'ai été déçue, le rendu n'était pas le même, mais en beaucoup moins bon. La voix du chanteur était cassée, usée par les multiples concerts de sa tournée. Ce soir, les HotEverShot donnent le meilleur d'eux-mêmes. Bien que j'aie largement eu l'occasion de voir Jay et Tomy à l'œuvre sur leurs instruments, j'en prends plein les yeux et les oreilles. Ça n'a rien à voir avec du travail, cette fois. Ils s'éclatent, et le public le sent, vibrant avec eux. Quant à Davon, on dirait qu'il entre en osmose avec les gens, qu'il se nourrit de leur énergie pour la leur rendre au centuple.

Un cameraman balaie le premier rang avec sa caméra – en même temps, avec quoi d'autre? – et j'ai envie de lui donner des claques à plusieurs reprises quand il me bouche la vue. Mais il suffit que Tomy entame l'intro au rythme immédiatement reconnaissable de la deuxième chanson pour que je fasse totalement abstraction de ce qui m'entoure. Surtout quand Davon part dans un solo avec sa guitare, avant de finalement poser sa voix au timbre si particulier sur la mélodie. La seule chose qui fait que je ne me mette pas à chanter comme une folle, à l'image du reste des filles qui m'entourent, c'est que je ne veux pas donner la moindre raison à Davon de penser que je me régale. Parfois, lorsqu'il chante, j'ai l'impression qu'il ne regarde que moi. Impression qui doit être partagée par toutes les fans des premiers rangs – qui sont persuadées qu'il les regarde, elles, pas moi, ça va de soi –, car certaines sont à la limite de l'hystérie, lui criant des « Je t'aime » et autres déclarations d'amour.

Au fil des chansons, je reste dans ma bulle, comme si j'étais dans un autre univers, soufflée par leur intensité. D'une façon ou d'une autre, tout le monde est dans une sorte d'euphorie, moi aussi, je dois l'avouer, même si je ne laisse pas mon corps le montrer. Ça devient carrément magique lorsque, sur les dernières notes, un feu d'artifice éclate en des gerbes multicolores derrière la scène.

Je lève les yeux au ciel pour profiter du spectacle, le sourire aux lèvres, et lorsque je les repose sur la scène, Davon me fait un clin d'œil. Et cette fois, il m'est destiné, ce n'est pas mon imagination, car j'entends des filles pousser des cris de surprise derrière nous en me montrant du doigt tout en se demandant si elles n'ont pas rêvé.

– Tu vois, me hurle Mika à l'oreille pour que sa voix fluette passe au-dessus des basses jouées par Jay. Il est sous le charme !

À ma grande surprise, je hoche la tête avec un sourire béat. Je ne sais pas si c'est l'ambiance, la musique ou la voix au timbre si particulier de Davon qu'elle semble m'envelopper tout entière, mais c'est moi qui suis sous le charme, merde ! Pour la première fois depuis des lustres, je me sens bien. Peut-être que je devrais voir les choses autrement, finalement. C'est tellement plus agréable que de se poser mille questions.

Une fois le concert terminé, je suis Mika sans râler, et surtout avec cette étrange impression de planer.

– Ils vont cartonner chez nous, c'est un truc de dingue, ce groupe. « Et voilà, chers fans. Parce que, oui, après avoir regardé les vidéos que j'ai mises en ligne, vous ne pourrez qu'être fans, pas vrai?! Le concert des HotEverShot s'achève, mais la soirée n'est pas terminée pour Angèle et votre fidèle serviteur: moi! Car qui dit grand concert, dit after! Promis, demain, on vous racontera tout de cette folle soirée! Bisous, bisous! »

– Tu ne m'avais pas dit qu'il y aurait une soirée. Je te jure que ce n'est pas pour faire ma chieuse, mais je suis claquée et, surtout, mes pieds sont en train de mourir! Je voudrais vraiment rentrer.

Et éviter que Davon me voie avec ce stupide sourire qui ne veut pas quitter mes lèvres, aussi.

– Désolée, ma belle. Contrat, tout ça... Je ne vais pas radoter, je n'ai que 40 ans, quand même.

– Mais...

– Pas de « mais ». Et puis, qui sait, la soirée pourrait être encore plus intéressante que le concert.

– Ça m'étonnerait, franchement.

– C'était génial, hein?

– Ils sont doués, j'avoue.

– Ouh, ça, en langage Angèle, ça veut dire que tu as adoré!

***

L'ambiance est tout autre lorsque nous arrivons à la soirée donnée à la gloire du groupe. Elle est étrangement guindée, et pour la première fois, je ne regrette pas ma tenue vestimentaire. J'aurais vraiment dépareillé avec les costumes et les robes de cocktail.

– Mika, tu es sûre qu'on est au bon endroit?

– Oui, aucun doute. Ce sont les sponsors et grands pontes du label. Et puis aussi des représentants de grands magazines. Tu vois l'homme bedonnant, là-bas? Il bosse pour le *Times*, le groupe va faire leur une le mois prochain. Je te laisse, c'est le meilleur moment pour développer mon réseau, me glisse Mika à l'oreille. Et n'oublie pas, ici, tu es qui tu veux.

Passer d'un concert de rock aux champagne et petits fours est pour le moins déconcertant. D'autant que je me prends à guetter un peu trop souvent l'immense double porte de l'entrée de la grande salle de notre hôtel qui a été privatisée pour l'occasion.

– Bonjour, vous travaillez pour quel journal? me demande une voix masculine.

L'homme d'une petite trentaine d'années me sourit en me tendant une coupe de champagne. Il pourrait être séduisant s'il ne m'avait pas détaillée de la tête aux pieds en marquant une longue pause sur ce fichu décolleté.

– Je ne suis pas journaliste, j'ai juste... Je suis avec le groupe.

– Vraiment? Je peux vous offrir un verre?

– C'est gratuit ici, il me semble, murmuré-je, gênée par la façon insistante dont il me déshabille du regard, mais saisissant malgré tout la coupe qu'il me tend.

Reprenant l'observation détaillée de ma poitrine,

l'homme me répond que ça n'empêche pas d'en proposer aux jolies filles, le tout enrobé de deux ou trois autres phrases pompeuses. Mais je ne lui prête plus attention, les yeux rivés sur l'arrivée des HotEverShot. Tout le monde les applaudit, mais on est loin des acclamations déchaînées du public de tout à l'heure. Forcément, ça perd de sa superbe lorsque les gens tapent dans leurs mains du bout des doigts tout en tenant leur coupe de champagne.

Davon a troqué ses habituels tee-shirts qui mettent en valeur ses muscles et ses tatouages contre une chemise blanche. Je pourrais être subjuguée par le contraste entre la clarté du tissu et son teint hâlé, mais tout ce que je vois, ce sont les deux filles qui sont pendues à ses bras. Une de chaque côté : à sa gauche, s'accroche une plantureuse femme à la peau chocolat, tandis qu'à sa droite, se tient une blonde platine aux seins monumentaux. Le trio s'avance pour saluer les gens qui viennent à leur rencontre, et j'ai l'impression d'avoir avalé de travers une bille de plomb qui finit par s'échouer lourdement au fond de mon estomac. J'avais hâte de le voir, Mika avait presque réussi à me convaincre avec tous ses délires, et mon euphorie post-concert est retombée comme un soufflé dès lors que j'ai vu Davon faire son entrée affublé de ces… filles.

Il est suivi de l'un des cameramans que j'avais vus au Hollywood Bowl. Un autre s'est placé devant, et il ne rate rien de la scène. Lorsque le chanteur me remarque et me sourit tout en effleurant la taille de la blonde qui semble rattachée à son épaule à coups de super-glu, je vide d'un trait ma coupe et m'éloigne de tout ce beau monde pour sortir sur la terrasse dont les lumières savamment placées rendent les lieux horriblement romantiques.

Être au milieu du gratin du show-biz me donne l'impression d'étouffer. Bon, je l'admets, c'est de voir ces deux pétasses greffées à lui qui m'a filé la nausée. Non, en fait, c'est pire. C'est de le voir s'en régaler, et aussi que ce petit con ait trouvé ça si savoureux qu'il s'est bien assuré que je n'en perde pas une miette.

– Vous vous sentez bien?

Il me faut une poignée de secondes pour me souvenir que j'ai devant moi l'homme qui m'a offert ma coupe tout à l'heure.

– Oui, j'avais trop chaud. C'est bon, merci.

– Vous voulez un peu de compagnie?

– Dégage, lui ordonne fermement une voix que je reconnais immédiatement.

Mon fournisseur de champagne attitré se tourne pour, j'imagine, envoyer promener l'intrus. Mais quand il s'aperçoit qu'il s'agit de Davon, il change de couleur et se contente de hocher la tête, puis il part sans demander son reste.

Il ne manquait plus que ça. Je n'ai aucune envie de l'affronter maintenant, surtout avec cette façon qu'il a de me regarder, celle qui me donne l'impression d'avoir des taches partout sur le visage.

– Qu'est-ce que vous voulez?

Il s'humecte les lèvres et emprisonne un instant l'une d'entre elles entre ses dents, avant de les laisser s'étirer dans un sourire qui devrait être interdit aux moins de 18 ans.

– Tu sais ce que je veux.

– Il y a deux filles dans la salle qui doivent se demander comment se déplacer sans s'accrocher à vous. C'est cruel de les laisser désemparées comme ça.

Il rit doucement, puis alors que ses mains se posent sur la large colonne contre laquelle j'étais appuyée, de sorte à m'enfermer dans son monde, il redevient subitement sérieux.

– Tu es jalouse ?

– Non, je suis juste navrée pour elles, je ne voudrais pas qu'elles se cassent la gueule ou se ridiculisent en boitant. Ça ferait mauvais effet.

Son visage est maintenant si près du mien que j'ai l'impression de ne plus respirer que son aura. La plupart des rock stars, même les plus moches, dégagent ce truc qui les rend irrésistibles voire carrément sexy. Mais Davon n'a pas besoin de ça pour vous faire sombrer. Il pourrait être pizzaiolo ou toiletteur pour chiens, n'importe quelle fille se pâmerait en priant pour tomber dans ses filets. Je ne vois plus que sa bouche...

– C'était qui, ce type ? me demande Davon.

***

– C'était qui, ce type, Ange ? Hein ?

Nes me tient le poignet si fort que, pour la première fois, malgré toutes les disputes qui ont marqué notre histoire, j'ai peur qu'il me fasse du mal.

– Mais personne, enfin. Juste le père d'un élève que j'ai eu l'année dernière. Je lui demandais comment ça se

passait pour son fils maintenant au collège.

– Oui, bien sûr, et vous avez eu besoin de parler comme ça pendant dix minutes au rayon fruits et légumes, juste par politesse.

– Lâche-moi, bordel ! Tu me fais mal !

J'ai beau crier, il resserre sa prise en me tordant le poignet, puis il me plaque contre le frigo, m'encadrant maintenant de ses bras comme s'il m'y mettait en prison.

– Tu as couché avec lui, pas vrai ?

– Quoi ? Mais non, enfin !

Sa bouche s'écrase douloureusement sur la mienne tandis que ses mains se referment sur mes hanches.

– Tu es à moi, grogne-t-il alors que ses doigts s'enfoncent dans ma chair et qu'il plaque son érection contre mon ventre.

***

Mon cœur menace de se frayer un chemin entre mes côtes tandis que je revis ce moment qui a marqué un tournant dans ma vie à jamais. La suite de la dispute est floue, noyée sous la violence et le sang.

– Angèle, résonne une voix lointaine. Ce type à qui j'ai dit de dégager, il t'embêtait ?

Je m'attends à revoir ses yeux noisette, mais ceux qui m'observent sont de ce bleu qui me coupe le souffle chaque fois que je plonge en eux. Je plaque violemment mes mains sur le torse de Davon pour le repousser et m'échapper. Fuir, même. Je le contourne, mais j'ai à peine fait un pas que je rentre dans un de ces fichus cameramans.

– Mais vous pouvez pas vous foutre ailleurs, merde !

Cette fois, je cours, tant pis si on dirait Cendrillon qui décampe sous les coups de minuit. J'ai besoin d'être loin de lui. Loin d'eux.

11

Angèle

Mes pieds en compote ont préféré échouer dans la piscine extérieure, déserte et suffisamment éloignée à cette heure, plutôt que de s'infliger d'aller jusqu'à ma chambre. Je sais que, de toute façon, je suis partie pour une nuit blanche. C'est toujours comme ça quand ce moment me revient tel un boomerang en pleine tête et que tout y devient confus. Je ne suis plus qu'une boule de nerfs, ensevelie sous un million d'émotions contradictoires. La peur, la colère, le dégoût, la culpabilité, la tristesse, les regrets… Seul point commun : je me sens comme une grosse merde.

Assise sur le rebord, je savoure le soulagement de l'eau sur mes pieds et mes mollets endoloris tout en vissant mes AirPods sur mes oreilles. Hors de question d'écouter un seul morceau qui ait rapport de près ou de loin avec les HotEverShot, j'ai besoin de sérénité et surtout de me sortir de la tête sa voix suave au timbre si particulier. « Dissolved Girl » de Massive Attack sera parfait pour commencer.

Les yeux fermés, je me laisse emmener loin d'ici par la musique, avec la douce impression de flotter. L'image des lèvres de Davon persiste malgré tout à danser sous mes paupières. S'il avait essayé de m'embrasser – avant l'effet boomerang qui m'a foutue dans un état pas possible –, je crois que je l'aurais laissé faire. J'en avais envie, surtout après l'avoir vu évoluer sur scène avec autant de charisme. Mais il ne l'aurait pas fait, de toute façon. À l'heure qu'il est, ce petit enfoiré est peut-être même déjà en train de s'envoyer l'une de ces filles, si ce n'est les deux en même temps.

Un gros « plouf » me sort soudain de ma bulle, pourtant tout semble désert. Je me perds un instant dans les volutes de vapeur qui donnent l'impression que l'eau s'envole en fumée, quand une masse surgit entre mes pieds. Non, je n'ai pas crié, j'ai carrément hurlé d'effroi tout en manquant de me casser la figure en tombant en arrière. La seule chose qui m'a empêchée de finir sur le dos, ce sont les larges mains qui se sont emparées de ma taille. Je bats des jambes pour me défaire de leur prise en m'arrosant copieusement au passage. Dans la panique, je crois que j'ai donné des claques aussi, même si j'ai plus frappé l'air que le visage qui a émergé devant moi.

– Tu as fini? me demande calmement l'homme tandis que je flanque une dernière tape sur sa tête.

– Davon?!

Essoufflée, je détaille enfin les traits de mon agresseur. Pas de doute, c'est lui. Il est trempé, et je ne vais pas tarder à l'être – je ne parle pas de l'eau de la piscine dont je me suis aspergée en me débattant – tandis que je suis le chemin des gouttes d'eau qui dégoulinent de ses cheveux, tombent sur ses épaules et échouent sur son torse dénudé. Non, mais je rêve? Il est torse nu dans la piscine. Alors, oui, ça pourrait être logique, mais là, en pleine nuit, alors qu'il était il y a moins d'une demi-heure dans une chemise impeccable à jouer les mondains, autant dire que la surprise est de taille.

– Mais ça va pas de me faire une peur pareille?!

Ce type m'aura décidément fait passer par toutes les émotions en à peine vingt-quatre heures.

– Je ne voulais pas te surprendre. Enfin si, peut-être. Mais je ne pensais pas que je te ferais une telle frayeur, et encore moins que je m'en prendrais plein la tête. Remarque, ça ne devrait pas m'étonner, vu la droite que tu m'as fichue quand on s'est rencontrés.

– Tu n'es pas avec tes poufs?

– Les femmes qui tombent dans mes bras en un battement de cils n'ont aucun intérêt. Je préfère celles qui savent me mettre au défi.

Alors, c'est donc ça, je ne suis qu'un challenge, la fille qui se refuse et qui l'intrigue. Je redeviendrai subitement inintéressante dès lors qu'il m'aura fait tomber dans ses filets. Eh bien, voyons ça. Puisque Monsieur aime me voir fuir, ne serait-ce que lui donner l'impression que je ne suis pas aussi inaccessible qu'il le pense sera peut-être le meilleur moyen pour qu'il me fiche la paix, après tout.

– Donc, tu me veux, moi.

J'ai sorti ça avec une voix enjôleuse que je ne me

connaissais pas, tout en me penchant pour attraper son menton. Je dois me faire violence pour jouer la fille qui n'a pas froid aux yeux, mais ça vaut le coup, car ça fait déjà son petit effet : son sourire s'évapore et il déglutit, visiblement perturbé par ce changement brutal dans mon comportement.

– Et tu veux quoi, exactement ? Ma bouche ?

Il entrouvre les lèvres, comme si elles se préparaient déjà à recevoir les miennes.

– Mon corps ?

Cette fois, sa bouche se pince et ses muscles se raidissent. C'est sûrement dû aux deux coupes de champagne que je me suis enfilées, mais j'ai soudain l'impression d'avoir un pouvoir sur lui, comme si chacun de mes mots influait sur son corps. Un corps tout aussi parfait que ses traits, bien sûr. Même si l'eau arrive quelques centimètres sous sa poitrine, je ne doute pas que le reste est conforme à ce que j'entrevois de ses pectoraux superbement dessinés, marqués de tatouages que mes doigts brûlent de toucher. Mais lorsque mes yeux quittent ce spectacle pour remonter jusqu'aux siens, c'est moi qui suis désarçonnée. Jamais je n'avais vu autant de désir dans le regard d'un homme. On dirait de la lave en fusion, prête à m'engloutir sous les braises.

Ses mains, qui n'avaient jusque-là pas quitté mes hanches, descendent doucement sur mes cuisses nues. Elles sont chaudes, et pourtant tous mes poils se hérissent comme si j'avais la chair de poule. Je le sens reprendre ce pouvoir que j'avais sur lui, et le jeu s'inverse. C'est Davon qui prend les rênes. Et bizarrement, ça ne me fait pas peur, bien au contraire. Au-delà de l'indubitable virilité qu'il dégage, Davon a quelque chose de doux et rassurant… et d'excitant, aussi.

Il ne dit rien, se contentant de me couver de ce regard brûlant dont je n'arrive plus à me détacher et de promener lentement ses doigts le long de mes cuisses. Je me retiens de bouger pour soulager ce désir qui commence à palpiter entre mes jambes, et mes seins se dressent comme pour raccourcir la distance qui nous sépare. Jamais mon corps n'avait réagi comme ça avec Nes. Avant que ça ne dérape, le sexe était bien, mais un simple geste tel que celui-ci ne me mettait pas dans tous mes états comme maintenant.

Il m'attrape doucement sous les genoux pour me rapprocher de lui, sans détacher son regard du mien. Une part de moi voudrait qu'il profite d'être à la hauteur de ma poitrine pour la dévorer – et pas que du regard –, mais il n'en fait rien.

Comment veux-tu que tes seins puissent l'attirer ? Ce n'est rien comparé à ceux des deux pétasses de tout à l'heure !

Tandis qu'il m'observe, la chaleur de son corps m'enveloppe, mais ce n'est pas que ça. C'est son aura, ce truc qui émane de lui comme de personne d'autre. Elle me donne l'impression qu'elle pourrait me protéger de tout, comme une seconde peau, une armure. Et qu'elle pourrait se souder à tout mon être, jusqu'à le briser si elle devait disparaître.

Je veux tout de toi, Angèle, murmure-t-il.

Sous ces mots prononcés avec tant de douceur, mon

cœur s'affole dans ma poitrine. Un cœur que je croyais absent et qui ne peut plus se permettre d'être touché s'il ne veut pas s'éparpiller en morceaux. Davon semble lire mes peurs. Du désir, ses yeux d'un bleu bien plus profond que celui de cette piscine passent à un regard empreint de tendresse.

– Quand tu seras prête, je prendrai tout ce que tu voudras bien me donner.

Il disparaît sous l'eau puis se propulse pour s'éloigner du rebord. Je profite d'échapper à son emprise pour déguerpir au plus vite. Je suis déjà hors de vue lorsque je l'entends réapparaître à la surface.

12

Davon

Je voulais savoir si ça lui ferait quelque chose de me voir avec ces filles et, finalement, il a suffi qu'un mec lui adresse la parole trente secondes pour que j'aille récupérer mon bien. Entendons-nous bien, Angèle n'est pas un objet et elle ne m'appartient pas, j'en ai parfaitement conscience. C'est juste que j'ai un putain de sentiment de propriété dès qu'il s'agit d'elle, même si je fais tout pour lutter contre cet instinct primaire digne d'un homme des cavernes.

Hier soir, pourtant, c'est moi qui lui appartenais. Je ne sais pas quelle mouche l'a piquée quand elle a joué les femmes fatales, encore que j'aie ma théorie sur ses motivations, mais j'étais subjugué, pris au piège. J'étais rivé à ses lèvres, et chaque mot faisait éclater un peu plus le désir que j'ai pour elle. J'ai d'ailleurs mis dix putains de minutes à redescendre et à pouvoir sortir de cette piscine, tellement je bandais. Si j'étais resté une seconde de plus près d'elle, ma queue aurait explosé dans mon boxer.

Déjà, juste avant de commencer le concert, j'étais dans

un état second. La voir dans cette robe a sûrement été le truc de trop, celui qui a complètement fait bugger mon cerveau. C'est dingue comment une fringue juste taillée comme il faut pour souligner sa féminité a suffi à entériner à quel point je la désire. Non pas que j'aie eu besoin de ça pour qu'elle s'installe dans ma tête. Ça a simplement été la facette de trop chez cette femme – qui peut tout faire afin de se rendre invisible mais aussi exploser comme un volcan – pour que je parvienne à lutter contre cette envie irrépressible que j'ai d'être près d'elle.

Quand je l'ai vue assise sur le rebord de la piscine, réfugiée dans son monde, je n'ai pas pu résister à saisir cette occasion de me rapprocher d'elle. À l'origine, je voulais juste comprendre ce qui l'avait fait subitement fuir, mais j'ai perdu le contrôle à l'instant où elle s'est penchée vers moi. À ce moment-là, elle m'a transformé en pantin. Elle aurait pu dire à mon cœur de cesser de battre, je suis sûr que ce con l'aurait fait.

Mais même si elle a brusquement sorti la carte de la séduction, j'ai bien senti qu'elle n'y croyait pas un seul instant. Elle a juste fait ça parce que je venais de dire que les filles faciles ne m'intéressaient pas. Elle n'a pas compris que je voyais ses failles derrière la carapace qu'elle montre au reste du monde. Et puis… quand je l'ai touchée… il y a eu cette osmose. Je sais qu'elle l'a sentie, elle aussi. Cet afflux d'énergie entre nous. C'est bien plus que du désir, c'est ancré bien plus profond que dans la chair. C'est pour ça que j'ai repris mes distances dès que je m'en suis senti capable. Si j'avais maintenu le contact avec sa peau un instant de plus, je n'aurais pas su m'arrêter. J'ignore si elle m'aurait résisté, sans doute pas, à voir cette façon dont elle s'est soudain mise à me détailler en se mordant la lèvre. Je suis sûr qu'elle ne s'est même pas aperçue qu'elle l'avait fait, d'ailleurs. Ça aurait, à n'en pas douter, viré en séance de baise dans la piscine. Sauf que je veux bien plus que son corps. Je veux découvrir ce qu'il y a derrière ses grands yeux verts et bien plus que ça encore.

– Davon, tu es avec nous?

Je repose les pieds sur terre pour tourner mon attention vers Rick.

– Tu as regardé les images, au moins? reprend-il en soupirant.

– Pas vraiment, non.

Agacé, Rick se pince l'arête du nez tout en cherchant avec la télécommande le passage que j'ai loupé. Je ne l'ai pas habitué à être aussi peu pro, je dois bien l'avouer. Depuis presque une semaine, je suis complètement à côté de la plaque. Pourtant, le côté artiste en décalage avec la réalité, il le connaît avec la plupart de ses poulains. Décidé à me mettre un coup de pied au cul, je fixe l'écran pour rattraper ce que j'ai manqué. On doit sélectionner les meilleurs passages du concert pour notre prochain clip, et j'ai pris l'habitude de tout superviser de A à Z. C'est moi et mon besoin de tout contrôler qui avons fait la marque de fabrique des HotEverShot, après tout.

Je croyais que c'était mon imagination qui avait dérivé vers Angèle, mais en visionnant les images, je réalise qu'il n'en est rien. Chaque prise de vue montrant les premiers rangs du public nous impose le magnétisme de la jeune femme, que ce soit en plan serré ou avec une vue plus large centrée sur elle.

– Putain, Carl, tu déconnes?! Qu'est-ce que t'as foutu?

Notre réalisateur ne mérite pas ma colère, pourtant, voir que je ne suis pas le seul à être subjugué par Angèle a fait monter ma tension d'un cran.

– Je suis désolé, Dav. Je sais bien que tu voulais uniquement des plans larges sur le public, mais on ne voyait que cette fille sortie d'on ne sait où, alors j'ai dit au cameraman de se fixer sur elle. J'veux dire, elle est superbe, elle a ce truc avec la caméra. Et puis, regarde-la, elle est dans sa bulle tandis que le reste du public est démonté. C'est parfait pour la dernière chanson que tu as écrite.

Et le pire, c'est que c'est vrai. Elle sort du lot. Elle qui d'ordinaire fait tout pour devenir invisible semble avoir oublié de se cacher, comme si la musique l'avait emportée ailleurs, dans un monde où elle n'a rien à craindre. On la dirait entourée d'une aura de sérénité que personne ne saurait envahir. Et pourtant, dans ses yeux, on lit tout. Le plaisir, le bien-être, certes teintés de souffrance mais surtout de ce truc que je croyais être le seul à déceler et qui crève l'écran. Tout à coup, son visage prend mille couleurs, éclairé par le feu d'artifice. Mais c'est elle qui illumine tout, elle et les étoiles qu'elle a dans les yeux en contemplant le ciel. Ça colle parfaitement avec la chanson, forcément, c'est en pensant à elle que je l'ai écrite!

J'enfonce mon visage entre mes mains pour tenter de calmer cette sensation qui me plombe l'estomac.

– Hors de question d'utiliser son image.

– Et pourquoi donc? demande Rick avec une pointe d'agacement.

– Je ne veux pas, c'est tout. Je n'ai pas besoin de dire pourquoi, c'est non, fin de l'histoire.

Putain, je suis jaloux. Moi, le mec qui refile les nanas à ses potes comme on se passe un joint. Je suis jaloux d'une putain d'image sur un écran plat que je ne veux partager avec personne.

– Regarde ces images de la soirée avant de te décider.

Cette fois, on me voit faire mon entrée en dandy avec Helena et Becky à mes bras, et je ne peux m'empêcher de sourire en repensant à la remarque d'Angèle. C'est vrai que, collées à moi comme elles le sont, on jurerait qu'elles sont infoutues de marcher par elles-mêmes. On voit ensuite un plan d'Angèle – ma parole, ces enfoirés ont déjà fait le montage de cette séquence –, dont les yeux flamboient de colère. Je savais que de me voir avec ces filles déclencherait une réaction, et la caméra l'a immortalisée sans en louper une miette. Quelque part, ça me rassure. Pourtant, la chaleur que je sens se diffuser dans ma poitrine à l'idée qu'elle ait été touchée ainsi n'a pas de quoi me rendre fier. Et puis, on la voit partir en relevant la tête, tandis que le plan suivant montre que je lâche tout pour aller la rejoindre.

Helena et Becky manquent effectivement d'en tomber, et leurs expressions courroucées ne sont pas pour leur faire honneur. Putain, j'ai carrément couru pour la rattraper. Et Carl a mis un beau ralenti sur ce passage.

– Ça suffit. Arrête ça, dis-je en arrachant des mains de Rick la télécommande.

Je sais déjà ce que vont montrer les prochaines images, mais ce moment où je l'ai coincée contre ce pilier n'appartient qu'à nous.

– Davon, ce jeu de regards entre vous est trop parfait pour laisser passer ces images. C'est précisément ce qui manquait avec le mannequin avec lequel on a fait l'essai hier matin.

– Non.

– OK, ça part au vote, tu n'es pas le seul décisionnaire dans cette équipe. Qui vote pour qu'Angèle soit dans le clip?

Incrédule, j'observe Jay et Tomy lever timidement la main.

– Désolé, mec, murmure Jay sans oser me regarder dans les yeux. Cette fille est trop parfaite. S'il n'y avait pas ce truc dans tes yeux dès que tu la regardes, j'aurais déjà tenté ma chance.

– Idem, désolé, frérot.

C'est une putain de blague. Trahi par mon frère, mon meilleur ami et mon manager. Quel est l'imbécile qui a instauré le vote quand on n'arrive pas à se mettre d'accord, Rick et moi? Ah, oui, c'est moi.

– Elle ne voudra jamais se prêter à ce petit jeu de toute façon.

– Elle n'aura pas vraiment le choix, m'informe Rick en me donnant une tape sur l'épaule.

13

Angèle

– Non ! Jamais ! Mika, tu ne peux pas m'obliger à faire ça !

La journaliste me regarde en grimaçant, visiblement navrée. Mais ça n'est pas suffisant pour apaiser ma colère.

– Angèle, j'ai essayé de convaincre Rick de renoncer, pour tout te dire, ça a été l'engueulade du siècle. Mais tu es liée par le contrat, et…

– Rien à foutre ! Vous pouvez vous carrer votre contrat où je pense. Il est hors de question que j'apparaisse dans ce clip.

– Tu ne comprends pas. Tu as cédé tes droits à l'image en signant le contrat. Tout ce qu'ils ont leur appartient déjà, ils peuvent en faire ce qu'ils veulent. Quant au reste du clip, si tu ne joues pas le jeu, le contrat sera rompu et tu devras absolument tout rembourser.

– Eh bien, je rembourserai, c'est bon.

Je contracterai un emprunt s'il le faut, je m'en fiche. Je ne ferai jamais ça. J'ai déjà assez de mal à me supporter devant un miroir, ce n'est pas pour m'exhiber sous le nez d'une caméra, même s'ils ont déjà apparemment largement pris leur compte. J'avais bien remarqué que j'étais filmée à plusieurs reprises, mais je n'avais pas réalisé qu'ils se focalisaient sur moi, je pensais juste que je serais noyée dans la masse.

– Ça représente une somme astronomique. L'avion, l'hôtel, les billets de concert… Ils seraient même capables de te facturer les frais engagés sur le clip si tu ne finis pas le tournage.

Anéantie, je me laisse tomber dans le fauteuil le plus près de mon lit. Je n'ose même pas imaginer la somme que ça représente. Je suis sûre que c'est une idée de Davon, un moyen de se venger d'hier soir ou de forcer un rapprochement. En fait, je me fous pas mal de ses raisons, le résultat est là, et la boule de rage qui se forme dans mon ventre en est la preuve.

Et dire que je commençais à tomber sous le charme… Il a tout gagné, maintenant, je le déteste.

– Et je dois vendre mon âme quand, exactement ?

***

– « Angèle est en train de vivre le rêve de la plupart d'entre nous. Je vous jure, je suis jalouse ! Si je pouvais prendre sa place, nul doute, je le ferais. Malheureusement, je ne suis pas la grande gagnante de ce concours organisé par Hot Rock Mag & Radio ! »

Ben, voyons. Prends-la, ma place, je te l'offre sans problème.

– « J'ai interdiction de vous montrer les images, c'est

classé secret-défense, et je n'ai même pas eu le droit d'écouter la toute nouvelle chanson que ce clip va mettre en scène. Mais je peux vous assurer que les HotEverShot sont tout simplement torrides ! Davon dans sa chemise blanche comme taillée sur son corps me donne des bouffées de chaleur, on croirait que les biceps de Tomy vont faire exploser le tissu de la sienne... Quant à Jay, bon sang, il serait sexy dans n'importe quoi, mais là... Waouh ! »

Eh bien, vous savez quoi ? On s'habitue. Si, si. Ils sont beaux, talentueux, tout ça... Mais quand on gratte un peu la surface et que la réalité met à jour leur perversité, ce n'est plus qu'un amas de muscles sans le moindre intérêt. Une petite voix dans ma tête me dit « Tu parles ! » au moment précis où Davon s'approche de moi afin de recommencer la prise pour la quatrième fois et, ce coup-ci, ma conscience n'a pas le timbre de mon ex.

– On y retourne ?

Sans lui répondre, je pars me placer au fond du jardin sur la croix collée par je ne sais quel miracle sur les graviers. Rapidement, j'entends les pas de Davon se faire plus proches tandis qu'il court pour me rejoindre, saisit mon bras et me fait pivoter vers lui. C'est le moment du grand rapprochement.

– Coupez ! Ça va pas, Davon. T'es pas dedans du tout, râle un certain Carl.

Moi, ça va. Il paraît même que je suis parfaite et pile dans le ton : furieuse. On m'a demandé de me retourner en lui lançant un regard noir, et je suis sûre que même les caméras peuvent saisir les éclairs qui sortent de mes yeux.

Et le petit plus dans tout ça, c'est qu'on ne viendra pas me reprocher de tout faire foirer, car Davon s'en charge pour nous deux.

Le rockeur est censé m'attraper par le poignet pour me tourner vers lui tout en me regardant passionnément, et le moins que l'on puisse dire, c'est qu'il ne risque pas d'y arriver en étant incapable d'affronter la tempête – moi et mes fameux éclairs. J'espère que c'est parce qu'il s'en veut de m'avoir poussée dans ce traquenard.

– Il faut croire que tu as bien fait de choisir de faire carrière dans la musique, dis-je en agrémentant ma remarque d'un sourire narquois.

Oui, je sais, c'est petit et mesquin. Mais il faut bien trouver du plaisir là où il n'y en a pas, et me moquer de Monsieur la Star fait des merveilles sur mon moral.

– Ça suffit, on fait une pause, grogne le chanteur à l'intention de son réalisateur.

– On vient déjà d'en faire une, Dav. Après, la lumière ne sera plus bonne.

– Et je te dis que j'ai besoin de faire une pause ! Toi, tu viens avec moi, m'annonce-t-il en m'attrapant fermement par le bras.

Il me tient suffisamment fort pour ne pas me laisser le choix, mais pas assez pour faire mal.

– Je doute que mon contrat m'oblige à te suivre, n'abuse pas.

Mais Davon doit se moquer totalement de mon avis, car je me fais embarquer *manu militari* à l'intérieur du grand bâtiment à la façade et aux jardins certes magnifiques, mais dont l'intérieur tient davantage de l'entrepôt pour le matériel des multiples tournages des studios de Hollywood. Sans vraiment comprendre comment, voilà que nous nous retrouvons sur la grande terrasse qui lui sert de toit.

– Pourquoi tu me regardes comme ça ?! s'écrie-t-il en me lâchant enfin.

– On m'a dit de me retourner en faisant un air mauvais. J'obéis au script, c'est tout.

– Oh, je t'en prie, toi et moi, on sait que tu es incapable de jouer la comédie. Ce qu'il y a dans tes yeux reflète forcément ce que tu penses.

Ma parole, soit j'ai affaire à des mutants capables de lire dans les esprits – parce que Mika m'ayant fait le même coup, il y a de quoi se poser des questions –, soit je suis un livre ouvert dont il suffit de regarder les pages quelques secondes pour en connaître le contenu. Loin de moi l'idée de jouer les mystérieuses, mais j'aimerais autant préserver mes pensées de ces envahisseurs.

– Et donc, vas-y, dis-moi, je pense à quoi ?

– Tu es en colère contre moi.

– Faux ! Je pensais au sort des tortues géantes des Galápagos.

Ma réponse semble l'amuser, et son rire détend subitement l'atmosphère.

– Je ne voulais pas de toi ici, reprend-il plus sérieusement.

– Il faudrait savoir. Un coup, tu me veux, un coup, tu ne me veux pas, je…

Mais le pas qu'il fait et qui réduit la distance – déjà trop peu raisonnable à mon goût – qu'il y avait entre nous m'ôte les mots de la bouche.

– Je ne voulais pas que tu apparaisses dans ce clip. Ce n'était pas mon idée. Je n'ai pas plus le choix que toi, Angèle.

Mon ego se dégonfle subitement quand je réalise que c'est pour ça qu'il ne joue pas la grande scène de la passion que tous attendent de lui. Il est contraint et forcé de simuler. C'est pour ça que là, tout de suite, il me fait ce regard triste pas bien éloigné de celui d'un chien battu. Ou alors c'est parce qu'il regrette que je gâche tout en apparaissant à l'image? D'après Mika, Davon a un besoin maladif de contrôler tout ce qui concerne le groupe.

Lorsqu'il pousse un long soupir et s'éloigne pour aller s'asseoir sur le rebord, un fort sentiment d'abandon me glace le sang. Le soleil est en train de se coucher, donnant au ciel des nuances sibyllines. Tout semble s'éteindre et, pourtant, sur le point de s'embraser.

Quand il se tourne vers moi, j'y vois une invitation à m'installer à ses côtés. Mon instinct de survie décide de se faire tout petit en acceptant de m'aider à surmonter ma peur du vide lorsque je m'assieds moi aussi sur le rebord du toit-terrasse.

– Si ça te déplaît tant que ça de me voir jouer dans le clip, pourquoi tu n'as pas refusé? dis-je après le long silence qui n'avait pourtant rien de gênant.

– Parce que quand on n'arrive pas à se mettre d'accord, tout le monde vote. Et j'ai perdu par trois voix contre une.

– Oh. Et tu n'as pas un droit de veto, ou un truc du genre?

– Tu connais les interventions?

Quoi? De quoi me parle-t-il?

– Des interventions? De police? tenté-je, ne comprenant pas bien le rapport avec son droit de veto.

– Non, c'est quelque chose qu'on fait quand un pote a besoin qu'on lui remette les idées en place. L'idée nous est venue d'une vieille série, je ne sais pas si elle passe en France. Enfin bref, du coup, à chaque fois que l'un de nous déraille, on se réunit pour lui faire comprendre qu'il faut qu'il arrête de déconner. Une fois, Tomy n'allait vraiment pas bien et il a fallu qu'on s'y mette à cinq pour lui mettre du plomb dans la tête. De fil en aiguille, c'est passé en vote. Aucun d'entre nous ne peut aller contre ça, sinon ça remettrait en question toutes les fois précédentes, tu comprends?

Je hoche la tête. C'est tout à fait louable de sa part d'être loyal à leurs codes. Je me perds un instant dans les couleurs maintenant roses et orangées des nuages dans le ciel et me rends compte que ma colère s'est progressivement évaporée depuis que nous sommes sur ce toit.

– Écoute, dis-je, conciliante, je comprends que tu ne veuilles pas de moi là-dedans. Je sais que ça gâche ce que tu voulais faire de…

– Tu ne gâches rien du tout. Je veux juste…

Il lève la tête vers le ciel en soupirant, m'offrant ce profil qui semble taillé dans la roche. Le spectacle est saisissant, mais pas autant que la sensation de sa main sur la mienne lorsqu'il me la prend tendrement pour la porter à ses lèvres. Cette douceur… L'effet de l'onde d'électricité qu'elle déclenche sur ma peau est juste indescriptible.

– Angèle… Je veux être le seul à te voir.

Mes yeux s'arrondissent si fort que je les sens proches de sortir de leurs orbites. Soit c'est super glauque, soit…

– C'est super flippant, excuse-moi, rajoute-t-il en grimaçant.

– Oui, un peu, j'avoue.

Pourtant, je n'ai pas récupéré ma main. Qu'il la tienne ainsi fait naître une douce chaleur dans ma poitrine. Encore plus quand il me regarde comme ça, de cette façon si craquante. Il est délicieusement flippant, à vrai dire.

– C'est bizarre. Tu me fais perdre tous mes mots alors que c'est toi qui me les as rendus.

– Je ne suis pas sûre d'avoir compris.

– Je n'avais rien écrit depuis des mois, mais depuis que je t'ai rencontrée, les mots fusent dans ma tête. Un peu comme s'ils étaient pris dans un barrage et qu'il avait rompu. Mais pour ce qui est de réussir à te parler… Te faire comprendre ce que je ressens… Cet éclat dans ton regard, j'aimerais que tu ne le partages qu'avec moi.

Entendre ses paroles sous le soleil couchant est certainement le moment le plus romantique que j'aie jamais vécu. C'est sans doute pour ça que mes doigts se referment d'eux-mêmes sur les siens.

***

– Et donc, mademoiselle, c'était déjà arrivé avant?

Le policier me toise comme si j'étais le bourreau plutôt que la victime. Est-ce qu'il a raison? Après ce que j'ai fait, j'aurais peut-être dû faire profil bas au lieu de courir au poste. Les mains tremblantes, je n'arrive déjà plus à soutenir son regard plein de dédain.

– Je… Oui, enfin, non. Pas vraiment.

– « Pas vraiment » ? Si vous n'êtes pas claire avec vous-même, comment voulez-vous qu'il n'y ait pas d'ambiguïté pour votre compagnon ? Avez-vous clairement dit non, au moins ?

Tout est si confus dans ma tête que je serais bien incapable de lui répondre. Il n'y a plus que des gestes, des sensations. La peur, la colère… Cette odeur, aussi…

– Bien, puisque vous n'êtes pas en mesure de me répondre, je vais vous poser la question autrement. Aviez-vous auparavant laissé cet homme vous toucher sans clairement lui dire oui ?

J'ai l'impression que le sol s'ouvre sous mes pieds pour m'engloutir dans ses ténèbres. Oui, bien sûr. Mais je l'aimais. Voilà donc ce qu'on gagne à offrir son cœur à un homme ? On lui offre également le pouvoir de tout posséder de vous ? Plus jamais je ne laisserai quiconque s'engouffrer dans mes faiblesses. Jamais.

***

Mes pieds ont beau être dans le vide, je reviens subitement sur terre. Tout sauf tomber amoureuse de Davon.

– Bien ! dis-je en me relevant. Il est temps de retourner tourner votre saleté de clip.

Le chanteur me regarde douloureusement, comme si je venais de le blesser. Mais ce n'est pas assez, alors je sonne le glas :

– Moi, je me fiche pas mal de qui voit quoi chez moi. Écris si ça te chante, chante ce que tu écris. Tout le monde s'en fout, moi la première.

Alors que je m'enfuis de ce toit, la honte et le dégoût me submergent. J'ai été odieuse, et je me maudis d'avoir eu de telles paroles alors que, vraiment, Davon ne mérite rien de ça. Mais ce moment hors du temps était trop magique, et je ne peux pas me permettre de laisser tomber les défenses que j'ai été obligée d'ériger pour garder en un seul tenant les morceaux de moi que Nes a brisés jusqu'à ce qu'il n'en reste que des miettes.

Je vais avoir bien du mal à me regarder dans un miroir après m'être montrée aussi insensible et cruelle, mais pour une fois dans ma vie, il me faut faire passer mon instinct de préservation avant tout le reste.

14

Davon

Je suis passé du con limite larmoyant à une exaspération indicible. Cette fille fait ressortir de moi tout ce que je ne suis pas : la colère, la jalousie, l'orgueil blessé... Rien de positif là-dedans, malheureusement. Je serais un sacré imbécile de vouloir m'accrocher après m'être dévoilé ainsi, pour la voir jeter derrière elle tout ce que je lui ai dit comme si ça n'avait pas le moindre intérêt.

Je me mets à nu dans mes chansons, mais personne ne le réalise vraiment. Là, c'était différent, et autant dire que la pilule est bien difficile à avaler. Pourtant, quand elle m'a laissé lui prendre la main, j'ai bien senti que je l'avais touchée. Jusqu'à ce qu'elle parte se réfugier dans ses pensées et remette cette saleté de bouclier.

Elle veut me faire fuir ? D'accord, qu'elle essaie donc. Lorsque je rejoins l'équipe pour reprendre le tournage, elle est déjà à sa place. Sans attendre que Carl donne l'ordre de remettre la machine en route, je me dirige droit vers ma place. Il va l'avoir, sa grande scène, sous les couleurs du crépuscule, qui plus est.

J'avance sur les graviers tandis qu'elle me tourne le dos. Je sais qu'elle m'entend arriver, car elle frémit à chacun de mes pas. Puis je prends son bras et la fais pivoter vers moi. La colère et la crainte, le regret peut-être, se mélangent cette fois dans son regard, mais je n'en ai que faire. J'attrape fermement sa nuque d'une main, mes doigts ne laissant pas à sa tête la possibilité de m'échapper tandis que mon pouce caresse sa joue. Alors que je plaque mon front contre le sien, sa bouche s'entrouvre de surprise. Nos regards fondus l'un dans l'autre, il n'y a plus qu'elle et moi, plus rien d'autre n'existe. Chacun de nous a été pris à son propre piège, finalement. De mon autre main, j'enserre sa taille, avant de la laisser lentement dériver sur son ventre. Ses hanches basculent naturellement vers moi, et elle en oublie de respirer, mais je crois bien que moi aussi. Nos nez se frôlent, encore plus lorsque je semble amorcer un baiser que je la sais incapable de me refuser tant ses lèvres appellent les miennes. Mais au dernier moment, je glisse jusqu'à son oreille, bien conscient de l'effet du contact de ma barbe contre sa peau. Cette bouffée d'air qu'elle tente d'inspirer mais qui reste bloquée dans sa gorge et que moi seul peux percevoir ne peut pas me mentir.

– Pense à tout ce que je pourrais te faire mais que tu refuses de prendre.

Quand je romps le contact, elle reste là, pantelante, à ne pas trop savoir quoi faire de toute cette tension sexuelle que j'ai instaurée entre nous. Moi, je sais déjà que j'en ferai bon usage.

15

Angèle

Épuisée, je m'effondre lourdement sur mon lit. Pourtant, je n'ai fait que rester plantée là, à me retourner, encore et encore, avec cet air furieux qui s'est étiolé dès lors que Davon a joué la carte de la bombe sexuelle prédatrice. Il m'avait à peine effleurée que j'avais déjà l'impression d'avoir le corps en feu. Mais j'imagine que ce qui a eu raison de moi et a littéralement pompé toute mon énergie a été de devoir contrôler cette peur et ce besoin viscéral de réagir chaque fois qu'il me saisissait le poignet pour me forcer à me retourner. Si je n'avais pas été briefée et surtout aussi en colère contre lui, j'aurais sursauté à la moindre tentative.

J'avais presque oublié la présence de Mika, qui me suit comme mon ombre depuis ce matin. Elle doit avoir peur que je fasse mes valises et me sauve sans prévenir. Oh, j'y ai pensé. Mais je dois avoir un côté bassement matérialiste, car je crains bien trop de me retrouver endettée à vie si je suis cet instinct qui me crie de m'enfuir le plus loin possible de cette ville et de ses habitants.

– Angèle, je sais que tu veux que je te laisse, mais… Oh, et puis zut, le travail peut attendre. Je dirai qu'on a eu interdiction de dévoiler les secrets du tournage, ou j'inventerai une autre excuse, tant pis.

– Tu t'es découvert une conscience, tout à coup?

Et voilà, il suffit de la regarder pour constater que je l'ai blessée alors qu'elle essayait juste de m'aider. Les deux personnes qui arrivent à lire en moi comme dans un livre ouvert envoyées sur les roses en moins de deux heures, je suis forte, hein? Méchante? Sans cœur? Arrogante? Perdue…

– Peut-être bien, en effet. Tu sais, je n'ai pas toujours été comme ça. Quand j'ai commencé, j'étais naïve et pleine d'espoir. Mais le monde du showbiz est un univers sombre, et celles qui en font le plus souvent les frais, ce sont les femmes. Dans ce milieu, si elles veulent durer, elles doivent apprendre à se montrer insensibles.

– Donc tu as choisi d'avoir un cœur de glace?

Mais c'est que je continue, en plus. Son regard vacille tandis que son expression trahit quelque chose de bien plus profond qu'une simple vexation à ma boutade. Bon sang, je me déteste d'avoir d'aussi mauvaises réactions.

– Oh, excuse-moi. Je suis horrible, soupiré-je en plongeant le visage dans mes mains.

– Mais tu n'as pas tout à fait tort, dit-elle en souriant et en tapotant ma main. Pour en revenir à ta question, je dirais plutôt qu'on a fait ce choix pour moi. Un jour, un producteur m'a fait monter dans sa chambre et… Oh, la suite, tu la connais. Je suppose que tu as entendu parler du mouvement #MeToo. Sauf que c'était il y a quinze ans, et qu'à l'époque, personne ne m'a crue. Ou plutôt, on m'a fait comprendre que si je voulais garder ma place, je devais me la fermer.

La journaliste semble tout à coup si humaine et fragile que j'en ai les larmes aux yeux. Comment ne pas partager sa peine, après tout ce que j'ai vécu moi-même ? J'ai jugé Mika sans même apprendre à la connaître, et au bout du compte, elle comme moi faisons juste le nécessaire pour survivre dans ce monde tordu.

– Alors maintenant, tu vois, c'est moi qui choisis les hommes, reprend-elle. Ça ne me protège pas des sales types, mais au moins je leur fais passer un message clair : je choisis ce que sera notre relation et, s'ils ne sont pas d'accord, ils peuvent passer leur chemin. Dans le cas contraire, ils peuvent s'attendre à ce que je ne me laisse pas faire et ne ferme pas ma bouche. Je vais directement à la rencontre de ceux qui m'intéressent, et je ne laisse pas l'ombre d'une chance à ceux dont je me fiche. Je ne m'autorise plus à hésiter. Je prends, je laisse, mais personne d'autre que moi ne fait ce choix. Alors oui, on peut dire que j'ai choisi d'avoir un cœur de glace. C'est ma façon à moi de gérer ce que j'ai vécu.

Je comprends mieux son soudain rentre-dedans sitôt Rick rencontré. Mika n'est plus la proie, c'est elle qui chasse, à présent.

– J'aimerais avoir ta force de caractère.

– Rien n'est perdu, tu sais, affirme-t-elle en souriant.

Et puis, je suis loin d'être un exemple à suivre. Ce que je voulais que tu comprennes, c'est que j'avais ton âge quand c'est arrivé. Ensuite, j'ai failli me laisser ensevelir par le passé, mais j'ai décidé de me battre et de devenir celle que je voulais être.

Je sais qu'elle ne me dit pas cela par hasard et qu'elle a plus ou moins compris ce qui ne tournait pas rond dans ma tête. La question, ce n'est pas si, mais comment.

– C'est si facile de lire en moi? J'ai l'impression que j'ai été livrée à Davon et à toi avec le mode d'emploi.

Cette fois, elle s'esclaffe carrément.

– Tu plaisantes? Tu passes ton temps à tirer la tronche avec un air revêche. Je doute que les gens parviennent à percevoir cette fragilité. Au contraire, tu dégages tout de la femme forte que personne ne viendra jamais embêter sous peine de se prendre des remarques cinglantes à la tête. Il n'y a que ceux qui ont vécu quelque chose de similaire qui peuvent ressentir ta détresse.

– Ça m'étonnerait que Davon se soit fait coincer dans sa chambre par un producteur, ou que… Enfin, tu vois, quoi.

– Il y a bien d'autres manières d'abîmer quelqu'un, tu sais. Mais on se fiche de ça, pour le moment tout au moins. Est-ce qu'il s'est passé quelque chose dont tu souhaites me parler quand il t'a emmenée à l'écart tout à l'heure? J'ai hésité à intervenir… Mais après, je vous ai cherchés quand même. J'étais inquiète, tu comprends. Sauf que je ne vous ai pas trouvés, et quand je vois comment il s'est comporté sur le tournage juste après… Tu avais l'air si… décontenancée… S'il t'a fait du mal, tu peux me le dire, tu sais. Star du rock ou pas, je te soutiendrai quoi qu'il en coûte.

– Ce n'est pas lui, le problème, dis-je, touchée par son élan de compassion. Il n'a rien fait de mal, il n'a même pas essayé.

– OK, je t'avoue que je suis rassurée. Pourtant, je vois bien que quelque chose ne va pas.

– C'est moi, je…

– Oh, non ! Ne dis jamais que c'est toi, le problème.

Non, quelque part, elle a raison. Le problème, ce n'est pas moi. Enfin, pas que. Je ne sais même plus, à force. Mais j'ai l'impression que Mika, elle, pourrait m'aider à le comprendre. Alors, tout en croisant les doigts pour ne jamais le regretter, je décide de lui dévoiler tout de ce que je n'avais jamais osé dire à quiconque.

16

Angèle

Après avoir tout raconté à Mika – non, je n'ai pas versé une larme, j'ai carrément pleuré comme une madeleine – je me serais bien passée d'une nouvelle obligation sortie de nulle part. Je suis vidée, et pourtant, avec ses paroles réconfortantes, la journaliste a su me regonfler à bloc. Toujours est-il qu'apparemment notre présence est requise dans les quartiers des HotEverShot qui ont organisé une soirée. Au moins, le trajet du retour devrait se faire sans encombre, c'est toujours ça de gagné.

Je n'aurais jamais cru qu'une suite pouvait accueillir autant de monde. On est bien loin de la soirée d'hier : l'alcool coule à flots, la musique résonne au point que les basses font vibrer les murs. C'est dix fois plus bruyant que ce soir pas si lointain où j'ai fait la connaissance du groupe et tout vu de l'anatomie de l'un d'entre eux.

Dois-je parler de toutes ces filles qui ondulent des fesses çà et là, moulées dans leurs robes dont la longueur tient plus de celle d'une ceinture ? Absolument pas. Est-ce que je fais tache dans ce pull qui m'arrive à la moitié des cuisses – mes bottes se chargeant de couvrir le reste de mon slim – comparée à ces femmes? Bien sûr que oui. Est-ce que j'ai envie de tout casser au moment où, en faisant quelques pas de plus, je découvre Davon installé dans un grand canapé en train de fourrer sa langue dans la bouche d'une grognasse, en me regardant droit dans les yeux juste après? Assurément.

Je lui ôte peut-être les mots de la bouche, mais, elle, elle semble avoir pris le parti de lui piquer ses amygdales.

– Un verre? me demande Mika tout en faisant un petit signe à Rick afin de lui faire comprendre de ne pas compter sur elle pour le moment.

– Non. Enfin, oui, mais je vais me débrouiller. Va voir Rick, tu m'as assez chouchoutée pour la soirée, Mika, merci. Je vais faire acte de présence dix minutes et puis j'irai me coucher.

Si tant est que la musique me permette de trouver le sommeil, bien entendu. Quoique, à mon avis, ce ne sera pas la principale raison de mon insomnie. Non, ce sera certainement ce moment qui risque de rester gravé dans mes rétines pour un temps indéterminé. Celui où je vois Davon quitter la bouche de la fille pour aller retrouver celle de la nana qui vient à l'instant de s'installer sur ses genoux. Grandiose!

Dans d'autres circonstances, j'aurais battu en retraite. Mais ce que m'a fait comprendre Mika m'a reboostée. Ses conseils et la colère font de moi une femme toute neuve, qui renverse malencontreusement son verre sur Davon et sa nouvelle O.R.L.

– Oups. Désolée.

Ma carrière d'actrice s'arrêtera donc là, parce que personne ne croirait une seconde que je regrette vraiment ma « maladresse ».

Davon réagit à peine. C'est pourtant lui que j'ai véritablement visé – pardon, je voulais dire que le contenu de mon verre de rhum, puisque c'était ça ou du whisky, a choisi malgré moi de se déverser accidentellement droit en direction du cou du chanteur pas sexy du tout dans sa chemise noire. Le décolleté de la demoiselle a fait les frais des quelques éclaboussures qui s'ensuivirent, rien de bien méchant, pourtant elle se lève en me hurlant dessus. Elle ne semble pas vraiment contente, mais à part de multiples « *fuck* » à toutes les sauces, j'avoue que mon anglais ne m'a pas permis de comprendre la teneur exacte de ses insultes. La faute à Mme Garet, ma prof d'anglais en seconde, qui avait refusé qu'on apprenne les gros mots de la langue, persuadée que ça ne nous serait d'aucune utilité. Eh bien, détrompe-toi, ma chère, parce que pour la première fois depuis que je suis arrivée ici, je ne comprends pas un traître mot de ce qu'on me dit. Je joue donc l'idiote jusqu'au bout en lui répondant en français :

– Je suis vraiment désolée d'avoir aussi mal visé, j'aurais dû balancer directement mon verre dans ta face de cul.

Oui, je sais, c'est pas joli, joli, de profiter des problèmes de traduction, mais c'était trop tentant et je n'ai pas pu résister. Quand Davon éclate de rire, j'ai un moment de flottement. Lorsqu'il me répond dans ma langue, avec presque aucun accent, que tant qu'à faire il aurait préféré que j'épargne son cou, je dois ressembler à ces poupées gonflables éternellement vouées à maintenir leur bouche grande ouverte.

Je m'étonne de ne pas entendre la voix de Nes me dire que je n'en ai pas les formes et que je suis vachement moins utile que ce genre d'objets, mais cette pensée est rapidement balayée par le scoop du jour.

– Tu… Tu parles français ?

La fille mouillée – pas que par mon verre, j'en suis sûre – baragouine qu'elle va aller nettoyer mes *fucking* bêtises, et sa copine de partage de pelle lui emboîte le pas par solidarité. Allez savoir ce qui ne tourne pas rond chez moi, mais je récupère la place sur le canapé – pas sur les genoux de Davon, il ne faut pas pousser –, sûrement parce que la curiosité l'emporte sur l'irritation, la jalousie et la colère. Et puis, ce sourire sur le visage du coupable ajouté au plaisir d'avoir rincé Gertrude – ça doit certainement être son prénom, il lui va comme un gant – me met bizarrement de bonne humeur.

– Ma mère était française. J'ai vécu avec elle jusqu'à mes 8 ans. J'ai un peu perdu l'habitude, mais ça revient facilement, surtout en vous entendant parler, Mika et toi.

Je scanne rapidement dans mes souvenirs ce que la journaliste et moi avons pu nous dire en sa présence. À part moi qui râlais tout le temps, elle qui m'invitait – « rouspétait » serait le mot juste – à profiter et à arrêter de faire la tronche, il ne me semble pas avoir dit quoi que ce soit qui puisse me faire honte.

– C'est fou, ça. Tu vivais où ?

– À Nice. C'est là que ma mère a échoué dans le lit de mon père.

Présenté comme ça, ça n'a rien de romantique.

– Je suis arrivé ici après sa mort.

– Avec Tomy?

– Non, Tomy était le fils légitime. Moi, j'étais l'un de ces gosses que mon père a laissés dans son sillage pendant l'une de ses tournées. On doit être quelques-uns, j'imagine. Mais ma mère se savait malade, et elle s'était assurée que mon père ne pourrait pas se dérober à ses responsabilités quand elle ne serait plus là. Alors il n'a pas eu d'autre choix que de m'accueillir.

Ce n'est pas romantique, c'est triste, en fait. L'accueil dans cette nouvelle famille américaine a dû être tout sauf chaleureux à en juger par l'air morose qui s'est peint sur les traits de Davon au fur et à mesure qu'il me confiait ce petit morceau de son enfance.

– Pourquoi ne pas m'avoir dit plus tôt que tu étais à moitié français? demandé-je pour changer de sujet.

– Toi et moi, on n'a jamais vraiment eu l'occasion de parler. Et puis, on voit ce que ça donne quand je me confie à toi.

Ça, c'est un coup bas. Mérité, certes, mais bas tout de même. Heureusement, je n'aurais pas à y répondre, puisque les O.R.L. sont de retour et me toisent en croisant les bras pour réclamer leur dû, que ce soit la place à côté de Davon, *sur* Davon, ou Davon tout court. Mais peu importe finalement: il est tout à elles.

– Bon, je vois que Gertrude et Gisèle réclament tes

bonnes grâces. Je ne voudrais surtout pas monopoliser ton attention. Bonne soirée, Davon. J'espère bien m'amuser autant que toi.

Il se lève aussi sec. La pauvre Gisèle – qui comptait apparemment prendre son tour sur les genoux de Davon – en manque de s'échouer sur la moquette, mais le rockeur la retient en la rattrapant par la taille. Je ne suis même pas sûre qu'il s'en soit rendu compte, d'ailleurs, il a dû faire ça par pur réflexe, car malgré les battements de cils de la demoiselle, il ne lui jette pas un regard. L'attention de Davon est entièrement tournée vers moi, au point que j'ai l'impression qu'il n'y a personne d'autre que nous dans cette pièce. Plus que nous et sa voix qui a envahi les enceintes installées dans la pièce. Cette chanson que j'adore, celle-là même qu'il jouait sur scène au moment où a éclaté le feu d'artifice, résonne et nous enveloppe.

– Viens avec moi, m'intime fermement Davon.

– Pourquoi, parce que le contrat m'y oblige ?

– Non, parce que tu en as envie.

Il me tend la main en haussant les sourcils, et j'apprécie que, cette fois, il me laisse la possibilité de choisir ce que je veux en faire.

Je saisis ma chance et, sans réelle surprise, j'atterris dans sa chambre. À peine la porte refermée, Davon me plaque contre le mur, tout comme il plaque son front contre le mien pour se fondre dans mes yeux.

– Je ne veux pas te voir dans les bras d'un autre, murmure-t-il, presque suppliant, tout en enveloppant mon visage de ses mains.

– Tu veux dire, comme toi avec ces filles il n'y a pas deux minutes ?

– Ça n'a rien à voir.

Il glisse ses mains sous mon pull pour les poser sur mes hanches comme il l'a fait plus tôt dans l'après-midi. Mais cette fois, il n'y a personne qui nous observe, ni ne vient s'emparer de ce moment d'intimité. À chaque caresse, mon cœur accélère un peu plus ses battements alors que c'est à peine si ses doigts effleurent ma peau.

– Vraiment ? Parce que tu es un homme, que je suis une femme… Tout ça ?

– Non. Parce que c'est de l'esbroufe. Une image que je laisse les autres avoir de moi.

– Tu n'as pas fait que ça. Ta langue dans leur bouche…

– Tu la voulais dans la tienne ?

Oh, merde. Il a demandé ça le plus sérieusement du monde, et ça sonne à la fois comme une promesse et comme une menace. Surtout avec ce timbre suave qu'est le sien. C'est moi qui enclenche la première. Je m'empare de sa bouche parce que, oui, je la veux. Je la voulais déjà tout à l'heure, je la désire depuis la première fois qu'elle s'est posée sur la mienne. Je ne pense plus qu'à elle lorsque je m'endors chaque soir.

Il répond à mon baiser en refermant ses bras autour de moi. Ça aurait pu me faire peur, mais c'est une armure protectrice qui m'enveloppe, et non une prison.

Quand il presse mon corps contre le sien et attaque délicatement mon cou avec ses dents, chaque parcelle de ma peau frissonne jusqu'à ce que la sensation se concentre en un unique endroit de mon anatomie. Sa main remonte un peu plus loin sous mon pull et vient saisir mon sein. Lorsqu'il s'aperçoit que je ne porte pas de sous-vêtement, un grognement de satisfaction que je sens vibrer jusque dans mes os s'échappe de sa gorge.

Il attrape mon haut, le fait passer par-dessus ma tête, puis il recule pour m'observer. Mon premier réflexe aurait été de croiser les bras sur ma poitrine pour me protéger de sa vue si je n'avais pas lu ce désir presque animal avec lequel ses yeux se mettent à explorer mon corps. Pour la première fois, je ne ressens pas le besoin de me cacher.

– Tu es tellement belle. Je pourrais passer ma vie à t'admirer.

Moi aussi. Sauf que non, puisque ça durera quinze jours tout au plus, et que je repartirai de là le cœur brisé. J'ai cru que je saurais faire comme Mika, me faire plaisir sans réfléchir. Mais pas s'il dit des choses comme ça. Il faut qu'il se taise et qu'il arrête d'être aussi charmant. Je me jette sur lui et il se laisse emporter par cet élan, ce besoin irrépressible de couper à tout romantisme, toute affection, en retombant sur le lit.

Il m'aide à le défaire de sa chemise. Bon sang, un torse pareil devrait non seulement être interdit aux moins de 18 ans, mais surtout aux plus de 60. Leur cœur n'y survivrait pas, c'est certain. Je parsème sa peau de baisers, descendant de plus en plus vers le sud. Comment un corps peut-il être aussi doux et puissant à la fois?

Alors que je commençais à déboutonner son pantalon, Davon m'attrape délicatement par les poignets pour me faire remonter jusqu'à sa bouche. S'il veut faire durer le plaisir, moi, je ne désire qu'une chose, l'avoir en moi. Le besoin est pressant, urgent, viscéral… Comme une course contre ces démons qui me rattrapent et qui grignotent un peu plus mon âme à mesure que je les laisse gagner.

Il m'embrasse langoureusement, sa langue joue avec la mienne, alternant caresses voluptueuses et incursions plus intenses et passionnées. C'est moi qui suis sur le dos maintenant, et lorsqu'il rompt ce baiser pour s'emparer de mes seins, je me perds dans un tourbillon de sensations. D'une main, il effleure tendrement mon mamelon, tandis que sa bouche titille, lèche, mordille son jumeau. Deux perceptions contradictoires qui me font tourner la tête.

Pourtant, mon corps se tend progressivement au fur et à mesure que sa bouche descend sur mon ventre avec une lenteur calculée, laissant un sillon brûlant de désir sur son passage. Il ouvre mon jean et tire dessus d'un coup sec pour m'en défaire.

C'est ce moment-là que choisit mon cerveau pour disjoncter.

17

Davon

Tout allait bien. Très bien, même. Ce n'était pas un stratagème, j'avais la ferme intention de coucher avec ces filles. Les deux, histoire de rattraper le temps perdu. Alors, oui, je voulais qu'elle le voie. Qu'elle prenne conscience que je n'étais pas cette petite chose qui s'était ouverte à elle sur le rebord de ce toit et qui attendait, meurtrie, qu'elle change d'avis. Mais elle m'a tellement fait rire en insultant Jessie que l'apaisement a été immédiat. Cette fille panse mes plaies comme elle sait les ouvrir. Et son corps sous le mien me rend complètement dingue.

Je remonte le long de sa peau, décidé à faire une nouvelle halte sur ses globes, si parfaits dans ma main, avant de reprendre sa bouche. Mais les frissons dont est parcourue sa peau ne sont plus ceux du désir. Quelque chose cloche.

– Angèle, ça va ?

Mais elle n'est pas là. Pas vraiment, en tout cas. Ses yeux, voilés de terreur, regardent dans le vide, incapables de me voir. Le souffle coupé, elle peine à respirer, en proie à une panique totale. Merde, elle est en train de me faire une crise d'angoisse monumentale. J'ai beau l'appeler, caresser son visage, rien n'y fait. Elle reste dans cet état second, au point que je réussis à flipper pour de bon. J'attrape le drap pour recouvrir sa nudité, enfile ma chemise et pars à la recherche de la seule personne qui me semble être en mesure de m'aider.

Je ne tarde pas à mettre la main sur Mika, qui n'a heureusement pas déjà quitté les lieux pour aller s'envoyer en l'air avec Rick. Je me plante devant elle sans prêter attention au regard appuyé et interrogateur de la journaliste sur ma chemise encore ouverte et mon jean à moitié déboutonné.

– Viens avec moi. Tout de suite.

Ce n'est pas une supplique, c'est un ordre. Mika le comprend et renonce à me recadrer à l'instant où ses yeux croisent les miens. Je ne sais pas quelle tête je fais, mais je flippe tellement que j'en ai une vague idée.

– Rick, tu fais vider les lieux à tout le monde, ajouté-je à l'intention de mon manager.

– Mais...

– Tu dégages tout le monde, maintenant !

Il hoche la tête, et je sais déjà qu'il s'imagine devoir maquiller un crime pour sauver ma carrière.

Tout en entendant Rick annoncer que la fête est finie et les convives pousser des cris de mécontentement, j'entraîne Mika dans ma chambre sans ménagement. Nous retrouvons Angèle dans le même état que lorsque je l'ai laissée, et c'est au tour de Mika de crier, de stupeur cette fois.

– Qu'est-ce qui s'est passé ? me demande-t-elle en

plaquant ses mains sur ses joues.

– Elle et moi, on était en train de… Et elle… Oh, merde ! Aide-la, s'il te plaît.

Son visage passe par toutes les émotions : soupçon, crainte… mais c'est l'inquiétude qui l'emporte.

– Oh, non, non, c'est bien trop tôt, déplore-t-elle en français sans se douter que je comprends chacun de ses mots. Oh, ma belle, quand je t'ai dit de profiter, c'était en allant à ton rythme. Tu n'étais pas prête à aller si vite. Hé, Angèle, regarde-moi. Tu me vois ?

La jeune femme hoche légèrement la tête, les yeux remplis de larmes, tandis que Mika lui caresse doucement les cheveux comme le faisait ma mère lorsque je faisais un cauchemar.

– Oui, voilà. Respire, ça va aller. C'est bien, je suis là.

Le temps s'étire alors que je reste planté là, hébété, à les observer. Mais la grande blonde me lance un regard noir, me signalant que je ne devrais pas voir le désarroi d'Angèle, et elle finit tout bonnement par me foutre dehors. Elle est sur le point de refermer la porte lorsque, dans un sursaut de lucidité, je l'empêche de le faire.

– Qu'est-ce qui se passe ? Est-ce que… Est-ce que c'est moi ?

Elle pince les lèvres tout en m'observant, avant de répondre :

– Elle vous en parlera peut-être un jour. Mais c'est elle qui en décidera. Je regrette, Davon. Bonne nuit.

Lorsque Mika referme la porte, j'ai l'impression qu'elle m'interdit désormais l'accès à bien plus qu'à cette chambre.

– Davon, murmure Rick dans mon dos. Est-ce qu'il y a quelque chose que je dois savoir?

– Et tu penses à quoi exactement?

Je me laisse lourdement tomber dans ce canapé depuis lequel ma soirée a pris une direction totalement inattendue, puis plonge le visage entre mes mains, harassé. Qu'est-ce qu'il croit, franchement, que je lui ai fait du mal? Il me connaît depuis suffisamment longtemps pour savoir que jamais je ne forcerais une femme à quoi que ce soit qu'elle ne veuille pas. Moi plus encore que quiconque. Je finis par lever les yeux vers celui qui est mon manager, en plus d'avoir été celui de mon père durant plus de vingt ans. Bien sûr qu'il sait. Je suis tout le contraire de l'enfoiré qui m'a mis sur terre.

– Excuse-moi, soupire-t-il en posant sa main sur mon épaule. Je sais que ce n'est pas ton genre, c'est juste que je ne t'ai jamais vu comme ça avec une femme.

Parce qu'elle n'a rien à voir avec les autres, justement. Et j'ai peur de comprendre pourquoi. Mais je ferai tout pour la réparer…

18

Angèle

La tête emplie d'images du passé entremêlées à celles du présent dans une danse confuse et macabre, je me réveille dans un lit qui n'est clairement pas le mien. Dans ma chambre, le soleil a pris l'habitude de me sortir progressivement du sommeil, mais dans celle-ci, il est masqué par d'épais rideaux et ses rayons filtrent à peine sur les côtés. C'est en réalisant que j'ai la tête posée sur le ventre de Mika que tout me revient clairement.

– Oh, merde. J'ai complètement déconné, dis-je en me défaisant des bras de la journaliste.

Si je n'avais pas perdu les pédales, ce n'est pas dans les siens que je serais à cet instant. Mais c'était sans compter sur l'espèce de court-circuit qui s'est produit dans mon cerveau lorsque Davon a tiré sur mon jean. J'ai foncé tête baissée dans l'espoir d'échapper à mes souvenirs tout en prenant soin de préserver mon cœur. Cependant, c'est impossible. Je ne peux pas couper mon corps de ces émotions qui le submergent. D'un côté, je dois me le réapproprier. J'imagine que seules la tendresse et la patience d'un homme sauront un jour m'y aider. De l'autre, je dois préserver mon cœur. Tout sauf laisser à nouveau ce pouvoir à qui que ce soit. Ce qui signifie que je dois le protéger de Davon, parce qu'il réunit à lui seul tout ce qui pourrait me faire succomber, et bien plus qu'à ses charmes. Deux besoins incompatibles, c'est certain. En gros, il me faut un mec adorable et gentil, mais sans sex-appeal, inintéressant et qui soit incapable de déclencher cette fameuse sensation que nombre de gens décrivent comme étant des papillons dans le ventre.

– Tu l'as dit…

– Merci pour ton soutien. Le vrai d'hier, hein. Je ne sais pas ce que j'aurais fait sans toi…

– Tu as voulu monter dans un avion de chasse alors que tu as besoin d'y aller en calèche, ma chérie.

– La calèche, c'est romantique.

– Eh bien, choisis un cargo, dans ce cas. Ou un bateau de pêche qui pue le hareng ! Mais vas-y plus lentement.

– Ou alors, je ne vais plus nulle part.

Lorsque la journaliste se redresse pour me prendre dans ses bras, je soupire d'aise. Ça fait tellement de bien de sentir ce contact humain qui, lui, ne déclenche ni stress ni craintes et ne fait pas battre mon cœur à cent à l'heure…

– Ne dis pas de bêtises. Il faut juste ne pas te précipiter, ça ne veut pas dire que tu devras vivre avec une ceinture de chasteté toute ta vie. Tu sais, Davon était vraiment très inquiet.

– Oh, pitié, n'en rajoute pas, j'ai assez honte comme ça.

– C'était super mignon. Et sexy. Pas de le voir paniqué,

je parle de ses abdos. Avec son pantalon déboutonné pour enjoliver le tableau, c'était… Waouh ! De vraies tablettes de chocolat ! Est-ce que tu as eu le temps d'y goûter un peu, au moins ?

Je sais que Mika part sur ce terrain pour dédramatiser la situation, et c'est vraiment ce dont j'ai besoin là, tout de suite, mais si elle pouvait éviter de parler des abdos à tomber de Davon…

– Tu ne me feras pas dire qu'il est à tomber.

– Non, pas besoin de le dire, il suffit d'avoir des yeux pour le savoir. Pourtant, ce n'est pas ça qui te plaît chez lui, pas vrai ?

Et elle ne me fera pas non plus dire que c'est bien plus que ça. Que j'ai l'impression que lui et moi sommes au diapason, qu'on résonne sur la même fréquence, que dès qu'il est près de moi, je n'ai plus cette impression permanente de ne pas être à la hauteur, qu'il me fait me sentir unique, intéressante et forte. J'ose lui tenir tête, je n'ai pas peur de lui… Et c'est une première.

– Et dans deux semaines, je disparaîtrai de sa vie, et lui, de la mienne. Je ne monterai jamais dans ta calèche, Mika. J'attendrai que la vie m'amène un bon vieux cargo tout rouillé. Enfin pas trop, juste ce qu'il faut pour ne pas m'attacher.

– On n'avait pas dit que Davon était un avion de chasse ?

– Calèche, avion de chasse, peu importe, puisque je ne monterai pas dedans, affirmé-je pour clore le sujet.

– Très bien, il est temps de sortir de cette chambre. Dois-je faire préparer votre attelage, très chère ? Je pourrais peut-être détourner son attention pendant que tu prendras la poudre d'escampette.

– Non, c'est gentil, mais je lui dois un minimum d'explications. Je ne peux pas me sauver comme ça, ça sera encore pire après, on ne va faire que se croiser.

– Comme tu voudras, dit Mika en me tapotant la main. Mais Angèle… Je me répète, je sais, mais il était dans un état presque aussi flippant que le tien, hier soir. Il était mignon, sexy, mais surtout attendrissant.

Lorsque nous franchissons la porte de la chambre pour entrer dans le salon, tous les regards se tournent vers nous. Tomy et Jay ont la délicatesse de très vite retourner à leurs manettes pour continuer la partie virtuelle de foot qui se joue sur l'écran géant. Rick détourne rapidement les yeux vers sa dulcinée. Seul Davon maintient le contact visuel avec une expression de détresse qui ébranle chaque fibre de mon être.

– Davon, je peux te parler? dis-je d'une toute petite voix.

– Est-ce que vous pouvez nous laisser? demande ce dernier à l'assemblée.

Tout le monde obtempère sans broncher, chose plutôt surprenante, car j'ai noté que la plupart du temps, Jay et Tomy s'opposent à lui ne serait-ce que pour la forme.

Une fois que nous sommes seuls dans le vaste espace commun, je me sens minuscule mais loin d'être insignifiante. Pas avec cette façon qu'a Davon de me regarder. On dirait qu'il me prend pour une bombe à retardement prête à exploser. Je dois bien lui accorder qu'il ne doit plus savoir sur quel pied danser avec moi.

En à peine une semaine, je suis passée de la furie à la nana en pleine crise d'angoisse, tout ça en jouant par intermittence la fille froide et cynique, puis en me jetant sur lui entre deux versions de moi. Rien que je ne sois vraiment. Mais sais-je réellement qui je suis quand l'ombre de Nes ne rôde pas autour de moi? Après dix ans à entendre que je n'étais jamais assez bien, je ne suis plus vraiment certaine de savoir ce que je suis au fond de moi. C'est Mika qui me l'a fait réaliser durant ces heures où j'ai tout lâché de mon passé. Mais c'est pourtant le regard de Davon sur moi qui a autorisé cette prise de conscience. Qui m'a fait comprendre que je pourrais être autre chose qu'une nullité absolue aux yeux d'un homme et surtout aux miens.

– Je suis désolée pour hier soir, ça n'arrivera plus.

– Tu veux dire ta crise d'angoisse ou ce qu'il y a eu entre nous?

– Les deux.

Il passe la main sur son visage au point d'en déformer les traits, puis il s'éloigne vers la fenêtre. Même si elle est bizarrement douloureuse, je ne peux qu'apprécier qu'il laisse cette distance entre nous plutôt que de m'imposer sa présence.

– Je croyais que tu le voulais, murmure-t-il, à peine audible. À aucun moment, je n'ai voulu te forcer à…

– Tu ne m'as forcée à rien du tout! Je t'ai suivi en pensant être capable de gérer, sauf que, de toute évidence, ça n'est pas le cas. Tu n'y es pour rien, c'est moi qui ai présumé de mes forces. Je suis désolée que tu aies dû assister à ça, j'ai gâché ta soirée. Tu aurais mieux fait d'aller avec Gertrude.

– C'est ridicule. Je me fiche pas mal de Gertrude. Rhô, je veux dire, Jessie. C'est avec toi que je voulais être.

– Oui, ben, ce n'est pas au programme, vu le coup que je t'ai fait hier. Et puis ce qui t'intéresse, c'est de pouvoir écrire, non ? Ça marche sans avoir besoin de coucher avec moi, apparemment, donc pas de problème pour t'aider, mais sans aller plus loin.

– Je ne veux pas coucher avec toi.

– Bien, parfait ! On est sur la même longueur d'onde, à l'évidence.

Super ! Je ferais bien une danse de la joie si mon ego n'était pas piétiné par mes propres pieds.

– Je veux bien plus.

– Oh, je t'en prie, on ne se connaît que depuis une semaine et c'est à peine si on avait échangé quelques mots avant hier.

Une semaine, putain. Une seule semaine, et j'ai cette conversation ahurissante avec lui. Mais le pire, c'est que même si je mets le doigt sur cette incohérence, je ne peux qu'avoir cette impression que ça va bien au-delà du temps passé ensemble.

– Et pourtant, toi et moi, on sait tous les deux que c'est bien plus que ça.

– Eh bien, soyons amis, dans ce cas.

Oh, bon sang, Angèle, tu t'entends ? Le coup de l'amitié, vraiment ? Même moi, je n'y crois pas une seule seconde. Je serais incapable de rester dans la même pièce que lui sans avoir envie de le toucher, maintenant qu'on a franchi ce cap. Et tout ça pour quoi ? Finir en PLS dans la foulée ?

– Et si je ne suis pas d'accord? demande Davon.

– Tu te rends compte que tu ne voulais pas me forcer et que, là, tu dis tout le contraire?

– Pas si c'est ce que, toi, tu veux.

– Davon, je viens de te dire que c'était mort.

– OK, donc tu veux qu'on soit amis. Je peux me taper la terre entière, ça te laisse froide, ça te convient même tout à fait.

Ouais, même que je ferai la pom-pom girl à côté pour l'encourager, c'est sûr. *Allez, vas-y, Davon, tape-toi toutes les Gertrude et les Gisèle de la planète, je suis de tout cœur avec toi. Donnez-moi un B! Donnez-moi un A! Un I! Un S! Un E! Youpi! Vas-y, champion!* Comment pourrais-je y croire ne serait-ce qu'une seconde?

– Bien sûr.

Il franchit la distance qui nous sépare pour plonger ses yeux d'un bleu dur dans les miens, et je déglutis comme une parfaite imbécile. Quant à lui, il pousse un soupir de frustration ou de rage, je ne sais pas trop. Les deux, peut-être. Sa main s'avance pour toucher mon visage, mais elle y renonce quelques millimètres avant d'entrer en contact avec ma peau. Je peux sentir la chaleur de ses doigts, pourtant. Et c'est tellement pire… J'ai un besoin viscéral qu'il aille au bout de son geste.

– Si tu ne veux pas que je te touche, alors ferme les yeux.

Je le fixe en fronçant les sourcils, l'accusant presque de m'obliger à faire ce choix. Et j'ai toutes les peines du monde à les garder ouverts lorsque ses doigts effleurent tendrement ma joue, tant cela me bouleverse. Alors je m'accroche à ces prunelles qui me promettent tant de choses. De la protection, de prendre le temps, de ne pas me bousculer…

– Davon, lâché-je finalement alors que ma bouche se rapprochait dangereusement de la sienne. Ça ne sert à rien de s'embarquer là-dedans. Il ne reste que deux semaines avant que ne se termine la promo.

– Tu ne partiras que quand tu le souhaiteras.

– J'ai un travail qui, lui, n'attendra pas.

Il me restera un bon mois supplémentaire de vacances, certes, mais ça ne fera que retarder l'inévitable. Et puis, je n'ai pas les moyens de rester plus longtemps à l'hôtel, ni de racheter un billet d'avion. Mais qu'est-ce que je dis, moi ? J'étais en train de mettre fin à quelque chose qui n'avait même pas commencé, non ?

– Il y a toujours des solutions. Ce qui compte, c'est ce que tu veux, toi, murmure-t-il dans un souffle, ses lèvres toujours aussi près des miennes.

– Sauf que je ne sais pas ce que je veux.

Pire, je change d'avis toutes les trente secondes.

– Raison de plus pour prendre tout le temps nécessaire pour le savoir.

Quand sa main quitte ma joue pour se glisser dans mes cheveux, j'ai l'impression de perdre pied. Pourtant, il recule déjà lorsque Mika entre dans la pièce en se raclant bruyamment la gorge.

– Bien, je vois que vous avez terminé de… parler. Maintenant, si vous le permettez, je vais récupérer la demoiselle. Si je ne m'abuse, il n'y a rien de prévu au programme aujourd'hui, et je voulais l'emmener faire des emplettes.

– Soyez de retour pour dix-huit heures, lui annonce Davon.

– Et pourquoi donc? ne puis-je m'empêcher de demander.

– Parce que tu as quelque chose de prévu avec moi ce soir.

– À cause du contrat?

Comme je l'ai fait hier, je pose à nouveau cette question, en connaissant cette fois déjà la réponse. À voir ce sourire en coin qui étire ses lèvres, il le sait, lui aussi.

– Non. Tout simplement parce que tu en as envie.

– Mignon et attachant, me chuchote Mika en français tout en m'entraînant vers la sortie, ce qui extirpe un sourire au principal intéressé qui l'a apparemment également entendue.

Dans quel guêpier me suis-je encore fourrée?

19

Davon

J'ai préféré surfer sur la vague plutôt que de laisser le soufflé retomber. Loin de moi l'idée de lui forcer la main, mais si je lui donne l'occasion de trop réfléchir, je sais qu'elle fera marche arrière.

Je repose mon carnet en soupirant et tombe, en relevant la tête, sur les yeux du même bleu que les miens, ceux de Tomy.

– Quoi ?

– Cette fille t'a retourné le cerveau.

Carrément.

– Pas du tout.

– Tu crois vraiment pouvoir me la faire à l'envers ?

– Elle m'inspire, c'est tout.

Non seulement elle m'inspire pour mes chansons, mais en plus elle m'inspire des choses interdites aux moins de 18 ans. Je prendrai mon mal en patience, cependant. Je n'ai guère le choix au vu de la situation.

La question, ce n'est pas quoi, mais qui. Qui l'a fait

souffrir au point de la meurtrir jusque dans son lit. Et quand j'aurai trouvé l'enfoiré responsable de toute cette merde, je me chargerai moi-même de le faire disparaître à jamais. Je n'ai su qu'à sa mort que mon père était comme ça. Ma mère l'avait toujours tu, sans doute pour que j'accepte de partir vivre avec lui et sa « vraie » famille une fois qu'elle ne serait plus de ce monde. Nous n'avions personne, et elle savait que s'il prenait certaines femmes par la force, un gamin, lui, ne risquait rien sur ce plan. À ses yeux, c'était sans doute mieux que de me retrouver ballotté de familles d'accueil en familles d'accueil. Et puis, quelque part, c'était un mal pour un bien, ça m'a permis de rencontrer mon frère et mon meilleur ami. De monter notre groupe, aussi. Elle avait tout prévu en préparant cette lettre qui ne pourrait me parvenir qu'à la mort de mon géniteur. Tout, sauf l'effet que ça me ferait.

Découvrir qu'on est le fruit d'un viol, ça a forcément des conséquences. Surtout avec la vie dissolue que j'avais ces derniers temps en matière de relations « amoureuses ».

– Et donc, ta « muse », tu comptes lui briser le cœur avant ou après notre tournée ?

– Ferme-la, Tomy, s'amuse Jay en se laissant tomber directement allongé sur le canapé. Tu vois bien que c'est un sujet sensible.

– Il serait peut-être temps de grandir un peu, non ? marmonné-je dans ma barbe.

– Tu rigoles ou quoi ?! s'exclame Jay. Si par-là tu veux dire « se poser », certainement pas. On est en pleine ascension, hors de question de se tirer une balle dans le pied, c'est le moment ou jamais d'en profiter. On grandira quand on sera en phase descendante et qu'on aura eu notre temps de gloire. Dans vingt ans. Là, toutes les filles bavent sur nous, Davon, alors évite de faire ou de dire des conneries.

– Jay a raison, frangin. Je ne sais pas ce que tu as depuis la mort du vieux, mais c'est notre grand moment, celui pour lequel on a bossé toute notre vie.

Si Tomy avait la moindre idée de ce que j'ai appris il y a six mois, il aurait pété les plombs et serait reparti dans ses travers. Il détestait notre père, sa façon de nous rabaisser constamment, de nous dire qu'on ne percerait jamais avec aussi peu de talent… Autant de raisons qui nous ont poussés à nous dépasser, jusqu'à le dépasser. Rick, lui, était vraiment là pour nous. Il ne portait pas mon père en haute estime, c'était tout le contraire, même. Il travaillait – et se le coltinait matin et soir sur toutes ses tournées – avec lui contraint et forcé. Et le jour où il nous a entendus répéter alors qu'il venait informer mon père que la maison de disques le fichait à la porte, la tendance s'est inversée. Mon paternel était déjà descendu plus bas que terre, il n'avait plus qu'une poignée de fans qui le suivaient, et encore. Plus de quoi remplir les salles ni son porte-monnaie. Alors quand il a compris que non seulement on allait faire carrière, mais, qu'en plus, on commençait à cartonner, il n'a pas supporté.

Je suis sûr que cet enfoiré est parti droit en enfer, et pas que parce qu'il a mis fin à sa vie.

– Tu nous écoutes, au moins, Davon?

– Non. Vous dites trop de conneries à la minute, je ne

vous ai pas vraiment écoutés depuis une bonne décennie.

Jay part dans un fou rire tandis que Tomy se fout à poil tout en nous informant que, sur ces belles paroles, il va prendre une douche. Je ne comprendrai jamais ce besoin qu'il a de tout nous montrer de son anatomie, on sait déjà qu'il est monté comme un âne. La seule chose sympathique dont nous avons apparemment l'un comme l'autre hérité du côté paternel…

– Et sinon, cette chanson, ça avance? demande Jay tandis que la porte se referme sur le cul de mon frère.

– J'en ai écrit deux en une semaine, et tu as enregistré la dernière il n'y a pas moins d'une heure.

– Rien à voir avec les accords que je t'entends jouer depuis quelques jours.

Il n'y a que Carl qui l'a vraiment entendue pour les besoins du tournage, et j'hésite encore, je n'ai pas tout couché sur le papier. Il manque quelque chose.

– Celle-là, je n'ai pas fini de bosser dessus, et je n'ai pas encore décidé de ce que j'en ferai, de toute façon.

– Tu sais ce qu'on dit, les meilleures ballades ont été écrites par des rockeurs.

Oui, je sais. Ma mère me l'a dit mille fois, c'est-à-dire à chaque nouvelle écoute de « Still Loving You », sa chanson préférée. Comment l'oublier?

20

Angèle

J'en rêvais, il l'a fait. Et ça, sans même savoir que je brûlais de venir ici. Une fois passées les lourdes portes de cuir et de bronze du planétarium du Griffith Observatory, j'ai l'impression d'entrer dans un autre monde. Ou plutôt dans l'Univers tout entier.

– Mais il n'y a personne ?

J'avais lu dans le guide touristique acheté à l'occasion du voyage que l'Observatoire était toujours plein et qu'il fallait s'attendre à faire la queue des heures durant pour pouvoir accéder au grand télescope. Mais il n'y a pas âme qui vive.

– C'est fermé au public pour un mois, mais j'ai mes entrées, chuchote Davon en me faisant un clin d'œil.

Sitôt que nous nous sommes installés côte à côte sur les sièges inclinés, le spectacle commence.

D'abord un ciel bleu, comme si le toit s'était subitement ouvert sur l'extérieur. Puis le crépuscule tombe, se chargeant de couleurs ocre et rosées. Il fait encore jour en dehors de ces murs, mais le dôme nous offre une nuit plus réaliste que jamais. Une nuit qui se pare tout à coup des nuances indescriptibles d'une aurore boréale, tandis que commence une musique envoûtante.

Allongée ainsi, j'ai l'impression d'être transportée aux confins de l'Univers, encore plus lorsque la main de Davon effleure doucement la mienne avant que nos doigts ne viennent s'entrelacer. Son geste est si naturel que j'y réponds en resserrant doucement ma prise. Ça va à l'encontre de tout ce que j'ai pu lui dire auparavant, mais mes doutes et mes peurs semblent vouloir disparaître, happés par la chaleur de sa main et par l'immensité du ciel.

Davon m'entraîne ensuite dans la salle du télescope. Il est encore plus imposant que ce que j'avais imaginé et a tout d'un canon de cuirassé prêt à défendre les hauteurs de Los Angeles. Sous l'immense dôme aux allures grillagées qui me fait penser au treillis de la pergola du jardin de mon enfance, celle sur laquelle couraient du lierre et des clématites, nous grimpons les quelques marches de l'escalier qui donnent accès à l'oculaire.

Un homme d'un certain âge nous salue, puis il échange quelques mots avec Davon. L'appareil pivote en même temps que le toit et Davon me fait signe de me lancer.

***

Je ressors avec des étoiles – ou plutôt la Lune, ses cratères et ses montagnes ainsi que les anneaux de Saturne – dans les yeux.

– Ça t'a plu? me demande Davon en fixant mes lèvres comme s'il se nourrissait du sourire béat qui y est accroché.

– Tu plaisantes?

– On va dire que tu as aimé, alors, s'amuse-t-il. Est-ce que tu veux bien fermer les yeux et me laisser te guider?

Tu parles, je suis dans un tel état d'allégresse qu'il pourrait vouloir m'emmener au fond d'une cave, je le suivrais les yeux fermés. Je me contente de hocher la tête sans me départir de ce sourire qui risque de laisser des séquelles irréversibles – des rides, des crampes et des difficultés à boire et à manger s'il s'installe pendant plusieurs jours, ce qui me paraît tout à fait possible. J'ai l'impression d'être retombée dans les premiers émois de l'adolescence, d'être redevenue celle que j'étais il y a si longtemps que jamais je ne pensais pouvoir la retrouver...

Tout en me tenant la main, Davon me guide au-dehors. Un léger vent s'est levé mais ce n'est pas sa fraîcheur qui couvre mon corps de frissons. Non, c'est sa voix suave toute proche de mon cou lorsqu'il me demande d'ouvrir les yeux.

Je prends une lente inspiration, le temps de trouver le courage de sortir de ma bulle. Los Angeles s'étend à nos pieds et ses lumières semblent s'allonger à l'infini. Seules les hautes tours du quartier des affaires, s'élevant vers le ciel, se détachent de ce spectacle parfaitement plat et rectiligne.

– Tu as faim? demande Davon en soulevant un panier de pique-nique sorti de nulle part.

– Tu l'as sorti de ton chapeau magique? plaisanté-je, pourtant émerveillée.

Comment diable a-t-il pu organiser une soirée pareille en quelques heures à peine? Jamais je n'aurais pensé qu'il pouvait à ce point faire dans le romantisme. Sauf que si, en fait. J'aurais dû m'en douter. Il me l'a montré sur la terrasse, pour commencer. Et plus que ça, d'une certaine manière, j'ai appris à le connaître au travers des chansons qu'il écrit. Enfin, si la lecture que j'en ai faite est la bonne, ce qui reste à définir…

– C'est dingue ce qu'on peut obtenir quand on a un manager qui connaît tout Hollywood, répond-il en me faisant un clin d'œil.

– Oh, c'est donc Rick que je dois remercier pour cette soirée.

Il réfléchit un instant, puis il sourit avec un air malicieux.

– Qui est le plus fautif: le tueur à gages ou celui qui a commandité le meurtre?

– OK, donc tu es la tête pensante des opérations. Et si un jour tu veux m'assassiner, il faudra que je me méfie de Rick.

– Tu as tout compris.

Installés dans le parc de l'Observatoire sur une épaisse couverture avec le panneau Hollywood en toile de fond, nous parlons de tout et de rien. Je découvre avec plaisir que j'avais bien compris le sens caché de ses chansons, surtout celles qui dénoncent une société qui croit à tout ce qu'on lui dit sans vraiment chercher à comprendre par elle-même.

Lorsqu'il m'explique que ma chanson préférée, celle dont les paroles me touchent tant, parle des gens toxiques comme l'était son père, je comprends que nous ne sommes finalement pas si différents l'un de l'autre. Il a grandi sous les remarques blessantes, comme je me suis construite en tant qu'adulte en entendant Nes me seriner que je n'étais jamais assez bien. Mais Davon, lui, a eu la force de caractère de lutter contre un homme dont il ne pouvait pas se défaire, car il était son père, alors que je n'ai jamais su m'éloigner de Nes. J'aimerais tant réussir à suivre son exemple…

Davon me sert un second verre de chardonnay tandis qu'il continue de ne boire que de l'eau.

– Tu essaies de me faire boire? dis-je en portant le vin à mes lèvres.

– Pas du tout.

Ses yeux pétillent, pourtant, et cette soirée a été trop idyllique pour que je lui laisse croire qu'elle finira comme il semble l'espérer.

– Je pars dans deux semaines, Davon. Tu perds ton temps. On ne couchera pas ensemble.

– Tant mieux. Et qui te dit que j'en ai envie, d'abord?

– Hier, tu ne m'as pas laissée ouvrir ton jean mais j'ai quand même pu constater la bosse dans ton pantalon.

Et toc, non mais. J'étais là, hier soir, tout du moins avant de disjoncter, et je sais qu'il avait – une vraiment très grosse – envie de moi.

– C'est parce que je ne voulais pas que tu aies le choc de ta vie sans être un minimum préparée.

Vous m'en direz tant…

– Mais je ne renoncerai pas, m'informe-t-il en me

regardant droit dans les yeux tout en me prenant la main. Tu peux essayer de me faire changer d'avis autant que tu veux, mais…

– Mais rien, Davon, soupiré-je. Dans deux semaines, je serai dans l'avion, un point, c'est tout. Et toi, tu passeras à autre chose, alors que moi…

– Alors, reste.

Bon sang, c'est typiquement masculin de ne pas s'embarrasser des détails. Masculin, ou enfantin. À croire qu'il n'a pas le sens des responsabilités, ou qu'il n'en a jamais eues.

– Je ne peux pas.

– À cause de ton boulot?

Le travail, l'argent… Toutes ces choses qu'il vit d'une tout autre manière que moi. J'aime mon métier, mais lui vit de sa passion et n'a sûrement pas à se soucier de ses fins de mois. Après avoir vu les HotEverShot en studio, j'ai conscience de la masse de travail et d'énergie que ça représente, pourtant nos priorités sont loin d'être les mêmes et Davon ne semble pas réaliser à quel point.

– Oui. Et puis je ne peux pas me le permettre, aussi…

– Tu sais que je suis pété de tunes?

Rien que ça… Mais qu'est-ce qu'il a mis dans ce vin? J'ai subitement l'image de Davon, tout nu dans une baignoire remplie de dollars, la bouche en cœur, en train de lancer des billets au-dessus de sa tête tout en s'extasiant de les voir retomber en une pluie virevoltante de blanc et de vert. Je n'ai pourtant bu qu'un verre.

– Ça va? Tu sembles complètement ailleurs.

– Non, c'est bon, je t'imaginais juste en train d'envoyer tes billets en l'air.

Hum… Dis comme ça, ça prend un tout autre sens. Ma remarque lui arrache un petit rire craquant. Il faut qu'il arrête ça, ça me rend chèvre. Ou folle de désir, je ne sais pas. Mais ce truc qu'il dégage est multiplié puissance dix quand il sourit et va rejoindre les étoiles de tout à l'heure lorsqu'il rit franchement comme il le fait maintenant.

– Tu peux arrêter d'être sexy deux minutes, s'il te plaît?

Non. Non, non, non. Je voulais dire « craquant ». Non, ça non plus. Je veux juste qu'il ne rie pas. Qu'il fasse la gueule, tiens. Quoique non, ça lui donne un côté sombre et ténébreux, et c'est pire. En fait, il faudrait qu'il se fasse décapiter. Comme ça, il n'aurait plus aucune expression. Bon, son corps de rêve serait toujours là, mais je suis sûre que ça lui ôterait cette vilaine aura qui l'entoure quoi qu'il fasse.

Il s'allonge sur le côté, simplement appuyé sur un coude, et me fait le sourire le plus charmeur qui doive exister au monde.

– Pardon, je ne fais pas exprès.

Ouais, tu parles. Bien sûr que si! Là, on dirait carrément qu'il pose pour la couverture d'un magazine qui l'aurait élu homme le plus sexy du siècle.

Je tourne mon attention vers le ciel, mais mes yeux reviennent d'eux-mêmes se poser sur le chanteur.

– Tu peux avoir toutes les femmes que tu veux.

– Et?

– Et pourquoi moi?

– C'est ce que j'essaie d'élucider.

– Donc quoi, je suis un sujet d'étude ?

– Tu ressembles plus à une thérapie, en fait.

C'est sans doute le compliment le plus merdique que j'aie jamais entendu. Alors pourquoi est-ce que je souris comme une midinette ?

– Tu veux bien m'expliquer ?

– Ça va casser l'ambiance.

– Tant mieux !

– Il y a six mois, mon père s'est suicidé. Ça n'a été une grosse perte pour personne, rassure-toi. Deux semaines plus tard, j'ai reçu une lettre de France. C'était ma mère qui l'avait écrite avant de mourir, avec pour consigne que le notaire ne l'envoie qu'au décès de mon père. Dedans, elle m'a confié qu'il ne lui avait pas vraiment laissé le choix la nuit où j'ai été conçu. Toute ma vie, j'ai cru à l'histoire de la jeune fille qui tombe sous le charme d'une star montante croisée lors d'un concert, mais il a abusé d'elle, tu comprends ?

Effectivement, l'atmosphère s'est chargée de plomb. C'est dramatique, et pourtant ça le rend terriblement humain.

– Je suis désolée, Davon. J'imagine que ça a été un sacré choc pour toi de faire une découverte pareille, de croire que c'était une belle histoire pour finalement te rendre compte que ton père était un monstre. Ça a dû te briser le cœur. Mais… quel rapport avec moi ?

Franchement… Comme si le rapport ne sautait pas aux yeux…

– J'ai toujours écrit pour lui en mettre plein la vue,

pour lui prouver que j'avais du talent et que je n'étais pas que ce sale petit bâtard qu'il avait fait à une fille de passage et qu'il s'était retrouvé à devoir assumer. D'un coup, ça a perdu tout son sens, j'ai été incapable de poser la moindre note ou le moindre mot sur le papier. Et puis, tu es entrée en scène et tout s'est déverrouillé. J'ignorais pourquoi… jusqu'à hier soir. Quand j'ai vu cette souffrance dans ton regard, ça a été comme une évidence. D'une certaine manière, c'est comme si nos histoires étaient liées, tu vois ?

Il plante ses yeux bleus dans les miens tandis que j'essaie de récupérer de cet uppercut dans l'estomac. Bien sûr, il a tout compris. Je me perds longuement dans les étoiles, jusqu'à ce qu'il me caresse doucement le bras.

– C'était mon ex. Enfin, on était encore ensemble, j'étais en train de le quitter.

Voilà, c'est dit. Cette fois-ci, je ne suis plus capable de regarder ailleurs que vers ce sol dans lequel j'ai l'impression de m'enfoncer. Davon se place devant moi et relève doucement mon menton, m'obligeant à ne plus voir que ses yeux brûlant de colère. Je m'attendais à ce qu'il soit triste, navré, empli de compassion, mais certainement pas à ça.

– J'espère qu'un jour tu comprendras qu'en ne t'autorisant pas à prendre le bonheur là où il est, il gagne une seconde fois sur ta volonté.

Hésitante, j'effleure du bout des doigts les poils de sa barbe naissante. J'ai cru un instant que sa colère était tournée contre moi, mais je lis sur ses traits que c'est à Nes qu'il en veut. Quant à son souhait, ce n'est pas de lui-même qu'il parle. Il espère juste que je parvienne à me relever, peu importe avec qui.

Je l'embrasse légèrement, nos bouches se frôlant à peine. C'est doux, tendre, rassurant de sentir ainsi la chaleur de ses lèvres en sachant qu'il n'en demandera pas davantage. Et pourtant, le désir qui naît dans mon ventre devient un peu plus douloureux à mesure que les secondes s'égrènent. Je dois carrément me faire violence pour ne pas m'emballer et l'enlacer avec passion. Encore plus lorsqu'il passe la main sur ma joue.

– Je ne veux pas tomber amoureuse de toi, dis-je entre deux baisers.

– Rien ne t'y oblige, déclare-t-il en souriant entre mes lèvres.

Ma langue va timidement chercher la sienne et celle-ci me répond si tendrement qu'elle me donne l'impression de planer. C'est sans doute le baiser le plus voluptueux que j'aie jamais partagé avec un homme. Comment ne pas y laisser des plumes ?

– Dans quinze jours, je serai partie.

Quoi qu'il m'en coûte… Tout en me relevant, je me fais la promesse de ne pas laisser mon cœur à Los Angeles.

21

Davon

C'est un miracle que j'aie réussi à marcher jusqu'à ma chambre avec une érection aussi monumentale. Érection que je prends en main sitôt entré dans la douche. Le front collé à la paroi, je laisse ma main monter et descendre sur ma queue tout en repensant à la douceur de sa peau, à celle de ses lèvres, à son parfum fleuri que ce simple rapprochement ne me permet pas de sentir encore sur moi.

Alors mes souvenirs divaguent plus loin, allant chercher dans ce moment que nous avons partagé dans ma chambre la sensation de ses seins entre mes mains, dressés sous ma langue, de sa peau veloutée qui frissonnait de désir, se recouvrant de chair de poule sous mes caresses…

J'explose de plaisir en à peine quelques mouvements supplémentaires mais ça ne suffit pas à combler ce besoin que j'ai de la sentir tout autour de moi. Mes pensées ne la lâchent pas, et très vite, je me sens à nouveau durcir entre mes doigts.

Jamais une fille ne m'avait foutu dans un état pareil. Et

juste avec un baiser, qui plus est. C'était trop peu, et c'était trop, tout court. Ça a réveillé en moi un désir différent de celui que je ressens d'habitude. D'ordinaire, il est animal, primaire, c'est un besoin de posséder ma partenaire, de prendre du plaisir sans oublier d'en donner un peu. Là, c'est tout autre chose. J'avais faim de sentir sa peau, sa chaleur, de me repaître d'elle, de la sentir soupirer contre ma bouche tandis que je lui donnerais du plaisir… Qu'elle se donne à moi, qu'elle s'abandonne, même.

Les muscles tendus, j'accélère mes mouvements et renverse la tête en arrière. C'est en gémissant et en grognant à la fois que, secoué de spasmes, je finis pour la seconde fois dans ma main. Plutôt que de me sentir libéré de mes pulsions, c'est une frustration douloureuse qui grandit en moi.

Quand, sur le chemin du retour, elle m'a expliqué que la police avait refusé sa plainte et que cet enfoiré se baladait en totale liberté, j'ai pour la première fois éprouvé l'envie de tuer quelqu'un de mes propres mains. Plusieurs personnes, en fait, car le flic qui s'est permis de lui reprocher d'en être arrivée là ne mérite pas mieux.

J'étais sincère lorsque je lui ai dit que je lui souhaitais de s'autoriser à profiter de la vie, même si ça ne doit pas être avec moi. Mais tant que j'aurai cette certitude tenace qu'elle ne veut pas vraiment me voir m'éloigner, je serai là. En revanche, si elle me demande vraiment de ne plus m'approcher d'elle, je jure que je le ferai. Jusqu'à présent, elle ne l'a jamais dit ouvertement. Elle m'a dit d'aller voir ailleurs – Gertrude n'attend que ça pourtant –, qu'elle ne se sentait pas prête – et j'irai à son rythme jusqu'à ce que ça vienne d'elle –, mais à aucun moment elle ne m'a demandé de la laisser tranquille, même si elle essaie de me convaincre que c'est ce qu'il y a de plus logique et raisonnable.

Mais mon monde à moi n'est pas raisonnable, je vis dans un univers où tout n'est qu'excès et extravagance. Où tout n'est que faste et apparences trompeuses. Où une personne peut faire rêver des millions de gens et n'être en réalité que noirceur et monstruosité. Elle, c'est une étrange harmonie entre le feu et la glace, la fragilité et l'authenticité. Elle cache une force de caractère que je sais capable de tout dévaster, je l'ai vu nombre de fois dans ses yeux. C'est comme une porte dont il faudrait trouver la clé pour laisser se montrer tout ce qu'elle est réellement et dont elle n'a même pas idée.

Elle m'a répété qu'elle ne s'investirait pas et je lui ai reproposé de rester plus longtemps même si, apparemment, ça lui est impossible. Tant pis, je prendrai donc ce qu'elle voudra bien me donner en sachant que ça ne sera qu'un moment fugace dont je ne pourrai peut-être même pas profiter à 100 %. Puis je la laisserai partir. Elle a raison, c'est sans doute mieux ainsi. Dans mon monde, on ne s'attache pas, on vit au jour le jour en sachant très bien que les relations ne durent qu'un temps, qu'elles s'étiolent aussi vite que les artifices de Hollywood, que ces stars qui montent comme des flèches pour disparaître au firmament dans l'indifférence générale.

Pourtant, la laisser sur le pas de la porte de sa chambre

en me contentant d'un baiser relève carrément de la torture et du masochisme. Ça va assurément me rendre fou. Mais Tomy et Jay ont raison, nous vivons les meilleurs moments de notre carrière, et il sera bientôt temps que j'en profite pleinement. J'ai peut-être juste besoin de cet interlude pour réapprendre à désirer une femme. Ce sera une leçon de vie, finalement. Et très vite, rien de plus qu'un beau souvenir.

22

Angèle

– « Les deux derniers concerts auxquels nous avons assisté ont été tout simplement parfaits, comme vous avez dû le constater sur les vidéos que votre dévouée journaliste – oui, c'est toujours moi, et je ne laisserais ma place pour rien au monde – a postées sur tous les réseaux pour vous satisfaire. Quant aux soirées qui s'ensuivent, elles sont trop folles et dévergondées pour que je puisse vous en montrer quoi que ce soit, ni même vous en parler ! Ces mecs sont des bêtes sur scène, et autant vous dire que leur succès va bien au-delà de la musique ! Comment ne pas craquer ? Tout comme Angèle, je serais bien incapable de vous dire lequel d'entre eux me fait le plus chavirer, et ce sont tous des cœurs à prendre ! Je suis sûre que vous êtes nombreux à attendre avec impatience de les voir débarquer dans nos contrées et de pouvoir les admirer en chair et en os. Vous retrouverez d'ailleurs toutes les dates de concerts à travers l'Europe en commentaire. À bientôt, les amis, on se retrouve très vite pour notre dernière journée à L.A. ! »

Oh, j'en ai marre de broder, tu ne peux pas savoir! peste Mika en reposant son dictaphone. Trois semaines, c'est trop. Studio, concert, concert, studio... Si au moins on avait pu partir en vadrouille, mais non, Davon a persisté à exiger notre présence où qu'ils aillent.

En effet, Davon et moi ne nous sommes plus quittés depuis la nuit à l'Observatoire. Mon séjour ici n'est plus fait que de regards complices, de baisers volés dans les couloirs et de soirées entières à discuter dans ma chambre. Autant dire que les folles fêtes d'après-concerts dont parle Mika se jouent sans nous, au grand dam de la journaliste, qui n'a plus matière à raconter grand-chose puisqu'il est hors de question que qui que ce soit, à part elle et Rick, soit au courant de ce qu'il se passe. Même les autres membres du groupe, sans doute loin d'être dupes, ne sont pas officiellement informés de ce « rien » qu'il y a entre leur chanteur et moi.

– Tu t'es lassée de Rick? demandé-je tout en reposant ma tasse de café.

– Un peu, je dois l'avouer. Il est en train de s'attacher. Je remettrai volontiers le couvert quand je couvrirai leur venue en France, mais les relations à distance, très peu pour moi. Je veux être libre de pouvoir m'amuser en rentrant à Paris. Et toi, tu survivras à ce départ?

– Bien sûr.

À en juger par la moue qui tord sa bouche au rouge à lèvres pétant, elle n'en croit pas un mot. Encore moins lorsqu'elle m'observe intensément pour lire entre les lignes comme elle sait si bien le faire. Cette femme aurait pu être grand reporter, je suis sûre qu'elle aurait fait tomber les politiciens véreux les uns après les autres en découvrant le moindre de leurs petits secrets peu reluisants.

– Bon, OK, soupiré-je. J'hésite à rester un peu plus longtemps. Davon n'arrête pas de me demander de prolonger mon séjour, et j'ai sorti l'excuse du travail. Sauf qu'il me reste un bon mois de vacances, et même si j'ai pas mal de trucs à préparer pour la rentrée, c'est tout à fait faisable.

– Mais ?

Mais chaque jour qui passe, je m'attache un peu plus. Et pour chaque nouvelle journée passée auprès de lui, ce sera une nouvelle semaine à pleurer cette relation qui n'a jamais dépassé quelques caresses et qui est depuis le début vouée à n'être rien de plus. Même si ma libido crève le plafond et qu'il n'y a pas une nuit où je ne m'endors pas en essayant de faire disparaître seule cette frustration. Je me sens prête à sauter le pas, mais la crainte de perdre les pédales comme la dernière fois m'en empêche chaque fois que cela va un peu trop loin, et je coupe court en reprenant mes distances avant de ne plus en être capable. C'est pathétique.

– Mais ça sera sans doute plus facile de partir demain comme prévu.

Pensive, Mika s'installe profondément dans la chaise du restaurant où nous prenons notre brunch.

– Toi seule peux savoir ce qui te fera le plus de bien, Angèle. Tu as changé durant ces trois semaines. Il suffit de voir ton évolution d'un point de vue vestimentaire.

En effet, j'ai progressivement abandonné mes grands pulls pour mettre des vêtements simples mais près du corps. Voir Davon me dévorer des yeux a pesé dans la balance, cependant, c'est avant tout parce que mon propre regard sur moi a changé. Avec le recul, je ne comprends pas comment Nes a réussi à me faire croire qu'il était le seul qui pourrait jamais avoir le courage de me promener à son bras. À force de l'entendre, j'avais fini par avoir honte de me montrer, même seule, alors je me cachais autant que je le pouvais. Mais plus maintenant. Plus jamais.

– Je n'arrive pas à me décider. Je verrai au dernier moment, j'imagine.

– C'est *déjà* le dernier moment. Enfin, préviens-moi quand même si tu me poses un lapin demain matin. On doit partir de l'hôtel à onze heures. Vous avez prévu de vous voir après la cérémonie?

J'acquiesce en fronçant les sourcils, ce qui n'échappe pas à Mika. Ça, c'est le sujet qui fâche. Davon participe à la soirée de remise des prix d'une grande chaîne musicale, et il a fallu que ça tombe sur notre dernier soir ici. Il m'a promis de venir me retrouver à la fin de ses « obligations », sauf qu'il ne sait pas à quelle heure ça va se terminer.

– OK, tu ne vas pas l'attendre comme une âme en peine, ce genre d'événement finit super tard. J'ai prévu de passer la soirée en boîte, ce sera l'occasion pour toi de fêter dignement ton départ – ou pas – de Los Angeles.

Dois-je préciser que je ne suis jamais allée en boîte de nuit? Enfin, si, une fois. Pour mes 18 ans. J'avais dû insister, car Nes n'était vraiment pas ravi à cette idée, et je danse apparemment tellement mal, à la limite du ridicule, que je n'ai plus jamais réitéré l'expérience.

– Non, c'est pas trop mon truc. Je suivrai l'émission en direct.

Comme ça, je pourrai baver sur Davon en toute intimité.

– OK. Bon, il nous reste une dernière chose à faire pour profiter de notre ultime journée à L.A. Il me semble que tu voulais voir les studios de cinéma, non ?

23

Angèle

La visite des studios Universal était tout bonnement géniale. Un doux mélange entre le parc d'attractions et la visite touristique, avec surtout le plaisir de se balader dans les rues de mes films préférés, notamment dans l'univers de *Harry Potter*, ou de découvrir les décors des films qui ont marqué des générations.

Sitôt sortie de la douche, je m'allonge à plat ventre sur mon lit pour regarder la retransmission de la cérémonie. Les stars défilent dans la zone réservée aux prises de vue et interviews diverses. Lorsque au bout d'un bon quart d'heure, les HotEverShot font leur entrée sous les acclamations – enfin, j'aurais tendance à appeler ça des cris d'hystérie, mais le commentateur a décidé de la jouer soft – de leurs groupies, je suis médusée. Au bras de Davon, se tient Shanna Quill, LA grande actrice qu'on voit dans tous les films du moment. LA bombe sexuelle par excellence, surtout dans cette robe argentée qui couvre à peine sa poitrine et lui descend jusqu'en bas des reins. Zone que

Davon caresse l'air de rien, encore un peu et il aura un doigt dans son sillon interfessier. À croire qu'il est en train de s'assurer que l'esthéticienne a fait correctement son travail. Lorsqu'il abandonne le SIF de la demoiselle pour lui envelopper la taille et la coller contre lui, elle plaque sa paume sur son torse avec une façon de marquer son territoire qui me donne la nausée. Encore plus lorsqu'elle pose la tête sur son épaule en se tournant vers les photographes, un sourire d'après-baise sur les lèvres. Il lui chuchote quelque chose à l'oreille, sa bouche effleurant subtilement le coin de sa mâchoire, et elle se met à rire en se blottissant davantage contre lui.

Lorsqu'une journaliste les complimente en disant qu'ils forment un couple parfaitement assorti – je suis sûre que tout le monde imagine déjà les enfants qui sortiraient d'un tel mélange d'ADN –, Davon sourit en rougissant et en confirmant qu'ils s'entendent à merveille. Puis il dépose un baiser dans ses cheveux et laisse la place aux commérages suivants.

J'ai l'impression de faire une chute de dix étages et d'atterrir sur le sol, façon gros plat dans la piscine, les bras écartés à la manière d'une étoile de mer. Écœurée, jalouse, en colère – tout ce que vous voulez qui puisse décrire l'effet de la claque que je viens de me prendre en pleine figure –, j'attrape le téléphone de style rétro sur la table de nuit en croisant les doigts pour que Mika soit encore sur place.

– Laisse-moi deviner, répond-elle sans même avoir confirmation de qui est à l'appareil, tu as allumé la télé, tu l'as éteinte, et maintenant, tu vas m'annoncer que tu as changé d'avis et que cette virée au night-club est finalement l'idée du siècle.

– Je n'ai rien à me mettre.

– Comme si c'était un problème, dit-elle en riant. Sois dans ma chambre dans dix minutes.

J'y ai atterri en moins de cinq, et c'est affublée d'une robe moulante d'un rouge bordeaux soutenu et au décolleté plongeant – l'une de celles que Mika m'avait fait essayer le jour où elle avait lancé les votes pour me trouver une tenue – que je débarque dans l'immense boîte de nuit déjà emplie de monde.

– Tu m'évites la cuite de décompensation, me prévient Mika en me tendant un cocktail bleuté. Pas plus d'un verre à l'heure, je n'ai aucune envie de finir la soirée en te tenant les cheveux tandis que tu vomiras tripes et boyaux dans la cuvette des toilettes.

– Oui, maman… dis-je en levant les yeux au ciel tout en buvant d'une traite la moitié de mon verre.

– Je dis ça pour toi, aussi. Douze heures de vol en étant déshydratée, ça risque d'être douloureux.

Et je vais le prendre, cet avion. J'étais à deux doigts d'y renoncer, mais pas après m'être découverte capable de brûler à ce point de jalousie. J'ai non seulement eu la preuve que je n'avais rien à faire avec Davon, mais j'ai surtout réalisé que je voyais bien plus en lui qu'un simple flirt d'été. C'est un sevrage en bonne et due forme qu'il me faut, avant de devenir totalement accro.

– On va danser? demande Mika tout en reposant son

verre sur la table qui nous est dédiée dans la zone V.I.P.

– Je ne sais pas danser, encore moins perchée sur des talons de six centimètres.

La journaliste se lève en me prenant par le bras sans se soucier de mes états d'âme, puis elle m'entraîne sur la piste, ondulant déjà des hanches.

– Ferme les yeux, ne réfléchis pas. Suis juste la musique.

Facile à dire quand on n'a pas un balai fiché le long de la colonne vertébrale, car c'est mon impression dès que j'amorce le premier mouvement, et je préfère ne pas savoir par où ledit objet est entré.

Finalement, ce n'est pas si difficile, surtout avec un partenaire et un deuxième verre. J'en suis au troisième – partenaire, je n'ai pas assez bu pour ne pas savoir compter mes deux verres –, un grand blond aux allures du Ken de Barbie me tient par la taille lorsque mes yeux dérivent vers la zone V.I.P.

Davon est en train de s'y installer avec toute la troupe, actrice célèbre incluse. Il l'aide d'ailleurs à prendre place d'une main dans le bas du dos, geste bien trop intime pour que mon sang ne se transforme pas en acide directement dans mes veines. C'est vrai qu'ils vont parfaitement ensemble. C'est à se demander s'ils ne font pas un concours de qui est le plus sexy des deux, d'autant qu'il a laissé tomber le nœud papillon et a entrouvert la chemise de son smoking juste comme il faut.

– Mika, tu veux bien me dire par quel incroyable hasard les Hot sont ici ? demandé-je en m'éloignant de Ken pour qu'elle puisse m'entendre.

– Rick m'a peut-être éventuellement dit qu'ils devaient venir ici après la cérémonie.

Pour toute réponse, je lui lance mon regard le plus acerbe. C'est quoi, ce plan ? C'est pour que je réalise que je n'ai vraiment pas ma place à Los Angeles, et encore moins au bras de Davon ? C'était inutile d'en arriver là et de me coller le couple de l'année sous le nez, j'avais déjà compris.

Tandis que Davon rabat les manches de sa chemise pour dégager ses avant-bras, dévoilant ainsi les tatouages qui les parcourent, nos regards se croisent et j'ai le réflexe de sauter sur les lèvres de mon partenaire. Celui-ci entrouvre la bouche pour user de sa langue, mais je garde la mienne résolument fermée. Lorsque j'en ai fini, je regarde à nouveau dans la direction du chanteur, qui a déjà détourné son attention pour parler à Shanna « la Bombasse » Quill. Ken tente un nouveau baiser, mais je m'extrais avec agilité de ses bras pour me diriger vers le bar.

Comme ma montre m'indique que j'ai loupé le verre de la troisième heure, je bois d'affilée ce dernier puis le suivant. Lorsque je le repose, une grande main dont je me dégage d'un mouvement brusque se pose sur mon épaule.

– Oh, c'est bon, Ken, fous-moi la paix, dis-je en me retournant.

Sauf que ce n'est pas Ken, c'est un mec massif qui porte une veste à la couleur des lieux.

– Je vais vous prier de me suivre, mademoiselle, annonce-t-il d'une grosse voix avec un air maussade.

Je jette un œil en direction de Davon, qui est toujours

en pleine conversation avec Shanna « De Mes Deux » Quill, se fichant pas mal que je me fasse embarquer par la police ou par un mafioso.

– J'ai fait quelque chose de mal ?

Ses grandes orbites sombres me lancent des éclairs, leur façon à elles de me dire que j'en saurai plus uniquement si je le suis. J'aurais préféré prévenir Mika de mon départ, voire qu'elle me suive, mais j'ai beau balayer la piste de danse à la recherche de sa robe d'un bleu électrique, impossible de la trouver.

La grande brute m'amène jusqu'à une petite salle qui tient plus du sas que d'une vraie pièce, malgré ses banquettes et ses tapisseries, puis il m'ordonne d'y patienter. Elle est si bien isolée que dès qu'il ferme la porte derrière lui, la musique se tait.

Bon, ça y est, je flippe vraiment. J'imagine déjà de la fumée sortir des grilles de ventilation et moi me réveillant deux jours plus tard dans les cales d'un bateau en partance pour l'Asie.

Dans ma tête, la voix de Mika y va déjà de ses commentaires : *Angèle survivra-t-elle aux affres de la traite des Blanches ? Résistera-t-elle à l'oppresseur en nous sortant des talents cachés dans l'art du jujitsu ou sera-t-elle toujours cette pauvre petite chose fragile qui se roule en boule dans un coin en attendant que son heure arrive ? Vous le saurez en regardant le prochain épisode de* Desperate Instit…

Lorsque la musique résonne à nouveau un bref instant, signe que la porte s'est ouverte, je n'ose plus bouger. Le long silence qui s'ensuit m'extirpe un soupir de soulagement, et je me retourne, décidant que la prochaine fois que quelqu'un touchera à cette porte, je ne me laisserai pas surprendre.

Lorsque je découvre la présence de Davon juste derrière moi, je manque de hurler de peur. Mais son regard me cloue sur place. Ce n'est pas celui d'un homme en colère ou plein de ressentiment, mais d'un homme blessé.

Les lèvres serrées, je l'observe longuement, incapable de trouver quoi que ce soit d'intelligent à dire pour transpercer le silence. Il ouvre la bouche, mais aucun son n'en sort, si ce n'est un soupir d'abandon, car déjà il se retourne pour quitter la pièce.

– Davon, attends.

Il s'arrête sans pour autant me faire face, et j'ai l'impression de sentir mon cœur se déchirer de l'intérieur.

– Je...

– Tu ne devrais pas te fier aux apparences. J'ai juste rendu service à une amie.

– Tu es ami avec Shanna Quill? Juste ami?

– Oui, Angèle, nous sommes juste amis, aboie-t-il en se tournant enfin. Mais ce n'est pas le sujet. Le sujet, c'est toi et ce type à qui tu roulais une pelle il n'y a pas cinq minutes.

Qu'il se mette finalement en colère me soulage instantanément. Blesser un homme, le voir désemparé par ma faute, c'est quelque chose qui m'est totalement inconnu, alors que les disputes, la colère, ça, je sais faire.

– Déjà, il n'y avait aucune langue nulle part, et ensuite, rien de tout ça ne serait arrivé si tu ne lui avais pas collé la main aux fesses comme si tu essayais de sonder les grands fonds !

Il me regarde, d'abord interloqué, puis il part dans un grand éclat de rire.

– Encore une fois, Angèle, il n'y a absolument rien entre Shanna et moi. On se connaît depuis des années, et on se rend parfois mutuellement service en laissant courir des rumeurs sur nous deux. Je suis désolé que tu aies pu croire une chose pareille. Je n'avais pas pensé que tu regarderais la cérémonie, sinon je t'aurais prévenue. Je comprends que ça ne t'ait pas plu, mais si tu veux être avec moi, il va falloir que tu ne t'arrêtes pas aux apparences.

– Pas si tu fourres ta main dans les fesses de la première venue !

Attendez, quoi ? C'était quoi ce « si tu veux être avec moi » ? Mais il est trop tard pour réfléchir, car sa bouche s'écrase contre la mienne dans une étreinte passionnée en même temps que je sens mon cœur s'emballer dans ma cage thoracique.

24

Davon

Je prends possession de sa bouche comme si ça me donnait accès à son âme. J'ai cru devenir fou quand je l'ai vue avec ce type. J'ai eu beau faire semblant de ne pas être touché pour ne pas éveiller les soupçons de Jay et de Tomy, je n'ai pas pu faire autrement que d'organiser cette mise au point dans la « petite salle ».

Shanna, elle, l'a vu tout de suite, c'est elle qui a demandé au videur d'aller chercher Angèle.

Avec une autre femme, une qu'un autre homme n'aurait pas abîmée, j'aurais en ce moment même des mots possessifs, des « Tu es à moi », « Tu m'appartiens ». Tout comme je m'emparerais de son corps autrement qu'en me serrant contre elle à m'en couper le souffle.

Ma langue explore chaque parcelle de la sienne, divine torture tandis que je retiens mes doigts de faire autre chose que de fourrager dans sa chevelure. Bon sang, que j'ai envie d'elle. Encore, et encore, jusqu'à ce qu'enfin, elle soit toute à moi, autour de moi.

Lorsqu'elle prend ma main pour la placer sur son sein et que je le presse avec avidité, une vague de panique vient briser mon élan.

– Tu as bu combien de verres?

– Suffisamment pour me ficher pas mal de faire une crise d'angoisse, et pas assez pour le regretter demain matin.

Il n'en faut pas plus pour m'encourager à aller pousser le loquet qui verrouille la porte, puis à l'étreindre tout en attaquant son cou. Je fais ensuite glisser la fine bretelle qui cachait ce globe de chair tendre que mes lèvres brûlaient de retrouver. Enhardi par ses soupirs, je dénude le second, impatient d'en titiller le mamelon du bout des doigts. Je pourrais faire ça indéfiniment, tant pis si ça doit signer mon arrêt de mort.

Lorsqu'elle m'interrompt, je m'avoue tristement vaincu, mais c'est un regard brûlant de désir que me coulent les deux émeraudes qui ornent ses yeux.

– Angèle…

– J'ai besoin que tu me fasses l'amour, Davon, me supplie-t-elle presque.

Je fais alors glisser l'étoffe soyeuse du tissu le long de son corps jusqu'à la mettre à nu, ne laissant plus que la fine dentelle qui recouvre la dernière parcelle de sa peau qui m'est encore interdite. Il me faut quelques secondes pour cesser de la contempler et prendre le risque de m'assurer dans ses yeux que je ne fais pas fausse route. Elle a peur, mais pas de moi. C'est de ses propres réactions qu'elle se méfie. Il faut que je trouve un moyen de faire céder ses barrières, sans pour autant la brusquer.

– OK, dis-je dans un souffle. Je vais te dire de faire des choses, mais tu ne le fais que si tu en as réellement envie. Ça te va?

Elle hoche la tête pour toute réponse, et je lis sur son visage que cette idée sortie de nulle part la rassure.

– Déshabille-moi.

Elle hésite un bref instant puis s'approche avec une lenteur calculée. Celle d'une femme qui maîtrise la situation tout en appréciant de se faire guider. Elle ne va pas dépasser ses peurs, elle va les apprivoiser. Elle défait un à un les boutons de ma chemise, et la caresse du tissu sur ma peau quand elle la retire me fait frissonner. Lorsqu'elle s'attaque à mon pantalon et le fait glisser sur mes jambes, je réalise que c'est moi qui commande et, pourtant, c'est elle qui tient les rênes et qui a une totale emprise sur mon corps. C'est un doux supplice, à la fois frustrant et bandant, si tant est que je puisse être davantage à l'étroit dans mon boxer. Néanmoins, quand ses doigts caressent le tissu, déjà prêts à m'en extraire, je me sens gonfler encore plus tant je la désire, au point de préférer l'arrêter avant qu'elle ne me libère.

– Enlève ta culotte.

Elle plisse les lèvres de frustration mais obtempère, me dévoilant un sexe imberbe qui fait s'élever la température de la pièce de plusieurs degrés à lui tout seul.

Je vais m'allonger sur l'une des banquettes, puis lui intime de s'approcher en lui tendant la main.

– Installe-toi sur ma bouche, maintenant.

Elle hausse les sourcils de surprise, pourtant elle passe une jambe au-dessus de ma tête.

– Je vais t'aider à rester stable en te tenant, mais il suffit que tu te relèves, et je relâcherai la pression, d'accord?

– Oui, répond-elle d'une voix rendue fébrile par le désir que je sens l'emplir.

J'attrape fermement ses fesses pour la positionner à ma hauteur et écarte doucement ses chairs avec ma langue. Bon sang, elle ne brûle pas pour moi, elle se liquéfie littéralement.

Je trouve rapidement le centre de son plaisir, gonflé à bloc, et le lape, le titille, le suce sous ses gémissements. Elle bascule les hanches au rythme de ma langue, se frottant lascivement dans une danse qui pourrait hypnotiser n'importe quel homme. Comme tout à l'heure quand elle évoluait sur la piste, avant qu'elle ne se rende compte de ma présence. Bientôt, ses mouvements deviennent saccadés et je la sens proche de l'explosion. Ses mains viennent se planter dans ses cheveux, puis elle gémit en criant mon nom tout en renversant la tête.

– Maintenant, libère-moi, dis-je en repoussant ses hanches. Je vais mettre un préservatif, et tu pourras venir sur moi.

Elle écarquille les yeux avant de secouer la tête. Aurais-je atteint ses limites? C'était peut-être trop en une seule soirée. En espérant que ça lui donne envie qu'il y en ait d'autres…

– Je… Davon, je veux m'occuper de toi avec ma bouche, avant.

Comment refuser une telle proposition, surtout demandée avec autant de candeur et de volupté?

– Alors, vas-y, dis-je d'une voix rauque. Suce-moi.

Elle s'agenouille sur le sol pour me défaire de mon sous-vêtement, et ses yeux s'agrandissent davantage lorsqu'elle découvre ma queue largement au-dessus de la moyenne, à ce que j'ai pu en juger dans les vestiaires du lycée.

Ses lèvres s'ouvrent pour prendre mon gland dans leur douceur, tandis que sa langue s'active pour en lécher chaque contour. La sensation est grisante, et je dois me faire violence pour ne pas donner un coup de reins et entrer entièrement dans sa bouche. Celle-ci, chaude et humide, me donne un avant-goût de ce que m'offrira bientôt sa chatte, et il est hors de question de brûler les étapes et de me priver ainsi du paradis. Puisque c'est forcément ce qui m'attend, à en juger par ce qu'elle fait avec sa bouche. D'une main, elle monte et descend lentement sur mon érection, tandis que, de l'autre, elle me caresse les couilles au point que je me sens gonfler encore plus. Lorsqu'elle me prend jusqu'à la garde, je me surprends à pousser un râle de plaisir et à lui crier à quel point c'est bon, à presque la supplier de continuer. Je tente de mettre la main dans ses cheveux pour accompagner ses mouvements et leur donner la cadence que réclame ce feu qui brûle entre mes reins, et je hurlerais bien de plaisir juste parce qu'elle me laisse faire.

Il me faut pourtant l'arrêter si je ne veux pas finir au fond de sa gorge. J'attrape tendrement ses cheveux pour lui relever la tête, et le sourire qu'elle m'offre, les lèvres luisantes, fait naître en moi une envie irrépressible de la posséder.

Je sors un préservatif du pantalon qui ne s'était

heureusement pas échoué bien loin, tandis qu'elle m'observe avec ce même regard que tout à l'heure. Celui qui se demande si tout ça peut vraiment rentrer quelque part. Pourtant, s'il a su prendre à ce point place dans sa bouche, nul doute qu'il pourra prendre possession d'elle.

– Maintenant, Angèle, empale-toi sur ma queue.

Elle se mord la lèvre, et mon ego se plaît à se dire que c'est parce que cette seule idée a empli ses nuits depuis bientôt trois semaines, comme elle l'a fait dans les miennes. Je lui tends les mains, qu'elle attrape sans hésitation, et elle se positionne juste au-dessus de moi. Je pourrais être celui de nous deux qui me guide en elle, mais je sais qu'il faut que ce soit elle qui dirige les opérations, qu'elle décide de me prendre tout comme j'ai envie d'être en elle.

Quand elle comprend que je ne ferai rien de plus, elle lâche ma main, m'attrape entre ses doigts délicats et me positionne juste à l'entrée de son intimité. Puis, dans un râle de plaisir, elle descend doucement, laissant le temps à ses parois de s'adapter à ma largeur, jusqu'à me sentir complètement en elle. Bon sang, jamais je n'avais pris une fille aussi étroite.

Quand elle commence à aller et venir sur ma queue, je me souviens seulement que j'existe. J'accompagne sa chaleur de légers coups de reins, et lorsque je plonge mes yeux dans les siens, elle attrape mes mains pour les placer sur ses seins. Je suis totalement à la merci de ses ondulations, pourtant son rythme répond à mes envies, se faisant de plus en plus intense et malgré tout si ample que je ressens chaque parcelle d'elle autour de moi.

Bientôt, nos halètements se rejoignent, jusqu'à se transformer en râles de plaisir. Jamais je n'avais crié le nom d'une femme et c'est comme si je l'implorais de ne jamais plus me lâcher.

25

Angèle

Blottie dans les bras de Davon, je tâche de reprendre mon souffle. C'était… divin. Il a eu raison de me laisser le contrôle de la situation. Même s'il m'a dirigée, je savais qu'à tout moment, je pouvais dire stop. Sauf que je n'en ai jamais eu envie, bien au contraire.

– Ça va ? me demande-t-il tendrement.

Oh, oui ! Merde, c'était génial ! J'en veux encore, je crois que jamais je ne m'en lasserai, même.

– Oui. Toi aussi, ça va ? l'interrogé-je, subitement inquiète que le plaisir n'ait pas été partagé.

Un petit rire terriblement craquant s'échappe de sa gorge.

– Oui, bien sûr que ça va. Comment est-ce que ça ne pourrait pas aller alors que la femme la plus merveilleuse qui soit m'a accepté dans son lit ?

– On n'est pas dans un lit, mais sur une banquette, dis-je, perplexe.

Oh, j'ai apparemment perdu mes neurones dans la bataille. Espérons que Davon a suffisamment découvert le peu de personnalité que j'ai – rectification, *ma* personnalité – pour savoir que c'est le contrecoup de cet orgasme incroyable qu'il m'a donné et non pas que je suis exempte de cervelle.

– Il va falloir corriger ça tout de suite, annonce-t-il.

Oh, oui, merde, putain. Ouh là… J'ai aussi perdu mon savoir-vivre et ma politesse. Quant à mes hormones… Elles veulent bien le suivre jusqu'au bout du monde, mais un lit devrait faire l'affaire.

– Ton lit ou le mien? demandé-je, avide de savoir où il veut recommencer.

– Je pense que, dans le tien, on sera plus tranquilles.

Oh, oui! Oh, oui!

Bon! Je vois que tout le monde – moi, ma conscience et ma libido que je n'ai plus rencontrée depuis… Jamais? – est d'accord.

– Ça marche, dis-je sagement dans un sourire.

Nous nous rhabillons sans dire un mot, bien que notre rapidité à le faire en dise long sur notre désir de retourner à l'hôtel, puis Davon déverrouille la porte en me lançant un sourire aguicheur. S'il n'arrête pas ça tout de suite, je doute de réussir à traverser cette salle noire de monde sans me jeter sur lui.

Il me tend la main, me donnant l'impression d'accepter bien plus que de le suivre, et je la saisis sans hésitation. Au-dehors, la limousine n'attend que nous. Davon en ouvre la porte en m'invitant à y monter. Sitôt installé à mes côtés, il ordonne au chauffeur de nous amener à l'hôtel.

La tension sexuelle entre nous semble vouloir redescendre tandis que celui-ci démarre dans un silence pesant. Mais je ne veux pas que quoi que ce soit permette à mes peurs de revenir, alors j'attrape sa main dans l'espoir de capter son regard. D'être sûre qu'il ne risque pas de changer d'avis. Nos doigts s'entrelacent, puis il les porte à sa bouche en me dévorant des yeux. Son souffle me fait frissonner de désir, la vague d'étincelles qu'il provoque remontant doucement mon bras jusqu'à faire crépiter tout mon corps.

– Viens là, dit-il en ouvrant les bras.

Je me rapproche, et dans un geste naturel, ses mains viennent se caler sur ma taille pour m'installer à califourchon sur lui. Les bras enroulés autour de sa nuque, j'appuie mon front contre le sien.

– Quand je t'ai demandé comment tu allais tout à l'heure… commence-t-il avant que je ne l'interrompe en posant le bout des doigts sur ses lèvres.

– Je sais ce que tu as voulu dire, Davon. Je me sens bien, vraiment. Mieux que jamais, en fait. Merci d'avoir été aussi prévenant tout à l'heure.

Je ne remarque qu'il était tendu que lorsque, dans un soupir, ses épaules s'affaissent. Ça me touche de constater qu'il s'inquiète ainsi de mes réactions. Je l'embrasse du bout des lèvres, ses mains descendent le long de mon dos, s'attardent sur mes fesses… et la limousine s'arrête un peu trop brutalement, de sorte que mon front vient se cogner doucement contre le sien.

Nous partons tous les deux dans un fou rire qui finit

de détendre l'atmosphère, avides de quitter le véhicule et de monter dans ma chambre.

Si j'hésitais encore, je n'ai maintenant plus de doutes sur la place qui est la mienne – ou pas – dans ce fichu avion.

26

Angèle

Une fois n'est pas coutume, je m'éveille dans le grand lit de ma chambre d'hôtel avec une sensation de béatitude qui doit me donner, au choix, l'air d'être sous substances ou celui d'avoir été lobotomisée. Et le mieux – pas le pire, c'est tout l'intérêt –, c'est que je me fiche complètement de ressembler à l'idiot du village.

Je n'ai pas pété un plomb, miracle numéro un.

Numéro deux : j'ai couché avec un homme à la limite de la perfection, et je ne parle pas que de son corps de rêve – tout appendice inclus, il est équipé comme un acteur porno –, mais surtout de la façon dont il a su me prendre – ouh, le vilain jeu de mots – pour m'aider à lutter contre mes complexes et déverrouiller ce qui ne demandait qu'à l'être. Sur le coup, j'ai été désarçonnée quand il m'a plus ou moins ordonné de faire toutes ces choses, et puis j'ai compris que c'était la meilleure façon de m'aider à me lâcher. Je me suis laissée guider, cependant j'ai gardé le contrôle tout le long – il faut que j'arrête de mettre un double sens à tout ce que je dis quand je parle dans ma tête –, jusqu'à le perdre sans retenue.

Ça, c'est le miracle numéro trois : j'ai pris mon pied comme jamais. Nes avait toujours trouvé répugnant de s'occuper de cette partie de mon anatomie avec sa bouche. En revanche, les « chupa », comme il aimait les appeler, j'en suis devenue experte. Du moins, j'ose l'espérer, mais Davon ne m'a donné aucune raison d'en douter.

J'ai l'impression d'être une femme toute neuve, libérée définitivement des entraves que Nes avait pris un malin plaisir à construire au fil des années. Tout a changé en quelques semaines, et j'ai compris ce qu'il avait fait de ma vie avec tant de subtilité, me faisant prendre mes distances avec les quelques personnes qui auraient pu m'ouvrir les yeux, et croire que j'étais un problème, voire un boulet.

Mais ce boulet était accroché à ma cheville, m'empêchant de prendre mon envol, et il a un nom : Nes Lambert.

Je descends doucement de mon nuage lorsque je constate que la place à mes côtés est à peine encore tiède. Mon instinct ou mes mauvaises habitudes paranoïaques prennent le dessus quand je réalise que Davon a filé, et j'ai toutes les peines du monde à calmer ma respiration et les battements de mon cœur. Et si je n'étais qu'un challenge, la fameuse fille qui se refuse et qu'on veut tout simplement mettre dans son lit par tous les moyens pour se prouver qu'on peut toutes les avoir ?

Bien sûr que c'est ça, pauvre idiote, qu'est-ce que tu crois ? Comme si quelqu'un pouvait s'intéresser à tes histoires à deux balles ou même envisager une seconde de tomber amoureux de toi.

Non. Ou alors Davon devrait s'orienter dans une tout autre voie et faire carrière dans le cinéma. Cette façon qu'il a eue de me regarder cette nuit quand il m'a entraînée par la main pour m'inviter à entrer dans la limousine et me faire ensuite à nouveau l'amour dans ma chambre... Ça ne pouvait pas être de l'esbroufe.

Tssss. Tu t'es bien fait manipuler pendant des années par ton propre mec, qu'est-ce que tu en sais?

Prenant mon courage à deux mains, je m'habille et vais frapper à la porte de sa suite. Lorsque Rick ouvre en me regardant comme s'il venait de trouver un rat mort sur son chemin, j'ai l'impression de recevoir un seau d'eau glacée sur la tête.

– Bonjour, Angèle, me salue-t-il d'un ton las. Qu'est-ce que je peux faire pour toi?

– Eh bien... Euh... Davon est là?

– Non, annonce-t-il en commençant déjà à refermer la porte avant que je ne l'en empêche en avançant d'un pas.

Qu'est-ce qu'il fiche là, lui, d'ailleurs? Il serait ici mais pas Davon?

– Et... il revient bientôt?

Imperturbable, le manager m'observe de cette façon qui me donne l'impression d'être un vague imprévu dans son planning des nombreuses corvées à gérer.

– Je ne crois pas. Mais maintenant que j'y pense, il m'a dit de te souhaiter bon voyage.

Cette fois, c'est carrément comme si on m'enfonçait la

tête sous l'eau d'un lac gelé. De mes sensations, il ne reste plus que mon cœur qui tambourine en faisant vrombir mes tympans.

– B… Bien, merci, Rick. C'est plus qu'un au revoir, alors, dis-je dans un souffle, à peine audible.

– J'en ai l'impression, en effet. Au revoir, Angèle.

La porte se referme, et tous mes espoirs s'envolent avec elle.

***

Tout en luttant pour ravaler mes larmes, je m'empresse de fourrer mes affaires dans les deux grandes valises que Mika m'a offertes. Il me reste peu de temps avant de rejoindre la journaliste en bas de l'hôtel et il faut croire que je pensais flancher et rester, car je n'avais même pas pris la peine de faire mes bagages hier soir. Mika a heureusement anticipé le manque de place dans le grand sac avec lequel je suis partie de France et qui n'aurait jamais réussi à accueillir la moitié de ma toute nouvelle garde-robe. Par réflexe, j'irais bien me cacher sous un de mes gros pulls habituels, mais j'ai jeté tout ce qui faisait de moi celle que j'étais en quittant Paris.

Mes pensées fusent dans tous les sens, mais pour l'heure, tout ce que je veux, c'est fuir le plus loin possible d'ici. J'aurai bien le temps d'essayer de comprendre plus tard ce qui peut expliquer ce revirement, mais si je laisse mon cœur se briser maintenant, je n'aurai pas la force de me relever.

Tandis que je sors, empêtrée de mes grosses valises, d'un plus petit sac avec le nécessaire pour survivre en cabine aux douze heures de voyage et d'un gilet coincé sous mon bras, j'entends au fond du couloir le « ding » typique de l'arrivée de l'ascenseur à mon étage. Ses portes s'ouvrent au ralenti sur Davon, Jay et Tomy. Les yeux de Davon croisent les miens, mais je n'ai pas le temps d'y lire la moindre émotion, car, très vite, son regard vacille pour se fixer droit devant lui tandis que ses traits se figent. Jay ouvre la bouche pour lui parler, mais il y renonce en voyant le visage fermé de son compagnon. Quant à Tomy, il se contente de soupirer en pinçant les lèvres, les sourcils froncés.

Tandis qu'ils remontent le couloir en direction de leur suite, aucun d'entre eux ne daigne plus m'accorder la moindre attention. Lorsqu'ils arrivent à ma hauteur, je reste là, pétrifiée, attendant au moins un geste de la part de Davon, mais c'est à peine si les trois hommes s'écartent pour m'éviter. D'ailleurs, Davon ne le fait pas suffisamment, car il me bouscule légèrement, et l'une de mes valises tombe sur le côté en s'ouvrant, déversant tout son contenu sur le sol. Je jurerais voir Tomy hésiter, mais les trois hommes continuent leur chemin comme si de rien n'était, les mains dans les poches, la tête haute. Et moi, je m'écroule. L'excuse est bonne, il me faut ramasser mes affaires, mais je sais que, même sans cela, je serais là, à genoux, à retenir les larmes qui ne demandent qu'à se répandre sur le pilori de ma dignité. De mon cœur aussi, peut-être. Sûrement.

C'est Tomy qui me donne le coup de grâce en étant le seul à m'offrir un dernier regard tout en refermant la porte. Un regard empli de pitié.

27

Angèle

C'est une fois rentrée dans l'appartement dont j'ai récupéré les clés juste avant mon départ pour Los Angeles que je m'autorise à m'effondrer.

Jusqu'au bout, j'ai espéré. J'ai sans doute vu trop de films ou de séries dans lesquels le héros réalise à la dernière seconde qu'en fait il aime la fille et achète un billet pour l'autre bout du monde, juste pour pouvoir passer les contrôles et lui dire tout ce qu'il ressent pour elle. Un genou à terre, il lui déclare alors sa flamme et la supplie de rester et de bien vouloir lui pardonner d'avoir failli passer à côté de l'amour, puis il lui promet de tout faire pour la rendre heureuse. Enfin, ils s'embrassent, car elle se rend compte qu'elle l'aime également, et tout va pour le mieux dans le merveilleux monde des Bisounours.

La seule chose valable me concernant dans toutes ces niaiseries, c'est que j'ai compris que j'étais tombée amoureuse. Et maintenant, je découvre ce que c'est d'avoir réellement le cœur brisé. Rien à voir avec la colère et le dégoût : ça fait mal, ça détruit, ça dévaste tout. Plus encore que les blessures physiques, car ces cicatrices restent tapies dans l'ombre et personne ne peut les soigner, sauf pour faire pire.

Je croyais que Davon serait celui qui panserait mes plaies, mais il en a ouvert de nouvelles, bien plus profondes, béantes même… Pourtant, je n'ai aucune raison de lui en vouloir. C'est moi-même qui ai établi les règles dès le départ : pas de sentiments et une date de péremption. Finalement, je suis la seule à avoir enfreint les limites que j'avais fixées. Lui a joué le jeu jusqu'au bout, sans fausses promesses ni mensonges. Il aurait juste pu me dire décemment au revoir. À moins que ce soit ainsi que je dois considérer notre dernière nuit ?

– Allez, Angèle, dis-je à mon reflet dans le miroir. C'était une belle histoire qui t'a remise en selle, ça te fera un beau souvenir à raconter à tes enfants.

Pff, j'espère quoi, exactement ? Me convaincre moi-même ? M'hypnotiser pour arriver à y croire ? Je m'attends à quoi ? Raconter un jour à mes enfants : « Vous voyez Davon, le chanteur des HotEverShot, le super groupe à la télé, là ? Ben, j'ai couché avec lui, c'est un super bon coup, vous savez ! Il fait des cunnis comme personne ! »

Oh, oui, je les vois déjà en extase regarder avec leurs grands yeux la télévision avant de courir partout en criant : « Maman s'est tapé une rock star ! Maman s'est tapé une rock star ! »

Il va vraiment falloir que j'arrête de penser avant que quelqu'un n'appelle les services sociaux pour mes enfants hypothétiques et ces vilaines idées qui me traversent la tête…

Mon cœur fait un salto lorsque mon téléphone se met à vibrer. Seuls Davon et Mika ont ce nouveau numéro. Bien sûr, c'est un message de cette dernière qui me demande si je suis bien rentrée chez moi.

[Coucou, miss, arrivée à bon port?]

[Oui, le train a pris du retard en restant coincé sur la voie, mais c'est bon.]

[Super, repose-toi maintenant,
ce n'est pas parce que je ronflais
que je ne sais pas que tu n'as pas
fermé l'œil dans l'avion.]

[Oui, maman…]

[Mais de rien, ma petite chérie.
Allez, si tu as besoin, n'hésite pas.
Bisous !!]

Nous nous sommes promis de garder le contact, et je sais que nous le ferons. Dans l'avion, la journaliste a essayé de me parler à plusieurs reprises de ce qui s'était passé hier soir. Même si je n'ai donné que des réponses évasives, elle sait très bien que j'ai passé la nuit avec Davon. Elle m'a vue revenir échevelée dans la salle principale du night-club, et je lui avais de toute façon fait signe que je partais avec le chanteur pour ne pas qu'elle s'inquiète de ma disparition.

Ça a été douloureux de l'entendre inventer dans son dictaphone de chaleureux adieux d'une voix outrancièrement gaie, alors que même Rick n'est pas venu lui dire au revoir. Elle a réussi à débiter ces âneries tout en me tenant la main et en me couvant d'un regard navré. Je crois qu'elle aussi avait espéré une autre fin avec le manager et qu'elle a eu au minimum un pincement au cœur lorsque l'avion a décollé. Moi, le mien a été pulvérisé au moment où les roues de l'appareil ont quitté le sol.

Je repousse l'envie de me morfondre, ou plutôt de me rouler en boule sous la couette pour pleurer sur mon sort. Je ne suis plus cette fille-là, et j'ai des cartons à vider dans ce tout nouvel endroit où il ne me reste plus qu'à prendre mes marques et à construire ma nouvelle vie.

28

Angèle

– Tu viens boire un verre avec Romane et moi? demande Éva tandis que je ramasse les cahiers laissés sur le coin de leur table par mes élèves. Faut qu'on se remette de cette première semaine, les mômes n'ont fait que pleurer, j'ai la tête comme une pastèque.

Éva et Romane sont mes collègues de maternelle. Nous avons le même âge, et une quinzaine de jours m'ont suffi à découvrir qu'elles étaient totalement délurées.

Depuis mon retour, les semaines ont défilé à un rythme inégal. Les premiers jours ont été difficiles, mais j'avais fort à faire pour me construire un nid douillet dans cette nouvelle ville. J'ai voulu m'éloigner le plus loin possible de Nes que le jeu des mutations l'a permis. Et c'est comme ça que je me suis retrouvée à l'autre bout du département pour échapper à Voldemort. Non, je n'ai pas perdu le fil, c'est juste que j'ai décidé de ne plus prononcer son prénom. Quant à Albator – quoi, Davon était mystérieux, sexy et solitaire, non? –, je ne pense tout simplement plus à lui, enfin pas plus d'une fois par heure, ce qui est très, très bien. D'autant qu'on ne peut plus allumer la radio sans tomber sur leur dernier tube, celui que j'ai vu Albator et son équipage enregistrer juste sous mon nez.

Une fois bien installée, je me suis plongée à corps perdu dans le travail. Nouvelle classe, des tonnes de choses à préparer… Et maintenant, je prends mes marques avec cette nouvelle équipe. Ce qui a été salvateur, c'est que mes collègues m'avaient à peine entrevue avant les vacances quand je suis venue me présenter et n'ont pas vraiment perçu le changement majeur, dans ma tête et dans ma garde-robe. Ça semble bête à dire et très superficiel, mais à eux seuls, mes vêtements symbolisent toute l'évolution que ces trois semaines à Los Angeles ont provoquée chez moi, et ne pas avoir à expliquer cette transformation a été un soulagement. Ici, je peux être qui je veux, définitivement.

Je me tiens plus droite, je ne courbe plus l'échine, et surtout, je n'essaie plus de me faire toute petite.

– J'aurais bien voulu boire un verre avec vous, mais j'en ai encore pour une grosse demi-heure, grimacé-je.

– Parfait, j'ai des trucs à faire justement. Et puis je préfère qu'on parte en même temps, il paraît qu'il y a un type bizarre qui traîne autour des écoles en ce moment.

Subitement, mon sang se glace dans mes veines. Est-ce que Voldemort m'a retrouvée ? Non, impossible, j'ai brouillé les pistes, personne n'a ma nouvelle adresse et je vois mal comment il saurait que j'ai atterri dans cette ville. Sûrement un père à la recherche de son fils suite à un divorce qui s'est mal passé, ou un taré qui guette les enfants à la sortie des classes.

Me voilà à croiser les doigts pour qu'un pervers préfère les gamins plutôt que me pourrir la vie. Mon état mental devient de plus en plus préoccupant.

– La police s'en occupe, j'imagine?

– Oui, ils veillent au grain aux heures de sortie. Mais les pauvres instits qui font du rab, qui les protège, hein?! Eh, ne fais pas cette tête-là, je plaisante. Je suis sûre qu'on n'a pas à s'en faire. Si ça se trouve, ils ont déjà mis la main dessus.

Je n'ai finalement rien fichu. Enfin, si, j'ai tremblé comme une feuille pendant trente longues minutes, glacée d'effroi par les divers scénarios que mon cerveau m'infligeait. Voldemort arrivant derrière moi pour me poignarder, Voldemort me plaquant un coton imbibé de chloroforme sur la bouche jusqu'à ce que je perde conscience et finisse par me réveiller dans une cave… Je crois que j'ai fait le tour de toutes les pires horreurs que ce monstre pourrait m'infliger.

J'ai même réussi à m'imaginer Voldemort se matérialisant devant moi en brandissant sa baguette de la mort – parfois, mon imagination s'égare et arrive à m'inventer des morts surnaturelles, mais là, je pensais à un tout autre type de baguette, du genre petite, toute molle et pas magique du tout. Pour cette dernière version, j'en viens à penser que mon cerveau valide tellement ce nouveau surnom, que je suis allée inventer pour rendre les choses moins terrifiantes, qu'il s'est dit qu'il allait me donner un coup de pouce pour me faire sourire. Mais même là, devant cette image à la limite du ridicule, je ne suis pas parvenue à faire taire l'angoisse qui me vrille l'estomac.

– Prête ? demande Éva en passant uniquement la tête dans l'entrebâillement de la porte, me faisant sursauter.

– Euh, ouais. Enfin, pas vraiment, mais je n'arrive à rien ce soir. Je finirai ça ce week-end, tant pis.

Ce n'est pas comme si j'avais d'autres choses à faire, de toute manière. Plus j'ai la tête occupée, moins mes pensées se tournent vers Albator. Autant dire que je vais passer l'année à travailler comme une acharnée. D'ici six mois, mes petits CP seront parés pour les épreuves du bac, c'est moi qui vous le dis !

Romane nous rejoint dans le grand hall qui donne sur l'entrée. Elle a relevé ses cheveux roux en un chignon fouillis et s'est maquillée. Le pantalon plein de taches de peinture qu'elle portait tout à l'heure s'est transformé en jupe et je la regarde avancer vers nous, les yeux ronds.

– Tu fais *Cendrillon* à l'envers ?

– Non, j'enchaîne avec un rendez-vous Tinder, me répond-elle en me faisant un clin d'œil appuyé. Tu as déjà essayé ?

– Je suis pas très réseaux sociaux.

– Je n'appellerais pas ça un réseau social, commente Éva, hilare. Plutôt un « réseau baise ».

– Hé ! s'indigne Romane. Un peu de tenue, nous sommes dans une école, que diable !

Elle fait quelques longues enjambées dehors, écarte les bras en tournant sur elle-même tout en entonnant « Libérée, délivrée », un grand sourire aux lèvres. Éva et moi lui emboîtons le pas en riant, jusqu'à ce que les miens s'arrêtent net en arrivant à hauteur de ma voiture.

Le temps semble se figer et j'en oublie de respirer, sidérée par ce que je vois mais que mon cerveau refuse d'accepter.

29

Davon
Un mois plus tôt

Je repousse délicatement les bras d'Angèle pour ne pas la réveiller. J'ignore si cette nuit incroyable lui fera changer ses plans, mais je compte mettre le paquet pour la convaincre. Je sais bien qu'elle ne peut pas rester plus longtemps aux États-Unis, mais, moi, je peux la suivre en attendant que la tournée démarre en Europe.

J'ai envoyé un message à Rick pour qu'il me retrouve dans ma suite à la première heure, et il va falloir qu'il me trouve une solution, ou plutôt qu'il s'organise pour me permettre de mettre la mienne à exécution.

Il est déjà dans ce qui fait office de salon lorsque je passe la porte. À ma grande surprise, il n'est pas seul : Jay et Tomy sont déjà levés, ce qui n'est pas dans leurs habitudes, surtout après une telle soirée. Le regard de chacun d'entre eux aurait dû me mettre en alerte, mais je suis encore trop sur mon nuage pour tiquer.

– Bien, je vois que vous êtes tous là. Ça tombe bien.

Rick, j'aimerais que tu regardes pour réorganiser la fin du montage de l'album à Paris.

– Quoi? s'exclament en chœur Tomy et Jay.

– Quoi? Des studios d'enregistrement, on en trouve partout dans le monde, non?

– Et tu fais quoi des trois festivals auxquels on doit participer durant le mois d'août? demande notre manager, visiblement agacé.

– Je peux faire deux d'entre eux. Pour l'autre, ça risque d'être plus compliqué.

J'ai réfléchi toute la nuit à mon organisation. Il y a un week-end où je veux absolument emmener Angèle sur les lieux de mon enfance et c'est le seul créneau disponible.

– Non, annonce fermement Rick.

– Comment ça, « non »?

Je cherche du soutien dans les yeux de mon frère puis de mon meilleur ami, mais je me heurte à un mur.

– Tes décisions ont un impact sur nous tous, soupire finalement Tomy.

– Oui, je sais, merci! Aux dernières nouvelles, c'est justement mes décisions qui nous ont amenés jusqu'ici, non?

Le visage de Rick se ferme tellement qu'on dirait qu'il grimace, puis il plante ses yeux noirs dans les miens avec force.

– J'imagine que tout ça a à voir avec Angèle?

– Qu'est-ce que ça change? dis-je, soudain sur la défensive.

– Tu vas prendre le risque de planter le groupe juste pour une fille?

Tomy ne dit rien, Jay regarde ses pieds, mais je les connais suffisamment pour savoir qu'ils sont d'accord avec notre manager, tout au moins qu'ils n'y sont pas totalement opposés. Jusqu'ici, je ne leur ai rien dévoilé de ma relation avec Angèle, bien que je me doute qu'ils sont loin d'être dupes. J'avais assez peu apprécié leurs remarques la seule fois où le sujet avait été abordé, et connaissant Jay et Tomy, ils ne se seraient pas privés de faire des plaisanteries bien graveleuses à tout va, y compris devant elle. Tout ce qu'il faut pour la faire fuir. *Fallait.* Parce que rien ne pourra plus lui faire peur, maintenant, j'en suis sûr. Nous avons dépassé ce cap hier soir. Je ne sais pas vraiment ce qu'il y a entre nous, ni ce que je veux que ça donne. Cependant, je ferai ce qu'il faut pour mettre toutes les chances de mon côté afin de pouvoir éclaircir ces points. Et j'ai besoin, pour ce faire, de passer un maximum de temps avec elle. Puisqu'elle ne peut pas rester, c'est moi qui suivrai.

– Je ne plante rien du tout. Je te demande juste de revoir le planning pour me faciliter la vie. Angèle doit impérativement reprendre le travail et…

– Parce que c'est ce qu'elle t'a raconté ? Qu'elle ne pouvait pas faire autrement que de partir ? Mika m'a dit qu'elle avait encore un mois de vacances et absolument aucune obligation, Davon.

– Non, c'est…

– Ce n'est rien du tout ! Pas pour elle, de toute évidence. Elle s'est amusée, elle s'est tapé une rock star, et maintenant, elle veut rentrer et passer à autre chose. Qu'est-ce que tu croyais, franchement ?

– Non, c'est faux.

Impossible. Je sais que c'est plus que ça. Depuis le début, c'est bien plus. Même si elle a toujours soutenu le contraire. Même si elle n'a fait que dire que tout s'arrêterait aujourd'hui. C'est… non.

– Pourtant, c'est précisément ce qu'elle a dit à Mika, Davon. C'est toi qui refuses d'ouvrir les yeux. Tu te bornes à ne voir que ce que tu veux, toi, mais elle pouvait rester et elle préfère partir. Elle a *choisi* de te quitter ! Tu t'es emballé tout seul !

D'abord déstabilisé, je sens rapidement le feu de la colère me brûler les neurones. J'étais prêt à tout pour nous donner une chance, même à mettre ma carrière sur la corde raide, et elle, elle a choisi de partir le plus loin possible. Elle a même eu le culot de dire qu'elle aurait aimé que son travail lui permette de rester et qu'elle regrettait qu'il ne puisse pas en être autrement ! Nous n'avons jamais vraiment parlé de nos attentes, mais oui, elle a clairement dit qu'elle ne tomberait pas amoureuse de moi. En fait, depuis le début, je suis juste un truc temporaire, une espèce de pansement auquel elle n'accordera aucune chance alors que je m'évertue à vouloir la guérir. Mais je me suis accroché comme un idiot : elle s'en fout, et j'ai fini de me ridiculiser.

– Désolé, mec, ajoute Jay, comme si ce n'était déjà pas assez.

Il s'approche en tendant la main en direction de mon épaule, mais je me relève en me dégageant sans lui donner le temps de me toucher. Cette sensation d'avoir été trahi alors que je m'offrais corps et âme me laisse un goût trop amer. J'ai juste envie de tout démonter.

– Il faut que je sorte d'ici.

J'ai besoin de prendre l'air, et il ne vaut mieux pas pour Angèle que je tombe sur elle. La colère est trop forte, alors autant me taire et surtout prendre le large plutôt que de lui dire les pires horreurs. Même si c'est tout ce qu'elle mérite, c'est moi l'imbécile qui a été assez naïf pour croire en notre histoire.

J'attrape mon sweat pour filer d'ici avant d'avoir une réaction regrettable. Sans surprise, Tomy et Jay m'emboîtent le pas. Ils savent que, dans ces cas-là, il vaut mieux m'avoir à l'œil…

30

Davon
Une semaine plus tôt

Je me laisse tomber lourdement sur le sofa en bâillant. Ces filles m'ont épuisé. Heureusement que par moments elles s'occupaient entre elles, ça m'a épargné quelques dépenses d'énergie supplémentaires, surtout quand Gertrude a léché Gisèle. Ou inversement. Ce ne sont pas les mêmes Gertrude et Gisèle que lorsque Angèle a renversé son verre sur l'une d'entre elles, mais ces prénoms collent parfaitement à toutes les filles que je me suis faites ces trois dernières semaines – bien trop pour essayer de retenir leurs petits noms.

– Elles sont déjà parties, tes greluches? demande Tomy en bâillant à son tour.

– Non, elles dorment encore. Je vais peut-être remettre un petit coup avant de les foutre à la porte.

Tomy hoche la tête en gardant le silence, mais son expression suffit à m'agacer.

– Si tu as quelque chose à dire, crache le morceau ou

ferme ta gueule, mais tu m'évites ce regard condescendant plein de jugement.

Mon frère fouille dans sa poche, puis il me montre la page sur laquelle j'ai griffonné une poignée de lignes hier soir avant de l'arracher de mon carnet.

– Tu fais de la merde.

– Merci, frangin. Si tu veux, on inverse les rôles et c'est toi qui écris nos chansons.

– Non, ça ira très bien. Mais je ne parle pas que de ce torchon. Tu fais n'importe quoi depuis un mois.

Trois semaines. Trois putains de semaines. Mais c'est durant les trois précédentes que j'ai déconné. Maintenant, tout va bien, même si j'ai perdu ma muse. Je peux céder à mes pulsions, être aussi rude que je le désire sans avoir à me préoccuper de ne pas heurter la sensibilité de ces filles : c'est simple, elles n'ont pas de tabous et sont prêtes à tout pour me satisfaire. Là, je suis dans mon élément.

– Je suis juste moi-même. Je profite de notre « gloire », c'est ce que tu voulais, non ? D'autant que c'est ce que toi et Jay faites depuis des mois. Pourquoi je n'aurais plus le droit de prendre mon pied, moi aussi ?

– Entendons-nous bien, loin de moi l'idée de te dire où tremper ta nouille. D'ailleurs, tu savais très bien le faire avant que notre paternel ne se pende. Mais pas à outrance comme maintenant. On croirait que tu noies ton chagrin dans des chattes.

Tomy et son langage fleuri... Effectivement, il vaut mieux qu'il se cantonne à la batterie.

– C'est toujours mieux que dans l'alcool ou d'autres

choses. Et il n'est pas question de chagrin, je vais très bien, alors fous-moi la paix.

Il lève les mains en signe de reddition avant de se rencogner dans son fauteuil.

– Ouais, t'as raison, je vois pas pourquoi tu en baverais, surtout pour une nana qui se la joue pauvre petite fille fragile… Angèle n'avait d'ailleurs pas grand-chose d'intéressant, à part son joli petit cul et ses grands yeux verts.

Sans que je comprenne comment, je me tiens la seconde suivante devant mon frère en le maintenant fermement par l'encolure de son tee-shirt, tremblant de rage.

– Je t'interdis de parler d'elle comme ça, grogné-je, furieux.

Lorsqu'un large sourire étire le coin de ses lèvres, je réalise que je suis tombé dans le panneau en un clin d'œil. Je le relâche alors brutalement et m'éloigne de lui pour faire les cent pas, tournant sur moi-même comme un lion en cage.

– C'est beau, l'amour, plaisante-t-il.

– Ce n'est pas… Je… Va te faire foutre, Tomy.

Eh merde ! Oui, la dernière vision que j'ai eue d'elle, les yeux embués de larmes, me hante dès que je ferme les paupières. Je ne pense qu'à elle, sauf quand je baise. À ce moment-là, mon cerveau verrouille son image, comme pour la protéger de la souillure. C'est pour cette raison que je n'ai de cesse d'essayer d'effacer son visage de mes pensées. Pour ça et pour que disparaisse la culpabilité de l'avoir plantée là comme ça, tout comme les regrets de ne même pas l'avoir serrée une dernière fois dans mes bras avant de la laisser partir. Mais sur le moment, j'étais tellement aveuglé par la rage que j'aurais été incapable de lui parler, et encore moins de faire preuve de la moindre douceur. C'est pour ça que j'ai préféré l'ignorer, mais finalement, c'est peut-être pire que tout.

Anéanti, je m'assieds dans le fauteuil et plonge la tête entre mes mains. Je jurerais que tout tangue autour de moi pour mieux m'ensevelir.

– Qu'est-ce que ça change, de toute façon ? Tu as entendu Rick ? Elle s'en fout !

– Et tu ne t'es pas dit qu'elle avait juste peur ? Tu sais ce que c'est pour une fille « normale » d'entrer dans la vie de gens comme nous ? Moi, j'ai vu ma mère dépérir, sachant qu'à chaque concert cet enfoiré la trompait. Remarque, il vaut peut-être mieux qu'elle soit loin de types comme nous, finalement.

– Elle a dit à Mika que…

– Oh, ferme-la, tu veux ? C'est passé par combien d'intermédiaires différents avant d'arriver jusqu'à tes oreilles ? Et en plus, qui te dit qu'elle pensait sincèrement ce qu'elle lui a peut-être éventuellement confié ?

– Arrête, Tomy. Elle s'en fout, sinon elle serait restée, c'est tout.

– Mais ça, tu ne peux pas en être sûr. Écoute, je n'ai rien dit sur le coup, tu étais tellement en colère que, de toute façon, tu n'aurais rien voulu savoir. Et puis, je ne te cache pas que j'étais aussi surpris que toi, d'autant que moi et ma réactivité… Enfin, tu sais que mon cerveau a beau tourner bien mieux que le tien, vu que je suis largement plus intelligent, ses rouages sont plus gros et plus longs à…

Est-ce qu'il va vraiment partir dans son délire maintenant ? Je sais que mon frère a toujours adoré jouer au plus fort, au plus intelligent, à toutes ces conneries dont il me bassine depuis la nuit des temps, mais là, le moment ne s'y prête absolument pas.

– Oh, pitié, viens-en au fait ! m'exclamé-je, agacé.

– J'ai observé votre petit manège, tu sais. Et il y a une chose dont je suis sûr, une seule.

– Éclaire donc ma lanterne, je t'en prie !

– Elle te regardait exactement comme, toi, tu la regardais, avec cette même lueur dans les yeux, comme s'ils s'illuminaient dès que tu rentrais dans la pièce.

Imaginer que Tomy puisse être la voix de la raison est tout simplement surréaliste. Pourtant, j'ai envie d'y croire. Après tout, il y a cinq minutes, j'ignorais moi-même ce que je ressentais exactement pour Angèle. Et au bout du compte, c'est la principale intéressée qui est la seule à connaître les réponses à mes interrogations. Même si, à elle seule, elle peut briser mes derniers espoirs…

31

Angèle

Romane lâche d'une voix blanche un « Putain de merde! », tandis qu'Éva recrache l'eau de la bouteille qu'elle venait de porter à ses lèvres.

Moi, je reste plantée comme une parfaite imbécile, la bouche ouverte avec cette impression que jamais plus je ne serai capable de reprendre le contrôle de mon corps. J'ai les mains moites, les oreilles qui bourdonnent, le cœur qui bat dans mes tempes comme s'il avait oublié qu'il est censé être situé dans ma poitrine, et mes jambes ont dû se faire la malle. En tout cas, je ne les sens absolument plus, et vu que je suis comme paralysée, j'en conclus qu'elles ont simplement disparu. Ah! Et puis j'ai la bouche sèche aussi, aucun son ne sera jamais plus capable de s'élever de ma gorge, à ce train-là.

Les mains dans les poches, Davon est assis nonchalamment sur le capot de ma voiture, beau à en mourir. Ses tatouages habillent ses bras, ils prennent naissance dans le creux de son cou, disparaissent sous son tee-shirt taillé pour rendre hommage à ses pectoraux, avant de réapparaître, dévalant ses biceps jusqu'à finir leur course sur ses doigts. Et comme si l'univers voulait se mettre au diapason de sa splendeur, le soleil couchant assortit ce tableau de ses couleurs irréelles.

Le bleu de ses yeux tranche avec les lueurs du crépuscule de sorte qu'on ne voit plus qu'eux, comme dans ces photos en noir et blanc dont l'artiste a choisi de ne laisser qu'une seule teinte colorée pour la faire ressortir. À ceci près que l'acier de ses iris s'est paré d'or et de mauve.

Il a cet air sûr de lui, cette aura qui a fait de lui une star, bien au-delà d'un simple artiste. Il rayonne, tout simplement. Pourtant, lorsque nos regards se soudent, le sien se revêt d'une vulnérabilité qui me touche en plein cœur. Les muscles tendus jusque dans les mâchoires, il se redresse, hésitant. Cela suffit à déclencher une décharge d'adrénaline qui fait repartir mon cœur et m'incite à respirer, dans un grand soupir qu'on a sûrement pu entendre à l'autre bout de la rue.

Un élan d'affection me porte jusqu'à lui sans que je ne l'aie vraiment décidé et, sitôt à sa hauteur, il se transforme en une passion dévorante. J'attrape son visage pour plaquer ma bouche contre la sienne avec tout ce qu'il me reste d'énergie après cette semaine épuisante et le grand huit qu'a fait mon cœur ces dernières minutes.

Il semble d'abord surpris et, pendant une fraction de seconde, je me dis que j'ai présumé de ce lien que j'ai senti entre nous. Hésitante, je recule pour chercher des réponses dans ses yeux. Les doutes que j'y avais lus un instant auparavant semblent s'être envolés alors qu'il me sourit. Peut-être même les avais-je rêvés ? Pourquoi est-il là, d'ailleurs ? C'est un nouveau défi ? Là encore, mon corps réagit par instinct, mais pour lui décocher une gifle dont l'écho résonne en faisant éclater le silence autour de nous.

Les lèvres pincées, il fronce les sourcils dans un regard douloureux. Cependant, ce n'est pas une souffrance physique, je le vois. Je le sens. C'est cette même douleur qui me vrille la poitrine à présent. Celle de l'avoir retrouvé en sachant pourtant que ça ne peut pas être aussi facile que ça.

Alors que je m'éloigne un peu plus, il se saisit de mes bras pour m'empêcher de le faire davantage.

– Non... Angèle, s'il te plaît... Ne fais pas ça. Pas maintenant que je t'ai retrouvée...

– Tu...

Mais les mots refusent de sortir. Il y a trop d'émotions en moi pour réussir à savoir si je suis en colère, choquée, pleine d'espoir ou triste à en mourir à la simple idée qu'il n'est pas là pour autre chose que de se prouver qu'il peut encore m'avoir en un battement de cils.

Avec une délicatesse infinie, il passe une main tremblante sur ma joue, puis il plonge ses yeux dans les miens. Leur intensité est bouleversante. Lui aussi paraît avoir peur, mais comme il semble l'avoir toujours fait, il lutte contre ses démons pour surmonter ça.

– Angèle... Laisse-moi t'aimer.

Incapable de lui répondre, je me laisse happer par ces

derniers mots, prononcés telle une supplique. Mon corps s'est rapproché imperceptiblement du sien pourtant, et il l'a perçu, car maintenant, c'est de l'espoir qui habite ses traits. Un espoir si sincère que je m'autorise à penser qu'il le veut vraiment.

Alors, quand il m'étreint de toute la puissance de son corps ciselé de muscles, toutes mes craintes volent en éclats et mon cœur se gonfle au point que je m'attends à ce qu'il explose à son tour.

Les explications viendront plus tard, pour l'heure, je me fiche d'avoir des spectatrices, qu'il ait piétiné mon orgueil, de tous ces non-dits qui m'ont laissée mettre un océan et tout un continent entre nous... Tout ce qui compte, ce sont ces papillons qui s'agitent dans mon ventre au point de me donner l'impression que mes pieds quittent terre, tandis que ses bras m'enveloppent avec force. Un râle s'échappe de sa gorge lorsque sa main vient appuyer sur ma nuque et que nos lèvres s'entrouvrent. Nos langues se retrouvent enfin, et malgré l'intensité de ce baiser, tout n'est que douceur et volupté.

Une main posée sur sa joue, je me détache de sa bouche, haletante, juste pour pouvoir le contempler. Je me noie dans ses yeux d'un bleu plus limpide que celui d'un lagon tout en constatant que ses traits affichent une expression torturée, comme si le manque avait été trop grand pour laisser entre nous la moindre distance en cet instant. C'est peut-être mon imagination, peut-être que je renvoie ce que je ressens, moi, en ayant rompu notre étreinte... Pourtant, il dépose un baiser sur mon front avant de me serrer contre lui avec une telle ardeur que je donnerais tout pour ne plus quitter ses bras et pouvoir rester dans leur carcan à jamais.

32

Davon

Je suis juste venu pour lui parler.

C'est ce que je répétais en boucle dans ma tête tandis que, planqué dans ma voiture de location à la façon d'un détective privé, je l'observais à la dérobée évoluer dans la cour, entourée de ses élèves. Elle était tout simplement magnifique, baignée ainsi dans les rayons du soleil au point que le tissu de sa robe frôlait la transparence sans rien dévoiler pour autant.

Pourtant, à l'instant où nos regards se sont enchevêtrés, il n'y avait plus qu'elle et ce besoin de m'emparer de ses lèvres rosées dont la douceur hante encore mes nuits. Je brûlais de courir la rejoindre puis de l'attraper par la taille pour la serrer contre moi comme je le fais maintenant. Mais elle est subitement devenue livide au point que j'ai eu l'impression que le monde s'effondrait autour de nous tandis que, moi, j'implosais de l'intérieur.

À ce moment-là, j'ai cru que tout espoir avait quitté ce monde. Jusqu'à ce que cette lueur s'allume dans le vert de ses yeux et qu'elle vienne à moi. Et puis, à nouveau, j'ai cru la perdre. Je suppose que je n'avais pas volé cette gifle, mais c'est la voir s'éloigner en risquant qu'elle le fasse pour toujours qui m'a vrillé les entrailles. Tant d'émotions sont passées à cet instant sur son visage que j'ai craint qu'elle n'ait jamais plus envie de me voir. Et en même temps, il y avait cet espoir. Le même que le mien. Celui qu'on soit bien plus l'un pour l'autre que ce que nous nous sommes autorisés à le dire. Une part de moi, la pragmatique, me criait que ça ne pouvait être que mon imagination, qu'elle était partie parce qu'elle ne voulait surtout pas de moi dans sa vie. Mais quand son corps s'est détendu, comme s'il m'autorisait à nouveau à la toucher… Sentir la chaleur de son corps frêle contre le mien, cette volupté dans son baiser… Elle a pulvérisé mes doutes en même temps qu'elle s'emparait de mon cœur, si tant est qu'elle ne l'ait pas déjà volé dès le premier jour dans cet ascenseur.

Un raclement de gorge nous extirpe de notre bulle, me rappelant brutalement que nous ne sommes pas réellement seuls au monde malgré cette impression de flottement qui m'a donné des ailes. Sans quitter mes bras, Angèle pivote pour se tourner vers le monde réel.

Ses collègues nous observent, mi-choquées mi-amusées. Est-ce qu'elles font cette tête à cause de moi ou seulement de la réaction d'Angèle ? Dans ce pays, je n'ai pas la moindre idée de ce qu'est ma notoriété.

– Bonjour, dit la métisse en me tendant la main. Je suis Éva, la nouvelle collègue d'Angèle, et vous êtes ?

La rouquine lui donne un coup de coude dans les côtes en lui faisant les gros yeux.

– Éva, branche ton cerveau, putain. C'est Davon Adams.

– Ben, tu le connais ? demande la fameuse Éva avec candeur et étonnement.

– Oui, répond son amie, agacée. Il est chanteur.

– Oh, c'est chouette, ça. Vous pourriez peut-être venir à l'école pour donner quelques cours de chant aux élèves. Moi, je chante comme une casserole, alors quand je peux avoir des intervenants, je saute dessus !

Je la laisse s'embourber tout en resserrant ma prise autour de la taille d'Angèle, curieux de voir comment ça va se terminer. Elles sont de toute façon parties dans un échange dont nous sommes presque exclus, maintenant.

– Ce n'est pas ce genre de chanteur.

– Oooooh ! OK, je vois, vous faites dans les chansons paillardes.

J'ignore totalement le sens de ce dernier mot, mais vu le clin d'œil et la petite grimace encourageante assortie d'un pouce en l'air, j'imagine tout à fait à quel style elle fait allusion.

Son interlocutrice enfonce son front dans la paume de sa main avec un air navré, c'est à la limite de devenir hilarant.

– Elles sont marrantes, tes copines, murmuré-je contre l'oreille d'Angèle, si bas qu'elle en frissonne.

– Éva, réveille-toi, bordel ! Il fait du rock !

– Rhô, mais comment veux-tu que je le sache ? Merde ! Enfin, bref, ça marche aussi avec des maternelles, faut pas croire, ils adorent danser sur les trucs qui bougent.

Sa copine secoue la tête comme si elle était un cas désespéré tout en l'entraînant au loin, et elle nous fait un petit signe de la main en guise d'au revoir. Quelques mètres plus loin, j'entends Éva crier des choses inintelligibles pour une oreille humaine tant elle part dans les aigus.

– Je crois qu'elle vient de comprendre que tu es le gars dans le clip sur lequel elle a bavé pendant toute la pause déjeuner, dit finalement Angèle sur un ton que je ne parviens pas à identifier.

Je la fais se tourner vers moi pour chercher des réponses sur ses traits. L'heure n'est plus à se laisser porter par les sentiments, de toute évidence.

– Ça t'embête qu'elles m'aient reconnu?

Tandis qu'elle réfléchit, son regard se trouble. Oui, bien sûr que ça la dérange. J'ai fait irruption dans la nouvelle vie qu'elle essaie de se construire ici sans même lui demander son avis.

– Je suis désolé, j'aurais préféré faire autrement que de t'attendre à la sortie de ton travail, mais c'était la seule façon de te retrouver.

– Comment tu as fait?

– J'avais la ville et le métier. Il y a dix écoles ici, alors j'ai surveillé chacune d'entre elles jusqu'à voir une jolie maîtresse aux yeux verts.

J'en ai fait sept en trois jours avant de la trouver. Quand ça a été chose faite, j'ai hésité à la suivre jusque chez elle, mais je me suis dit que ce serait aller un peu trop loin, surtout si elle ne voulait pas me revoir.

– C'est toi, le maniaque qui tournait près des écoles?!

– Euh… Je suppose, oui.

Au lieu de se mettre en colère, elle soupire de soulagement. Je lui prends la main, préférant jouer avec le bout de ses doigts plutôt que d'affronter la suite. Mais c'est Angèle qui amorce la discussion lorsqu'elle m'oblige à relever le menton d'un geste tendre.

– Davon, je suis heureuse que tu sois là, murmure-t-elle, les joues délicieusement rouges. Je me demande juste… pourquoi.

Je me perds un instant dans les différentes nuances de vert de ses iris, ne songeant déjà plus qu'à regoûter à sa bouche avant de savourer le reste de son corps. Pourtant, il me faut des réponses pour avancer, peu importe l'endroit où celles-ci me mèneront.

– J'ai besoin de savoir pourquoi tu es partie. Ou plutôt, si tu aurais pu rester. Enfin, les deux.

– Qui croirait que tu es aussi doué pour manier les mots et écrire des chansons aux paroles si percutantes? se moque-t-elle. Je n'ai rien compris, Alb… Davon.

– Tu sais très bien ce que j'ai voulu dire, dis-je, agacé qu'elle se cache derrière l'humour alors que tant de choses se jouent dans cette conversation. Je sais que tu n'as repris le travail que cette semaine.

Ma voix est sortie plus dure que je ne le souhaitais, mais il faut qu'elle comprenne que je suis sérieux. Alors que son sourire s'efface, ses yeux papillonnent comme s'ils cherchaient des réponses partout ailleurs que dans les miens.

– J'ai voulu partir parce que je me suis juré de ne plus jamais donner à un homme le pouvoir de me faire chavirer au risque de me briser. Parce que je savais que, chaque jour, je tombais un peu plus amoureuse de toi, précise-t-elle en me regardant enfin.

Et c'est moi qui chavire en entendant cette déclaration à demi voilée. Mon sang s'échauffe déjà dans mes veines, mais il se fige dès lors que son regard s'assombrit.

– Malgré mes peurs, j'avais décidé de rester, Davon. Sauf que tu m'as abandonnée au petit matin et tu m'as ensuite ignorée comme une moins-que-rien. Voilà pourquoi je suis partie !

Elle récupère sa main comme si le contact de la mienne l'avait brûlée, me faisant prendre la mesure des conséquences de ces non-dits. Alors elle avait finalement envisagé de rester ? Si je n'avais pas laissé mon orgueil blessé décider de la suite des événements le jour de son départ, tout aurait pu être différent. Mais j'ai préféré lui renvoyer ma douleur et prendre mes distances sans lui offrir le loisir de s'expliquer.

– Tu sais ce que j'ai cru à ce moment-là, Davon ? s'emporte-t-elle. J'ai pensé que je n'étais qu'un challenge, que tu t'étais dit que maintenant que tu m'avais eue, je n'avais plus aucun intérêt à tes yeux !

La colère qu'elle semble avoir enfouie pendant des semaines remonte à la surface, et je regrette d'avoir gâché nos retrouvailles en posant cette question stupide. Parce qu'après tout, la réponse importe peu, tout ce qui compte, qui *comptait*, c'était le bonheur dans ses yeux, ces sentiments qui les faisaient presque étinceler quand elle a fondu son regard dans le mien après ce long baiser plein de passion.

Maintenant, ils brillent des perles de son âme, les larmes s'accrochant déjà au ras de ses cils. Il fait nuit noire à présent, et la magie s'est envolée.

– J'étais juste parti pour parler à Rick, je voulais tout plaquer pour te suivre, mais quand il m'a dit que tu t'en foutais et que rien ne t'empêchait de rester jusqu'au début de la tournée, j'ai pété un plomb. Tu m'as menti, merde !

Et voilà, j'allais lui dire que je l'aimais, et je ne trouve rien de mieux à faire que de laisser la colère l'emporter. Ma rancœur sort grande gagnante, tout comme la sienne.

– Je ne sais pas où Rick est allé chercher que je m'en foutais. Pour ce qui est de t'avoir dit que j'étais obligée de rentrer, je l'ai fait parce que je flippais complètement ! Tu as ce… ce pouvoir sur moi, et je savais, qu'à la fin, je serais la seule à souffrir !

On s'est fait du mal tous les deux, au bout du compte. J'ignore si Rick comptait bien faire, si lui ou Mika ont interprété les choses à leur sauce ou s'il a voulu en rajouter pour me protéger, mais je ne laisserai plus personne d'autre qu'elle me dire ce qu'elle pense.

– Et s'il n'y avait pas de fin ?

Elle ouvre la bouche pour m'engueuler à nouveau, mais celle-ci s'agrandit au fur et à mesure qu'elle réalise la portée de mes paroles. C'est quand elle me lance cet air de détresse, celui qui semble vouloir me demander de ne pas faire des promesses que je ne veuille pas vraiment tenir, que je m'élance vers elle pour l'embrasser à pleine bouche. J'ai si faim d'elle que c'en est douloureux. Tant pis si ça lui fait peur, tant pis si c'est trop rude pour elle… Si elle doit fuir, c'est maintenant. Parce que je vais me donner tout entier, et je suis à prendre ou à laisser.

Je refuse qu'il y ait une fin, ça ne fait que commencer.

33

Angèle

Ce parking à l'écart de tout – non éclairé et entouré de hauts buissons, la totale pour n'importe quel prédateur sexuel – me faisait complètement flipper. Mais maintenant, il est devenu un lieu idéal de débauche. De *ma* débauche.

Davon me serre contre lui si fort que je ne peux que sentir son envie de moi. Il dévore ma bouche et bientôt mon cou, déclenchant des frissons tout le long de ma colonne vertébrale. Il n'a plus rien de l'homme doux qui m'avait prise dans le night-club puis dans ma chambre d'hôtel en mesurant avec précaution chacun de ses gestes pour ne pas me brusquer. Lorsqu'il me plaque contre la portière de ma voiture et fond un regard brûlant dans le mien, je comprends qu'il n'y aura pas de douceur, juste de la passion. Mais je n'ai pas peur, je sais que jamais il ne me fera volontairement de mal et qu'un seul mot de ma part suffirait à exiger sa tendresse. Sauf que je n'en veux pas, je veux qu'il me prenne, vite et fort, qu'il comble ce vide qu'il a laissé en m'autorisant à l'abandonner.

Putain, il a dit qu'il n'y aurait pas de fin. Et je n'en veux pas non plus. Pas maintenant que nous nous sommes retrouvés. Et dire qu'on a failli passer à côté de tout cela à cause d'un énorme malentendu… Ce qu'a pu lui dire Rick me reste d'ailleurs un peu en travers de la gorge. Je sais que Davon a une confiance absolue en celui qu'il considère presque comme un père, mais c'est tout de même à se demander si ce type est si bien intentionné que ça…

Davon malaxe mes seins à travers le tissu de ma robe, trouvant sans mal mes tétons dressés de désir. Un gémissement de frustration s'échappe de ma gorge lorsqu'il les pince sans pour autant les libérer de leur enveloppe de dentelle.

Je glisse les mains sous son tee-shirt pour suivre les dessins de ses muscles, arrêtant mon geste lorsque je perçois les battements de son cœur sous ma paume. C'est si bon de sentir qu'il vibre ainsi pour moi, la respiration saccadée par cette flamme qui dévore tout son être et embrase le mien.

– J'ai tellement envie de toi, me prévient-il d'une voix rauque.

Je sais que c'est sa façon à lui de me signifier que si je ne veux pas aller plus loin, c'est maintenant que je dois l'arrêter. Mais plutôt mourir que de renoncer à une seule seconde de ce délice que sont ses lèvres sur ma peau, ses mains sur mon corps et ce désir bouillonnant que je vois dans ses yeux. Incapable de parler, je lui réponds en déboutonnant son jean, attrapant, sitôt fait, son érection entre mes doigts.

Il émet un son guttural, presque animal, lorsqu'il reprend possession de ma bouche avec ardeur, et bientôt ses doigts se glissent sous ma robe pour retirer ma culotte. D'une main, je m'accroche à sa nuque tandis qu'il soulève ma jambe pour la faire reposer sur le capot. Il arrache l'emballage d'un préservatif avec les dents dans un mouvement digne d'une publicité – égérie rêvée des dentistes, et maintenant de Durex –, le déroule sur son sexe, puis d'un geste habile, il prend possession de moi d'un coup sec.

J'avais toujours vu en ce genre de manière d'aller droit au but la faim d'un homme de prendre vite pour se satisfaire. Mais pas cette fois. Nous avons tous deux ce besoin irrépressible de nous fondre l'un dans l'autre jusqu'à ne faire plus qu'un. Le manque était trop intense, trop douloureux.

Les premiers mouvements étaient lents et amples, chaque fois qu'il ressortait presque de moi, c'était pour mieux y entrer à l'aide de puissants coups de reins, mais maintenant, il me pilonne avec force, m'arrachant des cris que j'étouffe en me mordant la main. Je découvre mes limites pour mieux les repousser à chaque coup de boutoir, et j'explose au moment précis où sa bouche abandonne mon cou pour lui permettre de me couler un regard si incandescent que l'acier de ses yeux semble s'être liquéfié pour se fondre encore plus profondément dans mon âme.

D'un dernier mouvement de hanches, il s'autorise à me rejoindre en grognant.

– Je n'en ai pas fini avec toi, murmure-t-il, toujours en moi, tout en déposant un léger baiser sur ma tempe. Mais tu crieras tellement fort qu'il vaut mieux qu'on soit à l'abri d'oreilles chastes.

Et effectivement, sitôt que nous sommes rentrés chez moi, il tient ses promesses, mais je doute que les voisins puissent échapper aux vagues de plaisir qui m'engloutissent.

34

Angèle

Lorsque je me réveille et que Davon brille par son absence à mes côtés, j'ai le cœur au bord des lèvres. S'il m'a refait le coup, j'irai le chercher moi-même pour faire un collier avec ses couilles.

Mais non, je le trouve assis dans le canapé – torse nu, le spectacle est de qualité –, rivé à son sacro-saint calepin, celui sur lequel je l'ai vu penché un nombre incalculable de fois durant mon séjour à Los Angeles. Parfois, j'aimerais jouer les petites curieuses pour lire ce qu'il jette sur le papier, surtout lorsqu'il marque une pause en me regardant attentivement avant d'y replonger. Mais je sais que ce serait comme m'immiscer dans son jardin secret. Même son propre frère a interdiction d'y toucher, je l'ai suffisamment entendu le chambrer sur le sujet.

– Tu veux un café ? proposé-je en bâillant.

Un sourire ravageur sur les lèvres, les cheveux décoiffés dans cette perfection qui donne l'impression qu'un artiste a étudié la place de chaque mèche pour le rendre encore plus beau, il pose ses yeux, du bleu le plus intense que j'aie jamais vu, sur mes jambes. Puis son regard remonte lentement, s'arrêtant une fraction de seconde au niveau de mes fesses et ensuite de mes seins, pourtant perdus sous un grand tee-shirt, tandis qu'il s'humecte les lèvres de la façon la plus sexy qui soit.

L'image qui s'est affichée sur mon portable quand je l'ai consulté en me réveillant me revient en mémoire. Celle envoyée par Romane représentant une femme, les jambes écartées devant un ventilateur, et que ma collègue a choisie pour me dire à quel point elle avait trouvé Davon *caliente*. S'il continue d'être aussi canon, ce n'est pas un ventilateur qu'il faudra pour calmer les réactions de mon entrejambe, mais une bonne tornade.

Il me tend la main sans dire un mot, et dès que je suis assez proche de lui, il m'attrape pour m'installer à califourchon sur ses jambes.

– Je vois qu'on est du matin, dis-je lorsque je sens son érection appuyer contre le bas de mon ventre, flattée de constater que, même après la nuit que nous avons passée, il n'est pas repu de moi.

– Avec toi, je suis de n'importe quel moment de la journée ou de la nuit.

Profitant de la lumière du jour, je contemple chaque parcelle de son torse, admirant d'abord les détails de l'immense tatouage circulaire qui orne l'un de ses pectoraux avant de suivre du bout des doigts les contours des muscles de son ventre.

– Il a un sens profond, ce tatouage? demandé-je en

remarquant qu'au centre de l'énorme cercle fait de divers symboles tribaux, se tient un arbre aux racines tout aussi développées que ses branches.

– C'est la représentation de l'arbre de la vie chez les Mayas. Dans leurs croyances, lorsqu'ils mouraient, leurs rois tombaient au sein de l'inframonde avant de s'élever dans le monde céleste et de devenir des dieux. À mes yeux, ça signifie que, même quand on s'effondre, on peut se relever et devenir encore meilleur.

– C'est magnifique, soufflé-je, émue, tout en laissant mes doigts continuer leur exploration.

Et profond, surtout. J'aime cette vision pleine d'espoir que Davon a de la vie.

Je l'ai à peine effleuré et, pourtant, je le sens durcir davantage, la pression contre ma peau se faisant délicieusement plus intense.

Il attrape mon tee-shirt et je me retrouve une seconde plus tard installée sur lui dans le plus simple appareil.

– Je voulais nous mettre à égalité, précise-t-il. Il n'y a pas de raison que tu sois la seule à pouvoir te rincer l'œil.

– Tu me diras où tu vois une égalité. Parce qu'à moins que j'aille me faire cramer sous une lampe à U.V. pendant un mois entier et que je me mette à la muscu, ou que je me fasse coller des implants mammaires, c'est David contre Goliath, là.

Les implants mammaires, surtout. Ça sera bien plus sexy de tout miser sur mes seins plutôt que sur mes biceps…

– Tu as un corps divin, souffle-t-il tout en prenant les principaux intéressés dans ses mains.

Il les regarde avec tant de dévotion que je pourrais presque le croire, surtout quand il passe sa langue sur l'un de mes mamelons – j'ai l'impression d'être la meilleure glace du monde – puis souffle doucement dessus, les faisant pointer davantage. À ce moment-là, je ne peux plus que le croire sur parole, car mon cerveau a brutalement cessé de fonctionner. On dit que les mecs pensent avec leur pénis, me concernant, là, maintenant, tout de suite, soit il m'en a poussé un, soit je pense avec ma… Enfin, pas besoin de faire un dessin.

– Mais tu as raison, on n'est pas égalité.

Bam, dans ta tête! Finalement, je préfère les compliments bourrés de mensonges. Il soulève son bassin et retire son boxer, puis le jette à l'autre bout de la pièce.

– Maintenant, c'est bon, je crois qu'on peut dire que nous sommes *ex aequo*.

Son sourire coquin m'échauffe tout entière, cœur inclus. Cet homme parvient à rayonner tout en dégoulinant de sex-appeal. Lorsqu'il m'attrape par les fesses pour me rapprocher davantage de lui, j'ai l'impression d'entrer en fusion. Laissant de côté mes hésitations, j'effleure ses lèvres du bout de la langue, et une nouvelle montée de sang vient agiter sa queue. À croire qu'elle n'a pas de taille limite.

– Si tu continues à te frotter comme ça contre moi, je ne réponds plus de rien.

– Hum, c'est embêtant, parce que je n'ai pas du tout envie d'arrêter.

– Où sont tes capotes?

– Je n'en ai pas.

Par pitié, dites-moi que lui en a encore! Je suis en feu, et je risque de carrément me consumer si je ne peux pas faire l'amour avec lui tout de suite. Pourtant, le grognement de frustration qui résonne à mes oreilles m'informe que je vais devoir passer au bûcher.

Il me repousse légèrement, commençant à jouer en moi avec ses doigts alors que c'est tout autre chose que je désire à cet endroit. C'est bon, surtout lorsque, du pouce, il caresse mon clitoris tout en comblant ce vide avec son index et son majeur. Je me laisse emporter en ondulant des hanches pour intensifier la sensation… Pourtant, la frustration me dévore.

– Je me suis toujours protégé avec les autres femmes. Et dans le doute, je fais un test régulièrement. Le dernier a justement moins d'une semaine.

OK. Je me passerais bien d'entendre parler de ces autres femmes, mais la balle est dans mon camp apparemment. Je n'ai jamais couché qu'avec Voldemort, et j'ai fait un test juste avant de m'envoler pour les États-Unis, au cas où cet enfoiré aurait chopé une saloperie ailleurs. J'ai continué de prendre la pilule de peur de dérégler mon cycle, je comptais d'ailleurs l'arrêter à la fin de ma plaquette.

– Tout est nickel et je prends un contraceptif.

Ma phrase à peine terminée, il me fait reprendre ma place tout contre son ventre en me soulevant les fesses, et je le sens déjà à l'orée de mon sexe.

– Si tu savais à quel point j'ai envie de toi, me susurre-t-il.

– Sans fin? demandé-je sur un ton enjôleur tout en me laissant lentement glisser autour de lui.

Tandis que je descends jusqu'à le prendre complètement, il déglutit en gémissant.

– Toi et moi, ça ne s'arrêtera jamais, répond-il en soulevant légèrement le bassin pour être totalement au fond de moi, m'extirpant un hoquet de délice. On trouvera une solution, tu me rejoindras tous les week-ends, je sauterai dans un avion à la fin de chaque show, de chaque interview.

Alors, il est vraiment sérieux, il pensait ce qu'il a dit hier soir. J'avais peur d'avoir interprété ses paroles en m'accrochant à mes illusions, mais non, chacun de ses mots est sincère. Ce n'est pas le temps d'un week-end, il veut tout faire pour que ça dure entre nous.

– Tu es sûr de pouvoir tenir le rythme?

– Ça devrait aller, murmure-t-il d'une voix rendue sourde par le désir. J'ai pas mal d'endurance.

Hum… Ce sourire prometteur qui m'indique que ses pensées dérivent vers tout autre chose que l'organisation à venir est tout simplement à tomber. Une fois adaptée à sa largeur, je commence à monter et descendre sur lui avec une lenteur calculée. Ses doigts s'enfoncent dans mes hanches, et je sais qu'il veut que j'accélère le rythme, mais j'apprécie trop ce pouvoir que j'ai sur lui. Celui de décider comment je désire le satisfaire, celui de le rendre fou. Comme maintenant, alors qu'il se mord la lèvre, savourant chaque allée et venue tout en me dévorant des yeux.

– Arrête de me torturer ainsi, me supplie-t-il.

Sous ses impulsions, j'augmente la cadence en me cambrant pour le sentir plus profondément. Alors que j'arrive aux portes de l'extase en renversant la tête, il me soulève pour me placer à genoux, dos à lui. D'une main, il m'attrape les cheveux pour faire basculer ma tête contre son épaule tandis qu'il enroule son autre bras autour de ma taille. Un genou posé à côté du mien, il entre en moi d'un puissant coup de reins, m'arrachant un cri de surprise.

– Ça va ? demande-t-il, soudain inquiet.

– Oui, je t'en prie, Davon, tout va bien. J'ai… Je… Oh, merde, prends-moi fort, tout de suite.

Il peut bien faire ce qu'il veut de moi, me prendre aussi brutalement qu'il le désire… Ressentir ce puissant besoin qu'il a de moi dépasse tout. Et il ne demande pas son reste, ses hanches viennent claquer contre mes fesses tandis qu'il m'emplit, encore et encore. S'il ne me ceinturait pas de son bras aux muscles tendus par l'effort, je suis sûre qu'il m'aurait envoyée valser à l'autre bout de la pièce.

– Où que je sois, je viendrai te retrouver, chuchote-t-il sous mes cris de plaisir tandis que son sexe se met à pulser au fond de moi pour y déverser sa propre jouissance.

35

Angèle

C'est quelque peu perdue que j'atterris à Stockholm. D'autant que le suédois ne se rapproche en rien des rares langues que je connais. Heureusement, la plupart des panneaux sont traduits en anglais, et Davon vient d'envoyer un message pour me dire que Rick est venu me chercher. Super… Je vais retrouver mon meilleur allié dans toute cette histoire. Comme j'ai hâte…

Je repère rapidement ce dernier parmi la foule de voyageurs, ses traits arborant son sempiternel air las. Il était plus souriant au temps où il fréquentait Mika, il n'y a pas à dire. Pourtant, nul doute que c'est son vrai visage qu'il dévoile maintenant, je vois bien qu'il n'est absolument pas fan de ma relation avec son poulain.

La preuve en est, dans la voiture, il ne décroche pas un mot.

– Vous n'étiez pas obligé de venir me chercher, dis-je finalement afin de briser le silence. J'aurais pu prendre un taxi, ou Davon…

– Davon est très occupé et il faut qu'il se repose. De plus, il aurait été contre-productif qu'il attire trop l'attention en vous attendant dans le terminal. Les ventes du groupe ont explosé depuis le début de la tournée, beaucoup de monde l'aurait reconnu.

Oui, bien sûr. Autant m'épargner d'être prise dans la tourmente d'une nuée de fans quémandant un autographe, les retrouvailles en auraient été quelque peu ternies. Mais ce n'est pas de moi qu'il se soucie, ni du plaisir que j'aurais à retrouver Davon. J'ai bien envie de lui répondre que son protégé s'en serait relevé, mais je l'ai encore tellement mauvaise que ça risquerait de déraper. Autant faire profil bas avec lui plutôt que de risquer une confrontation avec le grand manitou.

Rick m'invite à passer par une entrée secondaire de l'hôtel en m'indiquant l'ascenseur qui donne apparemment directement accès à la suite des garçons. Lorsque les portes de celui-ci s'ouvrent sur le regard bleu azur de Davon et ce petit sourire en coin que j'aime tant, mon cœur menace d'exploser dans ma poitrine. Trois jours sans lui ont créé un manque si intense que je me jette sur ses lèvres sitôt que j'ai pénétré entre ces quatre murs de métal.

– Tu m'as manqué, murmure-t-il contre ma peau avant de planter un regard chargé de désir dans le mien.

Alors que je lui réponds d'un baiser fougueux en collant mes hanches contre lui d'une manière presque indécente, je ne peux réprimer un gémissement de frustration. Je le veux là, maintenant, dans cet ascenseur.

– Tu sais que ce jour où je t'ai rencontrée dans un

endroit similaire a été le meilleur moment de ma vie ? demande-t-il tout en appuyant sur le bouton d'arrêt forcé de l'appareil. Depuis, je ne pense plus qu'à entendre tes cris résonner contre les parois pendant que je t'y donnerais du plaisir.

– Ce n'est pas le souvenir que j'ai de notre rencontre, plaisanté-je tandis que mon dos rencontre le métal glacé de la porte. Il me semble que c'était plutôt un instant… percutant.

– À ce moment-là déjà, ce n'est pas ma joue que tu as su toucher, souffle-t-il en appuyant son érection contre mon bassin.

Lorsque sa bouche descend doucement dans mon cou, mon esprit se consume en même temps que mon corps s'embrase. Si Monsieur le Chanteur fantasme sur cet endroit depuis si longtemps, il est temps de lui donner vie…

***

Étant la première levée, je me sers un café dans la pièce commune, lorsque j'entends la porte de la chambre de Tomy s'ouvrir. Au lieu d'une montagne de muscles, c'est une jolie brune qui s'en extirpe sur la pointe des pieds. Elle manque de crier en tombant nez à nez avec moi.

– Bon… Bonjour.

Tiens, une Américaine plutôt qu'une Suédoise.

– Bonjour. Vous voulez un café ?

Gênée, elle regarde la porte avec hésitation avant de hocher la tête et de me suivre jusqu'au sofa.

– Vous connaissiez déjà Tomy ? demandé-je tout en lui tendant une tasse.

– Oh, non, mais je suis une grande fan, j'ai même pris des congés pour suivre le groupe et assister à tous ses concerts.

Rien que ça… Et dire que c'est à peine si, moi, j'en verrai la moitié.

– Et vous…

Je m'interromps en voyant Jay sortir de son antre, la main au creux des reins d'une jolie rousse aux yeux encore ensommeillés qu'il dirige délicatement vers la sortie. En nous voyant installées sur le canapé, la demoiselle bifurque dans notre direction, mais Jay place son autre main sur sa taille pour lui faire garder le cap jusqu'à la porte.

Il me fait ensuite un grand sourire en nous rejoignant, à ceci près qu'il attrape avec douceur les épaules de mon interlocutrice pour l'inviter à se lever.

– Il est temps de rentrer chez toi, maintenant, lui annonce-t-il.

– Mais je…

– Non, vraiment. Tu n'as pas envie de voir la tête de Tomy au réveil, je t'assure. Je te souhaite une bonne journée, n'hésite pas à revenir nous faire un petit coucou à l'occasion.

La pauvre s'est retrouvée sur le pas de la porte sans même s'en rendre compte. Elle se tourne pour dire quelque chose, mais Jay referme sans lui laisser le temps d'en placer une.

– Ça va ? me demande-t-il comme si rien ne s'était passé.

– Tu la fiches dehors comme ça ? Vraiment ? Rassure-moi, tu ne comptes pas me jouer le même tour ?

– Bien sûr que non, ma douce. Toi, tu es la petite amie de Davon, ça n'a rien à voir. Et puis, après tout ce temps passé avec nous, je crois qu'on t'a plus ou moins intégrée d'office dans l'équipe bien avant ça.

Ouf, me voilà rassurée, je vais pouvoir finir mon café.

– Écoute, ajoute-t-il doucement, prenant clairement le soin de bien choisir ses mots. On a une vie… sexuelle aux rouages bien huilés.

Pitié, qu'il n'embraye pas sur l'usage du lubrifiant, car utiliser de telles images a tôt fait de faire dévier mon imagination.

– Davon, Tomy et m… poursuit-il avant de s'interrompre en comprenant que le lapsus aura du mal à passer. Non, plus Davon, maintenant. Bref, Tomy et moi profitons pleinement de ce que la vie a à nous offrir, et nous n'avons aucune envie de tous les… aléas et autres complications qui vont avec une relation suivie.

Est-ce qu'il est en train de me dire que je suis une contrainte ? Apparemment, Davon avait le même credo, lui aussi. Pourtant, ils m'acceptent tous avec le sourire ici, et je n'ai pas l'impression de déranger. Peut-être que si, en fait. Après tout, en quoi suis-je différente des autres pour mériter un traitement de faveur ?

– Ça te dérange que je sois avec Davon ?

– Quoi ? Non, certainement pas. Ça n'a rien de comparable, Angèle. Lui et toi, c'est autre chose qu'un simple plan cul. Ce que je veux que tu comprennes, c'est que nous sommes très clairs avec ces filles. On leur signifie tout de suite qu'elles doivent quitter les lieux dès le matin. On est des salauds, mais pas des enfoirés.

– Euh… Il y a vraiment une différence ?

– Bien sûr ! déclare-t-il en souriant avec fierté. On s'éclate, mais on ne fait pas de fausses promesses. Bref, pour qu'il n'y ait aucune ambiguïté, il serait préférable que tu évites de leur donner le plus petit espoir sur le fait qu'elles auraient la moindre place parmi nous. Tomy est encore plus intransigeant sur ce point. Il apprécierait très peu que ces filles croient qu'il y a une autre direction que la porte au réveil, crois-moi.

– Donc je les ignore quand je les croise ?

– Oui, ce sera parfait ! Je suis ravi que tu comprennes comment ça tourne ici !

Ça, pour tourner, j'ai l'impression que ça tourne, en effet. Bien, j'observerai donc les allées et venues dignes d'un hall de gare de ces demoiselles sans leur laisser l'occasion de jeter l'ancre… Mais je leur dirai bonjour tout de même par politesse, non mais !

En espérant un jour ne pas subir le même sort et me voir gentiment raccompagnée jusqu'à la porte à mon tour…

36

Angèle
Deux semaines plus tard

Cette fois, c'est un TGV qui m'a amenée jusqu'à Amsterdam. À ce train-là, j'aurai mis un pied dans tous les pays du continent. Je me prends à rêver qu'il faille ajouter des pages à mon passeport, rêve fantaisiste puisque, comme je suis française, ces vilains douaniers se contentent de contrôler ma pièce d'identité plutôt que d'apposer un tampon dessus, malgré mes suppliques – oui, j'ai essayé, et tous me répondent par un lever d'yeux au ciel agacé, c'est pour ça qu'ils sont vilains. Qui aurait cru qu'une casanière telle que moi prendrait autant de plaisir à parcourir l'Europe?

Ayant obtenu le droit de me déplacer toute seule comme une grande, j'enchaîne en prenant un taxi pour me rendre jusqu'à l'hôtel. Davon m'accueille comme il se doit sitôt la porte de la suite passée, m'entraînant dans sa chambre en faisant fi des commentaires de Tomy et Jay, qu'il me laisse tout juste le temps de saluer.

***

– Ouah ! dis-je une heure plus tard, si essoufflée que la main de Davon sur mon ventre monte et descend au rythme de ma respiration.

– Oui ? s'amuse-t-il en scrutant mon visage dont il semble savourer les couleurs.

À n'en pas douter, je dois avoir les joues rougies par nos ébats et l'orgasme qui m'a fait voir des étoiles il y a trois minutes à peine.

– Je crois que je t'ai manqué.

– Tu n'en es pas sûre ?

– Si ! lui réponds-je en riant bien que je n'aie toujours pas réussi à reprendre ma respiration. Pourtant, si ma mémoire est bonne, c'est bien toi qui étais chez moi il y a deux jours. À moins que tu n'aies un sosie et que j'aie passé mon mercredi et deux nuits entières avec le mauvais homme ?

Un rire grave s'échappe de sa gorge au point qu'il renverse la tête en arrière, et j'ai un temps d'arrêt en contemplant sa pomme d'Adam qui vibre de concert. Bon sang, tout chez cet homme met mon corps en émoi.

– Tu vas voir si tu t'es trompé de mec, déclare-t-il en commençant à me chatouiller.

Je me tortille sous ses assauts, l'implorant entre deux éclats de rire de faire cesser cette torture, mais le sadique cruel et sauvage qui est en lui ne semble pas vouloir m'accorder de répit. Mon seul moyen de m'en sortir est donc de sacrifier mon honneur en l'embrassant afin de faire tourner ce pugilat en ma faveur. Qu'est-ce qu'on ne ferait pas pour son homme, franchement ?

Il réplique immédiatement en prolongeant ce baiser, nous faisant rouler sur le lit pour m'allonger sur son corps massif, chaud… et qui, déjà, réagit à nos caresses.

– Tu ne devais pas écrire ? Je croyais que je t'avais inspiré tout à l'heure ? Tu sais, au moment où tu as enlevé ma culotte pour…

Sa bouche s'écrase à nouveau contre la mienne tandis que je sens gonfler un peu plus son désir contre mon ventre.

– Je crois qu'avant de t'abandonner pour écrire, j'ai encore besoin que tu éveilles mon… imagination.

Hum… Oui, bonne idée… C'est important, l'imagination…

***

Lorsque je sors de la chambre de Davon, Jay et Tomy sont en plein combat de boxe sur leur console. Celle-ci les suit partout, j'ai l'impression.

– Qui gagne ?

– Moi, me répondent-ils d'une même voix, avant de se coller mutuellement un coup de coude.

– Où est le mini frigo, ici ?

Toutes les suites de ces palaces luxueux se ressemblent, mais l'emplacement de cet appareil hautement stratégique relève parfois de la chasse au trésor. À croire qu'ils veulent cacher leurs bouteilles d'eau.

Tomy me dit « À gauche ! » quand Jay me répond « À droite ! ». Me voilà mal barrée si je veux pouvoir étancher ma soif…

– Soit il y en a deux, soit vous avez un problème de latéralité. Et Tomy, tu peux toujours essayer de faire croire que tu es plus fort que Jay aux jeux vidéo, je vois bien que son bonhomme en short rouge est en train de défoncer la tête du tien, on ne me la fait pas, à moi.

Ce dernier grogne, son personnage met l'autre K.-O., et il se redresse en levant les bras au ciel avant de saluer son ami d'un sourire moqueur.

– Tu vois, me dit-il, aussi fier de lui que s'il avait été lui-même sur le ring. C'est bien moi qui ai gagné, mauvaise langue.

– Super, puisque tu es debout, tu as remporté le droit de me filer une bouteille d'eau, me moqué-je en sautillant sur place tout en applaudissant.

– Vilaine ! répond-il en plissant les yeux pour me lancer un air faussement menaçant.

Vilaine, oui, mais pas autant que les méchants douaniers. Moi, si on me le demandait, je tamponnerais avec plaisir le passeport des voyageurs !

Le batteur avance d'un pas, puis il ouvre le meuble de la télévision pour se saisir d'une bouteille d'eau qu'il me tend gentiment.

– Ouais, c'était ni à gauche, ni à droite, mais au milieu. Avouez que vous aviez peur que je vous gâche la vue sur la télé, plutôt.

– Tu n'aurais rien gâché du tout, mais oui, je voulais

gagner la partie, et comme tu es toujours assoiffée après avoir séjourné dans la chambre de mon frère, je sais que tu n'aurais pas été foutue d'attendre qu'on ait fini notre partie pour te prendre à boire.

Mes joues s'échauffent immédiatement à la mention de ce que Davon et moi faisions dans la chambre. Tomy est de ces ours mal léchés adorables mais incapables de faire dans la subtilité. Et comme je fais maintenant partie intégrante du décor, il ne se prive plus de faire des remarques qui vont droit au but. Je tâche de masquer mes rougeurs en avalant une grande gorgée d'eau quand il en rajoute une couche :

– Davon dort ? Tu l'as trop… vidé ?

J'en manque de m'étrangler, me mettant à tousser tout en essayant de ne pas recracher l'eau que j'avais encore dans la bouche.

– Ça va ? demande Jay en me tapotant doucement le dos tandis que je ne peux que hocher la tête pour toute réponse. Toi, ajoute-t-il en s'adressant à Tomy, tu vas nous la tuer. Angèle n'est pas encore prête pour ton langage de gros lourdaud.

– Mais si, c'est bon, lui répond Tomy. Et puis, si on ne peut plus être soi-même en famille, où va le monde, franchement ? Du coup, il pionce ? J'ai un truc à voir avec lui.

– Non, ton frère est en train d'écrire. Il a eu une illumination, tout à l'heure.

– OK, dit-il en souriant. Ravi de constater que tu lui fais toujours autant d'effet.

Cette fois, je m'empourpre davantage encore, à la fois gênée par le double sens de cette remarque et touchée de savoir ma présence aussi bien acceptée dans leur « famille ».

37

Davon
Deux mois plus tard

– T'as une mine de déterré, se moque Jay.

– Et toi, une tête de bite, et pourtant, personne ne t'en parle, alors lâche-moi, tu veux?

Il m'envoie un baiser que je fais semblant d'attraper pour vomir dessus.

– Je ne sais pas comment tu tiens le coup, mon pote. Deux mois de tournée à parcourir tous ces petits pays d'Europe et je suis sur les rotules. Sauf que, moi, je ne passe pas mon temps dans un avion pour rejoindre ma belle.

– Forcément, toi, tu prends tout ce qui tombe sur ta queue sans même regarder.

– Bah, tu sais ce qu'on dit, un trou est un trou…

– Ouais, ouais, je sais.

Je suis épuisé, mais hors de question de l'admettre. Angèle aussi, je le vois bien. Elle comme moi passons notre temps sur les routes pour pouvoir nous retrouver. Comme prévu quand on s'est mis en couple, je la rejoins sitôt que je suis libéré de mes obligations – il ne faut pas croire que ça se cantonne aux concerts, il y a aussi les passages dans les émissions de télé, de radio, les interviews, et j'en passe – et c'est elle qui vient à moi les week-ends. Parfois, je dispose de deux ou trois jours d'affilée sans que rien ne m'empêche d'être auprès d'elle, à ceci près qu'elle a son boulot – qui lui non plus ne s'arrête pas à ses heures de présence devant les gamins. J'aurais aimé qu'elle lâche tout pour me suivre. Mais elle adore son travail, et j'ai bien compris qu'elle tient à son autonomie. Elle ne veut pas dépendre financièrement de moi, comment l'en blâmer? Passer mes nuits ne serait-ce qu'en la tenant dans mes bras vaut, de toute façon, tous les sacrifices du monde, surtout que, dans moins de deux mois, je pourrai faire une longue pause bien méritée. Et je serai à ses côtés à chaque minute, quitte à donner des cours de chant à ses élèves.

Nous enchaînons cinq dates en Angleterre, et ça tombe à merveille puisque les vacances d'Angèle débutent ce soir. Ici, le plus difficile sera de la garder dans l'ombre. Elle déteste être mise sous le feu des projecteurs, et ça m'arrange bien, car le jour où la presse découvrira notre relation, les choses vont devenir nettement plus compliquées. Et douloureuses.

Lorsqu'elle franchit la porte de notre suite, toute ma fatigue s'envole, comme à chaque fois que je vois son visage s'illuminer en me retrouvant. Je me demande si ça passera un jour, si nous nous ferons à la présence de l'autre au point que mon cœur ne se mettra plus à pulser avec tant de force dans ma cage thoracique que j'ai l'impression qu'il pourrait me briser les côtes.

Heureux de la retrouver, je la serre dans mes bras tout en l'embrassant passionnément.

– Prenez une chambre, bordel, nous crie Tomy.

– On y est déjà, l'informe Angèle en lui tirant la langue.

Mon frère attrape le coussin à côté de lui et le jette vers nous, mais je l'arrête en plein vol pour le lui renvoyer à la tête.

– Tes réflexes s'émoussent avec le temps, tête de nœud.

– Faut croire que je ne fais pas assez de sport en chambre, plaisante-t-il en faisant un clin d'œil à Angèle.

– Toutes les filles que tu te fais hors de la chambre comptent aussi dans le calcul, tu sais, lui répond-elle avec un sourire narquois. C'est peut-être que tu fatigues, justement, tu devrais lever le pied, ou te caser.

– C'est une proposition ?

En me voyant resserrer mon étreinte autour de la taille d'Angèle, Tomy éclate de rire. Il adore me rappeler qu'avant on se passait les filles sans sourciller. Tant qu'elles étaient d'accord, on pouvait tout se permettre. Et Dieu sait qu'on en a bien profité. Mais tout a changé avec l'arrivée d'Angèle dans ma vie, et surtout dans mon cœur. Je suis ravi que mon frère et ma petite amie s'entendent bien, j'ai toute confiance en chacun d'eux, mais à force de le voir plaisanter sur le sujet, je préférerais me couper un bras plutôt que de le laisser seul dans une pièce avec elle.

Ma belle lui répond d'un simple doigt d'honneur avant de s'attaquer à ma bouche puis de me prendre par la main pour m'entraîner dans ma chambre.

38

Angèle

Je ne sais pas si je préfère le sexe d'avant-concert ou celui d'après. Pour le premier, il y a cette excitation dans l'air, tout le monde est si fébrile que ça fait des étincelles. Cela rend fou Davon, et il me prend comme s'il était enragé et que j'étais la seule capable de le décharger du stress et de toutes ses tensions. En ce qui concerne celui d'après, c'est moi qui ne peux plus me contenir. Davon transpire le sexe quand il transpire tout court, et le voir évoluer sur scène me met dans un état qui fait exploser ma libido. Quant à lui, c'est sa façon de prolonger l'extase qu'il a ressentie en communiant avec le public. Et autant dire qu'il revient toujours gonflé à bloc, littéralement.

C'est devenu notre petit rituel, maintenant. La partie la moins agréable, c'est quand je dois sortir de sa loge puis plonger dans la limousine – ou le bus, selon la configuration – en catimini, pour que ses fans ne nous voient pas ensemble. Parce que, voyez-vous, Monsieur la Rock Star doit préserver son image, et il est hors de question qu'on découvre qu'il a une petite amie – oui, c'est moi, c'est officiel, mais uniquement pour Mika, Jay, Tomy, Rick et mes deux collègues qui n'ont pas pu louper nos retrouvailles et ont heureusement juré de garder le secret.

Autant je n'ai aucune envie de m'afficher à ses côtés et de finir à la une des tabloïds, autant, parfois, je me dis qu'il est ravi de pouvoir continuer à passer pour le cœur à prendre sur lequel bavent toutes les filles de 15 à 50 ans. Peut-être moins – beurk –, peut-être plus. Ou alors c'est qu'il a honte de moi ? Toujours est-il qu'il ne m'a jamais demandé d'apparaître à ses côtés et qu'il fait tout pour ne pas être vu avec moi, chose que j'aurais bien évidemment refusée. Mais il aurait encore fallu qu'il le propose, pour ça.

D'ailleurs, en y repensant, tout ce tapage lors de mon séjour à Los Angeles, à vouloir me faire participer de force à leur saleté de clip, n'a jamais connu de suite… Ça m'arrangeait tellement que je me suis bien gardée de remettre cette histoire sur le tapis, au cas où par miracle tout le monde aurait simplement oublié, mais j'avoue qu'il y a de quoi se demander pourquoi ils se sont tant pris la tête pour en arriver à ce résultat. Là encore, la seule explication qui me vient, c'est que Davon n'a aucune envie qu'on puisse associer son image à une fille telle que moi.

Me voilà donc dans la limousine pour la troisième fois en une semaine à attendre que les HotEverShot passent la sortie des artistes, signent des autographes à leurs fans, parfois sur leur poitrine – avec ou sans soutien-gorge, mais j'ai noté qu'en Angleterre, c'est plutôt sans – en crevant de chaud. La clim est sûrement cassée, car, en ce début novembre, il doit faire dans les cinq degrés dehors, ce qui ne m'empêche pas d'étouffer. J'entrouvre légèrement la vitre de verre fumé du côté opposé à la sortie en m'éventant, mais même la fraîcheur de la nuit ne parvient pas à contrer la chaleur de la voiture. J'attrape ensuite mon portable pour envoyer un message à Mika.

[Je ne pourrais jamais
être chauffeur de limousine…]

Sa réponse ne tarde pas à arriver, Mika étant toujours fourrée sur les réseaux, elle est à chaque fois très réactive.

[Parce que tu conduis
comme un pied?]

[Non, parce que rester enfermé
dans une voiture à attendre le « client »,
ça doit finir par te tuer à petit feu,
comme si on te faisait rôtir
dans les flammes de l'enfer.]

[Eh ben, rien que ça…
Tu t'ennuies à ce point?]

[« Flammes de l'enfer »,
ce n'est pas assez parlant?]

C'est peut-être pour ça que j'ai si chaud, d'ailleurs.

[Si, si, j'imagine tout à fait.
La prochaine fois, reste au fond du lit
en attendant le retour du héros,
ça t'évitera d'être coincée là-dedans.
Remarque, comme ça, au moins,
j'ai des messages… Hum… Hum…]

Elle a raison : la plupart du temps, c'est Mika qui entame nos échanges. Et quand je me retrouve enfermée à attendre bêtement Davon, elle reçoit carrément une salve de messages. Comme cette semaine, par exemple.

[Désolée, Mika. J'ai tellement
la tête dans le guidon entre
le boulot et ma course aux quatre coins
de l'Europe que j'ai un peu de mal
à prendre mon téléphone.]

[Je te taquine, tu le sais bien.
Les amis, c'est là pour ça.
Alors n'hésite pas à t'ennuyer avec moi.
Allez, j'ai mon rencard qui s'impatiente,
lui aussi. Bisous, ma belle !]

Alors que je repose mon téléphone en souriant, des grands cris d'acclamation se font entendre à l'extérieur de l'habitacle. Enfin, les garçons arrivent tandis que je me cache intégralement sous mon manteau pour ne pas être vue – oui, on en est là. Même si, au début, je trouvais ça amusant, je crois que ça commence à vraiment me peser.

Davon s'installe le premier en s'emparant de ma main dans la foulée, bientôt suivi de Jay et de Tomy.

– Putain, ça caille ici, se plaint Jay.

– Désolée, j'avais trop chaud, la clim doit être déréglée.

Davon ferme la vitre en prenant un air agacé, chose qui ne lui ressemble pas.

– Ça va ? lui demandé-je, étonnée.

– Oui, un petit coup de fatigue, c'est tout.

Il me sourit en m'embrassant la main avant de me glisser à l'oreille que je l'ai épuisé dans la loge. S'il le dit… Je veux bien le croire, tout à l'heure, c'était… Waouh ! Cette façon dont il m'a prise tout en nous observant dans le miroir était tout bonnement géniale.

***

Le lendemain matin, nous profitons des rues de Londres pour faire une balade incognito. Pour ma part, je passe inaperçue où que j'aille, mais Davon a sorti sa tenue de camouflage citadine : casquette sous sweat à capuche et lunettes de soleil. Mais même là, il ne me tient pas la main, du moins, c'est ce que je constate lorsque j'essaie de la lui prendre.

Il faut dire que Davon et moi ne sortons quasiment jamais à l'extérieur, et j'ai dû insister pour qu'il veuille bien m'accompagner. Nous passons notre temps dans la suite à discuter, rire, regarder des films… Quand il se penche sur ses compositions, souvent je vais rejoindre les garçons – je me suis d'ailleurs découvert des talents impressionnants de commentatrice sportive pour jeux vidéo. Je sais que Davon préfère préserver son intimité, évitant au maximum de se montrer en public de peur d'être reconnu, mais même si j'adore cette vie de couple à huis clos qu'est la nôtre, là, je voulais pour une fois connaître un moment normal au-dehors.

– Davon, qu'est-ce qui cloche? demandé-je finalement en sortant de chez Harrods.

– Rien du tout, pourquoi?

– Je ne sais pas, je te trouve bizarre depuis hier.

– Tout va bien, mon ange, je t'assure.

J'aimerais pouvoir m'assurer de sa sincérité en le regardant dans les yeux, mais c'est mon propre reflet que m'offrent les verres d'un noir profond de ses lunettes lorsque je me tourne vers lui. Au détour d'une ruelle, j'attrape sa main pour le plaquer dans le renfoncement d'une vitrine, puis je lui retire ses lunettes sans parvenir à masquer mon agacement.

– Redis-le-moi dans les yeux.

Je m'approche de son visage en plissant les paupières d'un air menaçant, et j'obtiens en retour un sourire d'amusement qui s'efface bien trop rapidement à mon goût.

– Angèle, je te promets que tout va bien, dit-il sèchement. Tu veux bien me rendre mes lunettes, maintenant?

Devant mon air blessé, il me prend la main pour la porter à ses lèvres.

– Excuse-moi, ma belle. Je suis juste fatigué, mais je te jure que tout va bien entre toi et moi, si c'est ce qui t'inquiète.

– Prouve-le.

– Qu'est-ce que tu veux que je te prouve, exactement?

– Que tu n'as pas honte de moi.

– Ne sois pas ridicule, voyons, conteste-t-il en passant tendrement le revers de sa main sur ma joue.

Je tends les lèvres vers lui, mais je renonce en le voyant amorcer un mouvement de recul. Quelque chose que je n'arrive pas à définir passe dans ses yeux lorsqu'il m'attrape brusquement par la taille pour me rapprocher de lui, avant de se pencher et de m'exploser le front avec la visière de sa casquette. Je la lui retire en riant et il m'embrasse enfin avec tant d'affection que tous mes doutes volent en éclats.

39

Angèle

Tranquillement installée sur les genoux de Davon, j'observe l'entrée en trombe de Rick qui, sitôt arrivé à notre hauteur, lance sèchement un journal sur la table basse.

Sans quitter ma taille, Davon se penche pour attraper le magazine, mais il me laisse glisser sur le côté quand il prend connaissance des photos sur la couverture.

Elles sont pour la plupart de mauvaise qualité, mais au fur et à mesure qu'il tourne les pages, nous découvrons que le baiser échangé à côté de Harrods n'a pas échappé aux paparazzis, tout comme on peut me voir au travers du léger interstice de la vitre de la limousine en train de l'attendre sagement à la sortie de son concert. Ce torchon a également récupéré une photo de moi durant le shooting d'essayage de tenues qu'avait mis Mika en ligne, s'interrogeant sur la relation que nous devons en toute logique entretenir depuis lors.

En colère à l'idée que notre intimité soit exposée à tous,

je sens ma tension monter d'un cran, jusqu'à ce que Davon plonge le visage entre ses mains en soupirant comme si on venait de lui apprendre le grave accident de l'un de ses proches. Qu'il le prenne encore plus mal que moi me pique au vif, mais j'essaie de faire bonne figure et surtout de faire redescendre la pression :

– C'est bon, Davon, soupiré-je sans y croire vraiment, espérant malgré tout apaiser la situation. Ce n'est pas dramatique, dans deux jours, tout le monde sera passé à autre chose quand ils sortiront un nouveau scoop sur le Megxit – oui, je me tiens à la page – ou sur les Kardashian.

La vieille expression « Parle à mon cul, ma tête est malade » qu'affectionnait feu ma grand-mère me revient en mémoire lorsque celui-ci s'adresse à son manager sans me prêter la moindre attention.

– On peut faire un communiqué de presse pour calmer le jeu ? demande-t-il à Rick, l'air complètement désespéré.

– Et pour dire quoi, bordel ? s'emporte ce dernier. Un démenti pour raconter que tu es tombé sur elle dans les rues de Londres par hasard, que c'est à peine si tu étais content de la revoir, mais que, pour ne pas la froisser, tu as fourré ta langue dans sa bouche ?

Ben, oui, tiens, « Oh, Angèle, ça faisait longtemps, viens un peu me montrer comment vont tes amygdales », ça passera crème, j'en suis sûre. D'ordinaire, Davon ne tolère pas la moindre remarque désobligeante à mon égard, mais même mon hoquet courroucé à la mention de l'endroit où était sa langue ne le fait pas réagir. Ma parole, tout ce qui compte, c'est son image !

– Non, mais calmez-vous, ça ne va pas faire exploser ta carrière, merde !

Cette fois, c'est contre Davon que je suis en colère. Il ne me regarde même pas, discute avec Rick comme si je n'étais pas concernée, lui laisse dire des horreurs... Ce type, c'est Dieu, ou quoi ? À croire qu'il a tous les droits. Jusque-là, je n'ai rien dit, j'ai respecté leur lien, mais là, ça va trop loin.

– Qu'est-ce que tu en sais, toi ? rétorque Rick en pointant vers moi un doigt menaçant. Tu ne connais pas cet univers, tu ne sais p...

– C'est bon, Rick. Laisse-nous maintenant.

Ce dernier serre les lèvres de colère, pourtant il renonce à sa prochaine remarque.

Davon le raccompagne, ils échangent quelques mots si bas que je suis incapable de les saisir, puis Rick hoche la tête d'un air entendu qui ne me plaît pas du tout. Lorsqu'il revient dans la partie salon de la vaste pièce commune, Davon s'installe sur le fauteuil qui me fait face avant de replonger rageusement dans le magazine.

– Tu sais quoi ? finis-je par exploser au bout de cinq longues minutes. J'en ai ma claque. Tu ne penses qu'à ton image pour lever des midinettes, comme si ta musique ne suffisait pas pour que les gens t'aiment. Si tout ce qui compte, c'est ce que tu renvoies, alors ça sert à quoi, franchement ? Même moi, je sais que c'est le jeu pour une star de finir à un moment ou à un autre dans la presse à scandale !

– Angèle, ce n'est pas ça.

– Alors, c'est quoi, hein ? Pourquoi tu me caches comme ça ?

– Je… balbutie le chanteur en semblant déchiré par ce qu'il s'apprête à me dire. Je pense que tu devrais rentrer chez toi dès aujourd'hui.

Nos regards blessés s'affrontent dans le silence, jusqu'à ce que les larmes que je sens monter m'avouent vaincue.

40

Angèle

Cinq jours. Cinq longues journées durant lesquelles j'ai à peine reçu quelques messages de Davon. Pas de coup de fil, pas même le projet précis de nous voir… J'ai même fini par lui demander s'il nous considérait comme étant encore ensemble. La réponse a été un laconique « Bien sûr », pas de quoi m'emplir de bonheur ni de soulagement. Le dernier message en date a été un peu plus long :

[Ne t'inquiète pas, on est en train
de bosser sur une stratégie
pour brouiller les pistes.]

Oui, bien sûr, Davon, aucune inquiétude à avoir. Tu parles comme si tu avais été recruté par la CIA, tu ne me donnes aucun détail malgré les questions que je te pose, et depuis, tu es sorti des radars… Tout va bien !

J'ai profité de ce temps libre qui m'est gracieusement offert pour rattraper tout ce que j'avais laissé de côté dans mes corrections et préparations diverses, mais pour ce qui est du sommeil en retard, mon cerveau me refuse ce dû. Il tourne encore et encore afin de chercher des réponses et, surtout, trouver ce que j'ai pu louper pour que de simples photos nous fassent exploser en plein vol.

Une soudaine envie de croissants au beurre fait gronder mon estomac, me poussant à sortir de mon antre pour la première fois depuis que je suis revenue. Rien n'égale ceux de la petite boulangerie au coin de la rue, et surtout pas les horreurs que les Anglais proposaient, même dans un hôtel étoilé.

Sur le chemin du retour, tout en dévorant mon butin, je m'arrête au kiosque à journaux juste pour rester encore un peu plus longtemps hors de mon appartement.

Les bras m'en tombent – et mon croissant aussi – lorsque je vois les couvertures de pas moins de trois magazines qui étalent des photos prises à la dérobée de Davon et Shanna Quill, bras dessus, bras dessous, dans les rues de Los Angeles. L'un d'entre eux a même le culot de titrer : « Un repos bien mérité en amoureux ».

C'est donc pour ça que les rares réponses à mes messages arrivent à des heures improbables. Davon est parti à Los Angeles et ne m'en a rien dit. La voilà, la « stratégie » : cette fois, c'est Shanna qui rend service à son ami. Masochiste, j'achète les trois magazines, déjà prête à enrager à chaudes larmes sur les articles que je lirai une fois rentrée. Même si je sais que ce n'est que de la poudre aux yeux, la partie de moi qui n'arrive pas à lutter contre son sentiment d'insécurité permanent me crie que, la vérité, c'est qu'il y a toujours eu quelque chose entre eux, et qu'ils ont simplement remis le couvert. Une analyse en profondeur de ces photos s'impose pour lui prouver qu'elle a tort.

J'ai déjà tellement de mal à me contenir que mes mains tremblantes ne parviennent pas à saisir dans mon sac le badge d'accès de mon immeuble, lorsqu'une voix au timbre velouté résonne.

– Qu'est-ce que tu croyais tirer d'un mec pareil, franchement ?

Les yeux fermés, je prends une grande inspiration en priant pour qu'elle ne soit que dans ma tête, comme à son habitude. Mais non, le destin a décidé de faire de ma vie un enfer, car c'est bien Voldemort qui est apparu derrière moi dans son manteau de noirceur.

***

– C'était qui, ce type, Ange ? Hein ?

Nes me tient le poignet si fort que, pour la première fois, malgré toutes les disputes qui ont marqué notre histoire, j'ai peur qu'il me fasse du mal.

– Mais personne, enfin. Juste le père d'un élève que j'ai eu l'année dernière. Je lui demandais comment ça se passait pour son fils maintenant au collège.

– Oui, bien sûr, et vous avez eu besoin de parler comme ça pendant dix minutes au rayon fruits et légumes, juste par politesse.

– Lâche-moi, bordel ! Tu me fais mal !

J'ai beau crier, il resserre sa prise en me tordant le poignet, puis il me plaque contre le frigo, m'encadrant maintenant de ses bras comme s'il m'y mettait en prison.

– Tu as couché avec lui, pas vrai ?

– Quoi ? Mais non, enfin !

Sa bouche s'écrase douloureusement sur la mienne tandis que ses mains se referment sur mes hanches.

– Tu es à moi, grogne-t-il alors que ses doigts s'enfoncent dans ma chair et qu'il plaque son érection contre mon ventre.

– Ça suffit, Nes. J'en ai marre, c'est fini. Définitivement, tu entends ? Maintenant, lâche-moi. Tout de suite !

Mais son regard féroce s'est assombri au point que la couleur noisette de ses iris a été engloutie par la noirceur de ses pupilles dilatées par la rage. Il ne lâche sa prise que pour refermer ses doigts sur ma gorge, alors je cesse de bouger, sidérée. Ma peau brûle sous la sienne, et l'air commence à me manquer douloureusement. Puis, quand il considère que je ne suis plus en état de m'opposer à lui, il me pousse au sol si brutalement que ma tête cogne dans un bruit sourd sur le carrelage de la cuisine. J'ai l'impression qu'elle a éclaté tant elle me fait atrocement souffrir. D'un coup sec, il tire sur mon jean. Je le sens plus que je ne le vois, car j'ai si mal que je n'ai toujours pas réussi à ouvrir les yeux. Je veux lui crier d'arrêter, j'aimerais tant… Mais c'est au-delà de mes forces, et tout ce que je souhaite, c'est parvenir à faire rentrer ces grandes goulées d'air qui me déchirent la gorge.

J'ai dû perdre connaissance un moment, car c'est le froid

du carrelage contre mon ventre qui me fait réaliser que j'ai changé de position. Il quitte mon vagin en grognant, sans même que j'aie réellement eu conscience qu'il s'y était immiscé, et glisse un doigt dans l'autre orifice.

– Ça va faire un peu mal, prévient-il. À sec, ça fait toujours mal. Mais ça ira mieux si tu te détends.

Sa voix a perdu toute humanité, mais c'est moi qui, à l'agonie, suis déjà morte de l'intérieur. Lorsque je sens son gland poindre à l'entrée de mes fesses, j'ai un sursaut de vie pourtant. Je m'agrippe au pied du meuble devant moi et réussis à me faire glisser suffisamment loin de ce fou pour pouvoir donner un grand coup de pied dans son ventre. Je tire ensuite sur le torchon qui pend de l'îlot central en priant pour que le gros couteau que je venais de poser dessus lorsque Nes a commencé à me faire sa scène ne se fiche pas sur moi. Il tombe par miracle juste à côté de ma main, et mue par mon instinct de survie, j'en attrape le manche pile au moment où Nes tire sur mes jambes pour me ramener à lui en jurant. Une force que je ne me connaissais pas me pousse à me tordre tout en me redressant, et j'enfonce la lame avec tout ce qu'il me reste d'énergie dans sa cuisse sous ses hurlements de rage et de douleur.

***

– Comment va ta cuisse? dis-je en lui lançant mon regard le plus noir.

Je ne veux pas qu'il voie à quel point je tremble. Je

ne lui offrirai pas ma peur, même si elle court dans mes veines à toute vitesse sous l'impulsion des battements effrénés de mon cœur. Il la devine sans doute, elle ne peut que se lire sur mon visage. D'autant que le sien s'éclaire dans un sourire carnassier qui me donne envie de m'enfuir en hurlant.

– Si tu t'approches encore, je crie, je te préviens, craché-je en le voyant amorcer un pas vers moi.

– Allons, allons, ma douce. C'est moi, la victime. Tu as bien de la chance que je n'aie pas porté plainte, tu as effleuré une artère, tout de même.

Le souvenir de la quantité phénoménale de sang qui se répandait à une vitesse presque irréelle sur le sol de la cuisine me revient si violemment que je suis proche de vomir sur ses chaussures hors de prix.

– Comment m'as-tu retrouvée?

– Mais je ne t'ai jamais perdue, Angèle.

On dirait un putain de psychopathe: la voix calme et posée comme s'il avait déjà coincé et ligoté sa proie, le regard froid dénué d'humanité, et ce sourire de prédateur qui prend son pied en inspirant la terreur. Si je croyais en l'existence des démons, je ne douterais pas de sa nature une seule seconde. Mais il n'est que le mien. Aux yeux de tous, il est l'homme parfait, doux et attentionné, qui a réussi une brillante carrière. C'est mon ironie personnelle: j'ai vécu dix ans d'une relation toxique avec un homme à l'apparence parfaite mais trompeuse, tandis que mon rockeur tendre et bienveillant veut que tous le considèrent comme un coureur de jupons à la vie dissolue, prêt à baiser la terre entière, stars du cinéma incluses.

– J'ai toujours su où tu étais, précise-t-il en constatant que je ne réalise pas la portée de ses mots.

– Comment?

– Figure-toi que je connais bien l'un des types de la société de déménagement à laquelle tu as fait appel. Voilà ce qui arrive quand on laisse ses clés sans même superviser son départ. Tout ça pour partir au soleil et prendre du bon temps… Mais bon, les détails importent peu. Je suis juste venu te rappeler que tu n'appartiens qu'à moi.

– Va te faire foutre, Nes. Je n'appartiens à personne, et encore moins à toi. Si tu reviens encore me voir, ce n'est pas dans ta cuisse que j'enfoncerai un couteau.

Cet enfoiré part dans un grand éclat de rire avant de planter sauvagement ses prunelles dans les miennes.

– Ce qui est sûr, c'est que tu ne reverras jamais ton rockeur de pacotille.

– Ce n'est pas à toi d'en décider.

Peut-être même plus à moi, finalement.

– Et pourtant, j'ai quelques vidéos qui disent tout le contraire. Je me demande ce qui plaira le plus à la presse à scandale : une sextape de ce petit con en train de te salir, ou celles de nous deux? Les deux, peut-être?

– Tu mens. Et puis, ça ne te mettrait pas sous ton meilleur jour non plus de diffuser des vidéos de toi, il me semble.

Il bluffe, il ne peut pas en être autrement. Il faut qu'il bluffe, par pitié.

– J'imagine que je serai encore celui qui pâtit de cet horrible besoin que tu as de salir les autres pour qu'ils semblent valoir tout aussi peu que toi, comme d'habitude… soupire-t-il avec tant de lassitude que j'y croirais presque. Enfin bref, si j'apprends que tu as de nouveau passé une seule seconde avec cet imbécile, je balance les vidéos de vous sur le Net. Quitte-le si tu ne tiens pas à ce que ton petit cul se retrouve sur tous les réseaux sociaux.

Il sourit en contemplant mon mutisme, puis il met les mains dans les poches et commence à s'éloigner, drapé dans sa toute-puissance.

– Oh ! ajoute-t-il en se retournant. Si tu ne me crois pas, tu devrais regarder tes mails, c'est très… instructif.

41

Angèle

La première chose que je fais est d'aller vomir tout ce qu'a pu m'inspirer la visite de Nes. Le dégoût, la peur, le choc, la colère, le désarroi, mon croissant… Tout y passe.

Puis je vais constater l'ampleur des dégâts sur mon ordinateur. La vidéo que je lance en premier nous montre, Nes et moi, mais je l'efface après seulement quelques secondes de visionnage. Je vais revomir un coup avant de visionner la suivante, que je m'oblige à regarder jusqu'au bout malgré les larmes qui m'aveuglent.

Nous sommes dans mon lit, où Davon me prend en levrette, mais on ne le voit que de dos. Lorsque je m'installe à califourchon sur lui, son visage est trop flou pour qu'il soit certain que c'est le chanteur. En revanche, on ne manque pas de me voir jouir la tête renversée en arrière, droit vers la caméra, avec une vue imprenable sur mes seins. Jusqu'au bout, j'ai espéré que rien ne permette de reconnaître Davon. Mais la dernière séquence, lorsqu'il m'empoigne les hanches et s'agenouille pour s'enfoncer en moi tandis que je crie son nom, ne laisse plus aucun doute. Il lève la tête dans un angle parfait, tout comme on ne peut que le voir attraper sa formidable érection pour finir par se déverser sur mon ventre et mes seins.

Mon estomac n'a plus rien à offrir à la cuvette des toilettes, pourtant je ne peux qu'y échouer en crachant de la bile, avant de m'effondrer en pleurant à gros sanglots.

Ce salaud s'est introduit chez moi, ayant sûrement profité du double que j'avais confié quelques heures aux déménageurs lorsque je me suis installée. J'ai beau retourner toute ma chambre en criant de rage, impossible pourtant de trouver cette foutue caméra. On nous voyait de haut, mais il n'y a rien dans le plafonnier qui sert à éclairer la pièce, et c'est le seul objet qui pourrait donner ce point de vue. Imaginer que cet enfoiré doit être en train de me regarder chercher partout dans un état d'hystérie totale me dévore les entrailles.

J'ignorais tout de ces vidéos qu'il a faites de nous lorsque nous étions encore ensemble. Là aussi, nous avons été filmés sous un angle de plongée. Je me souviens que, sur la fin, Nes était devenu paranoïaque, persuadé que j'avais quelqu'un d'autre alors que je prenais simplement mes distances, réalisant que tout n'était pas tout beau, tout rose chez cet homme et encore moins dans notre relation. Il avait sans cesse des notifications bizarres sur son téléphone dès que nous entrions dans notre chambre, il avait d'ailleurs fini par cesser de le prendre avec lui quand nous allions nous coucher.

À tous les coups, sa saloperie de caméra devait se

déclencher dès qu'on pénétrait dans la pièce et envoyer les vidéos sur son téléphone. Et maintenant, il menace de montrer ces images de moi au monde entier. Davon ne s'en relèvera pas. Sans parler des conséquences sur ma vie si cette vidéo est révélée, je le perdrai, lui. Mais j'étais déjà sur le point de le perdre, j'imagine. Son besoin de ne pas être associé à une seule femme semble de toute façon plus important que notre relation. Relation perdue d'avance s'il préfère ne jamais l'assumer… Alors autant le préserver et garder un semblant de dignité.

J'attrape mon téléphone en sanglotant, prends une photo du cliché de lui et de Shanna main dans la main, y ajoutant « C'est fini, je ne veux plus jamais te revoir », et espérant qu'il croie à ma fausse crise de jalousie. Une minute plus tard, lorsque mon portable sonne en affichant ses beaux yeux bleus, ces yeux que je ne contemplerai plus jamais ailleurs que sur papier glacé ou par le biais d'un écran interposé, je rejette l'appel, brisant davantage mon cœur meurtri. J'envoie un unique « Jamais », puis je bloque son numéro.

J'ai l'impression que les murs de ma chambre se referment autour de moi, m'empêchent de respirer, m'engloutissent dans les ténèbres. Nes a fait de ma vie un enfer, et c'est là qu'est ma place pour l'avoir laissé faire.

Et puis, soudain, je perds pied et me mets à casser tout ce qui tombe sous ma main, jusqu'à arracher le plafonnier. Un petit objet noir s'échappe de l'interstice de raccord avec les fils électriques et atterrit sur le lit.

Après avoir fait un doigt d'honneur à l'objectif, je le

jette dans les toilettes puis je me laisse glisser sur le sol en riant comme une folle qui a définitivement perdu la raison. Je ne suis pas soulagée. Je sonne le glas de mon bonheur et le début de ma destruction.

42

Angèle
Six semaines plus tard

– Oh, Angèle, franchement, on tourne aux cocktails et, toi, tu te contentes d'un café? déplore Romane avant de porter la paille à ses lèvres.

– C'est ça, ou je m'endors sur place.

Ça, c'est l'effet « dépression »: je ne fais que dormir, me morfondre et dormir encore un peu. J'évolue sur terre à la façon d'un zombie, les filles ont d'ailleurs mis des semaines à réussir à me traîner ici à la sortie du boulot. Sans avoir tous les détails en main, elles ont très vite compris ce qu'il était advenu de la relation entre Davon et moi. Il leur a suffi de voir ma tête le jour de la reprise après les vacances. Et même si j'avais voulu donner le change, l'actualité du chanteur parle pour lui. Aucun doute sur le fait que je ne fais plus partie du décor.

– Bon, ben, on trinque aux vacances? Plus qu'une semaine! dit Éva en tendant vers nous son sex on the beach.

Maussade, je lève ma tasse, qui va entrechoquer les

verres emplis de liquide multicolore de mes collègues.

– C'est cool que tu aies enfin daigné te joindre à nous, miss.

– Ouais, Romane et moi, on commençait à s'inquiéter.

– Pas de raison, tout va bien. J'étais juste super occupée dernièrement.

À dormir. À pleurer. Je me répète?

– Davon ne te manque pas trop? demande Éva tandis que Romane lui donne un coup de coude fort peu discret dans les côtes.

Bien sûr qu'il me manque, quelle question? Pendant plus de deux mois, ma vie a été rythmée par la sienne, mes pensées n'étaient tournées que vers lui, et elles le sont toujours. Tout le temps. Le besoin de sentir sa peau, son odeur, ses caresses… Avoir dû y renoncer me dévore un peu plus chaque jour. Mais il suffit d'ouvrir un magazine et de le voir avec une fille différente dans chaque ville – au moins, il est clair que, Shanna Quill et lui, c'était bidon – pour constater que, de son côté, Davon profite de la vie pleinement. Alors la mienne doit continuer, même si je vis dans la peur que Voldemort ne revienne me faire son petit chantage. J'ai fait changer les serrures, faute de pouvoir déménager. Ça attendra la fin de l'année scolaire, et je me construirai – encore – une nouvelle vie.

– Non, ça va, il ne me manque pas trop, mens-je.

Je n'accepterai rien de plus, cependant. Tant pis si mes fesses, mes seins et ma vie sexuelle se retrouvent exposés sur la Toile. Tant pis pour Davon. Je ne sacrifierai pas la dernière chose qu'il me reste : moi. Mon amour pour lui, je l'ai échangé contre sa tranquillité et la mienne. Mes sentiments sont toujours là, bien qu'ils s'étiolent à chaque fois que mon regard croise la couverture d'un magazine. Même s'il s'affiche peut-être ainsi pour son image, le fait qu'il n'ait même pas essayé de venir ici pour avoir une explication de vive voix me fait douter chaque jour un peu plus de ce que l'on a vécu. J'ai bloqué son numéro, mais Davon sait très bien où me trouver. Peut-être a-t-il simplement sauté sur l'occasion pour recouvrer sa liberté et profiter à nouveau de sa notoriété, comme le font son frère et leur meilleur ami. Mais qu'est-ce que ça change, après tout ? Il s'en fout. Qui s'en soucie encore ? Voilà pourquoi j'ai activé le mode « zombie », à ceci près que je ne mange pas des cerveaux, bien sûr. Je me contente de croissants, c'est devenu ma nouvelle lubie.

– C'était sûrement mieux comme ça, faut avoir l'ego vachement bien accroché pour évoluer auprès d'un type pareil. Je veux dire, je ne sais pas comment tu as pu supporter toutes ces critiques, ça devait être terrible de lire toutes ces horreurs.

– De quoi tu parles, Éva ?

– Rien, rien du tout, répond Romane en lui faisant les gros yeux.

– Tu veux bien éclairer ma lanterne, s'il te plaît ? Il y a un truc que j'ai loupé ?

Romane soupire, puis elle cherche quelques secondes dans son portable avant de me le tendre. Sous mes yeux défilent les multiples commentaires d'un forum pour ados. J'ai l'impression d'avoir sauté d'un avion en oubliant de mettre un parachute. Les premiers posts remontent au mois de juillet, juste après notre atterrissage à Los Angeles.

« Quelle cloche, celle-là, pourquoi ils ont choisi une fille aussi moche ? »

« Non, mais regardez-la, comment elle se la pète alors qu'elle ressemble à rien ! »

« Mais qu'elle est niaise ! »

« Mais on s'en fout d'Angèle, putain. Elle est tellement conne, montrez-nous Davon ! »

Puis viennent les plus récents, encore plus écœurants :

« Mais qu'est-ce qu'il fout avec une fille pareille ? »

« Qu'elle aille se faire troncher ailleurs, cette salope ! »

« J'espère que quelqu'un lui fera comprendre qu'elle lui fait perdre son temps. Moi, je dis, un bon viol, ça lui remettrait les idées en place. »

« Pff ! Non, mais non, merde ! C'est une catastrophe, cette fille, brûlez-la ! »

« Il avait une sale tête aujourd'hui, je suis sûre que c'est à cause de l'autre connasse. »

« Ah, ben voilà, Shanna, elle, elle est à la hauteur, c'est pas comme l'autre cruche immonde!!! »

Les derniers commentaires datent d'aujourd'hui, alors même que j'ai disparu du paysage.

– Je suis désolée, Angèle. On croyait que tu savais. Mais il y a des gens qui ont mis des choses gentilles aussi, tu sais. Attends, je vais trouver.

Je secoue la tête en me levant avant que les larmes qui pointent ne dévalent mes joues. Elles le font dès que je mets un pied dehors, suivies d'un flot de bile que je crache dans le caniveau.

Ils m'ont détestée dès la première seconde. Des centaines de commentaires qui me souhaitaient le pire, comme si j'étais devenue l'ennemie publique numéro un. Des gens immondes qui se cachaient derrière l'anonymat pour déverser leur jalousie et leur haine.

Mika choisit ce moment d'hébétude durant lequel j'ai l'impression de flotter, hors du temps, hors de mon corps même, pour m'appeler. Ça faisait bien un mois qu'elle avait renoncé à donner signe de vie, à force de ne pas me voir décrocher. Je n'avais aucune envie de lui parler. Même si c'est injuste pour elle, mon amie me rappelle à elle seule bien trop de souvenirs que j'essaie de garder enfouis dans ma mémoire. Au troisième appel, je finis malgré tout par lui répondre.

– Hé, salut, ma jolie ! Comment vas-tu ? Tu as reçu la place de concert pour samedi prochain ? Je sais qu...

– Je ne peux pas y aller.

– Oh, écoute, je sais que c'est compliqué pour toi, vu la situation, mais...

– Mika, tu savais toutes les horreurs qu'on dit sur moi sur Internet ?

Gros blanc. Soupir. Gros blanc.

– Oui, mais on a modéré les commentaires sur le site de la compagnie.

Génial, il y en avait partout, j'imagine.

– Et il ne t'est pas venu à l'esprit de me prévenir, histoire de me préparer à survivre à toutes ces choses ?

– Non. Enfin, si. Mais on savait que tu irais voir de quoi il retourne, et on avait peur que tu ne t'en relèves pas.

– Quoi ?!

Tout le monde m'a menti par omission pendant tout ce temps ? Et moi, j'étais là, naïve, aussi stupide que le disent tous ces gens, sans me douter qu'on balancerait des commentaires haineux à la première occasion. Ils pensaient tous que j'étais fragile à ce point ?

Peut-être que oui, après tout. Peut-être que je ne suis pas faite pour supporter la méchanceté de ce monde. Peut-être que je n'ai rien à y faire, on ne m'a pas armée pour.

– Écoute, ça serait peut-être l'occasion de vous expliquer avec Davon, tu ne crois pas ?

– Je ne peux pas le voir, Mika. Nes… Il nous a filmés, Davon et moi. Si jamais il apprend que je l'ai revu, ou même que je suis allée à son concert, il va diffuser les images.

– Quel genre d'images ?

– Il a des vidéos où on voit Davon et moi au lit.

– Putain de merde ! Il faut que tu portes plainte.

– Ah, ouais, comme la dernière fois ? Je te rappelle que les flics ne m'ont pas crue quand j'ai voulu porter plainte, Mika !

– Je… Je ne sais pas quoi te dire. Écoute, je vais voir ce qu'on peut faire et je t'appellerai dès que j'aurai une solution, d'accord ?

Comme si Mika pouvait changer le monde. *Mon* monde, en l'occurrence…

43

Angèle

Pourquoi a-t-il fallu que ce grand benêt de gynéco donne uniquement dans la presse à scandale dans sa salle d'attente? Il ne pouvait pas choisir *La Classe*, ou une quelconque revue historique? Ou un catalogue Ikea, tiens. Mais non, il a fallu qu'il nous sorte tout un panel de ces magazines, histoire de me rendre complètement folle. Il y a même la version française de celui dans lequel j'apparais. Ils ont pompé tout le contenu en se contentant de traduire, du pur plagiat…

Lorsque le Dr Havin m'appelle enfin, ce serait presque un soulagement si les étriers ne me tendaient pas les bras.

– Bien, je vous écoute, mademoiselle, que puis-je faire pour vous?

– Contrôle de routine. Et j'aimerais vérifier que tout va bien niveau M.S.T., aussi.

C'est vrai, on ne sait jamais. J'ai eu assez de déconvenues comme ça avec Davon.

– Vous avez eu des rapports non protégés récemment?

– Oui.

– Quel contraceptif prenez-vous?

– J'ai une pilule microdosée. Mais je pense qu'elle ne me convient plus, j'avais de plus en plus de mal à la supporter, alors je l'ai arrêtée la semaine dernière.

– Allez vous installer, on va regarder tout ça.

Je vous passe les détails, à part la tête bizarre du médecin, qui enchaîne en attrapant du matériel un peu plus conséquent.

– À quand remontent vos dernières règles?

– Aucune idée, j'ai enchaîné les plaquettes pour être tranquille.

– Pas d'oubli? demande-t-il en étalant du gel glacé sur mon ventre.

– Non. Aucun.

– Vous la preniez bien à heure fixe?

Putain, il est médecin ou enquêteur pour la police? Je veux juste mon ordonnance et mon frottis, c'est tout.

– Je… Non, pas toujours. Parfois, je devais attendre un peu, je me suis beaucoup déplacée à l'étranger et ce n'était pas évident de respecter les heures de prise, surtout avec le décalage horaire.

Il appuie sur un bouton, déclenchant le son de l'appareil, et brusquement, je crois comprendre les raisons de son interrogatoire. Une chape de plomb tombe au fond de mon estomac, tandis que, trop sonnée pour savoir si c'est la panique ou la peur qui gagnera dans la tempête s'agitant dans ma poitrine, j'entends des battements de cœur beaucoup plus rapides que les miens.

– Combien de temps ? soupiré-je sans oser regarder les images qui s'affichent sur son écran, en me retenant d'éclater en sanglots.

– On a les bras, les jambes, il est déjà bien formé. À vue de nez, je dirais treize ou quatorze semaines.

***

Abasourdie, je m'allonge en boule dans mon lit. Je suis revenue à pied chez moi comme un automate et n'ai réalisé que j'étais allée à ma consultation en voiture qu'une fois que je suis passée devant le parking. Pourquoi faut-il que ma vie parte en morceaux ? À chaque fois que je crois avoir touché le fond, un nouveau rebondissement vient me prouver que ça peut être encore pire. Un vrai feuilleton. Qu'est-ce qui m'attend la prochaine fois ? Et surtout, qu'est-ce que je vais faire, toute seule avec un bébé ? *Son* bébé. Il va me détester. Sauf si je ne lui dis rien. Il n'y a pas de raison qu'il l'apprenne. Super… Cette grossesse et cet enfant démarreront vraiment bien si je cache dès le début une information aussi cruciale. Entre ça et l'ombre de Voldemort qui plane toujours au-dessus de ma tête… Je suis vraiment mal barrée. Et ce sera pire si Davon le découvre dans l'un de ces torchons. Allez savoir si je ne suis pas encore suivie, ou si une de ces tarées ne balancera pas une photo de moi sur Internet en me croisant dans la rue.

Je m'autorise à regarder ce cliché que je tiens dans la main depuis que je suis sortie du cabinet du Dr Havin sans oser poser mes yeux sur lui… ou elle. Mon cœur manque un battement en découvrant ce petit être parfaitement formé, au profil plus magnifique encore que celui de son père. On voit même son cerveau, tel un petit arbre qui s'enracine déjà dans la vie. Comment ne pas être bouleversée devant un tel cadeau ?

Tant pis pour ce que fera Voldemort. Il faut que je parle à Davon. Et puis, si mon ordure d'ex tient ses promesses, au moins cet enfant saura tout de sa conception, il faut voir les choses du bon côté…

44

Angèle

Saleté de train. Je me suis retrouvée pendant deux heures au milieu de nulle part, sans même savoir pour quelle raison nous étions à l'arrêt.

Le concert bat déjà son plein lorsque j'entre dans la salle où la chaleur m'accueille en m'enveloppant dans son étau, tandis que Davon saute partout sur la scène en chantant et que Tomy se déchaîne sur sa batterie.

La salle est en folie, tout le monde se joint au chanteur en entonnant le refrain de « Moon Ever Walk » ou lance des hurlements stridents. Je me sens en total décalage avec cette atmosphère fébrile, bien trop stressée par la conversation qui m'attend.

J'ai décidé de la jouer cash : je vais simplement demander à parler à Davon, en espérant qu'on voudra bien m'y autoriser, quitte à sauter sur place en faisant des grands signes façon agent de piste d'aéroport jusqu'à ce qu'un des Hot me repère. Puis je vais lui annoncer la nouvelle en lui disant qu'il jouera le rôle qu'il voudra et que je ne le force à rien. Et je vais aussi le prévenir que, s'il l'assume, on risque de voir son cul de rêve un peu partout. Enfin, surtout le mien, car, malheureusement pour lui, ce qu'on va pouvoir découvrir, ce n'est pas la face cachée de la lune. Cela dit, vu la taille de l'engin, il n'est pas celui de nous deux qui sera ridicule.

J'essaie de me glisser à travers la foule pour me rapprocher de la scène avec cette impression d'être un explorateur dans la savane qui se fraye un chemin dans la végétation dense à coups de machette.

Plus je m'approche, plus les battements de mon cœur s'accélèrent. Il est si beau, évoluant sur scène comme un poisson dans l'eau. C'est là qu'il est lui-même, finalement, offrant à ses fans cette part de lui que je croyais être la seule à voir.

Saurai-je survivre au fait de devoir continuer à l'admirer sans plus jamais avoir le droit d'être dans ses bras, s'il veut faire partie de la vie de son enfant ? Un jour, il offrira à une autre ce qu'il m'a laissée entrevoir, et je brûlerai sur le bûcher de la jalousie, je n'en doute pas une seconde. Ça me tuera à petit feu, mais cet enfant mérite d'avoir un père, même si ça doit devenir la plus grande souffrance de sa mère.

Je suis là, à le contempler, si insignifiante dans cette marée humaine, et pourtant, ce que j'ai à lui dire aura un tel impact sur sa vie… Et puis, une jeune femme escalade la scène et se jette sur Davon. Amusé, il l'attrape par la taille, puis la renverse façon *baiser* de Doisneau pour l'embrasser sous les cris et les acclamations surexcitées du public. Non, je ne pourrai jamais supporter de le voir avec une autre, ça me pulvérisera le cœur, si tant est qu'il en reste encore quelque chose après la scène qui vient de se dérouler sous mes yeux.

Alors qu'il lui rend l'usage de ses lèvres, son regard trouve le mien et finit de me transpercer la poitrine. C'est trop, il faut que je m'éloigne, que je m'enfuie, que cesse cette douleur lancinante qui me ravage de l'intérieur, me brûle jusqu'à trouver mon âme et finir de la broyer.

Sitôt sortie, haletante, je cherche mon souffle, tout au moins, j'essaie de retrouver comment on fait pour respirer.

Un groupe de femmes murmure en me regardant, m'ayant de toute évidence reconnue, et je m'en contrefiche. Tout ce que je veux, c'est partir loin d'ici, dès que j'aurai réussi à me calmer.

– Hé, toi, c'est toi, la fille qui était avec Davon, affirme l'une d'entre elles d'une voix vulgaire et agressive.

– Qu'est-ce que ça peut vous faire?

– Ne me dis pas que tu es venue pour le récupérer!

Tout en reniflant avec classe, je commence à m'éloigner, mais la demoiselle ne lâche pas l'affaire et me suit tout en tirant sur sa cigarette.

– Non, c'est bon, je vous le laisse, il est tout à vous! dis-je en me retournant vers elle et en écartant les bras dans un grand geste dramatique digne des *telenovelas*.

– T'es en train de dire quoi, là? s'écrie-t-elle, énervée, en m'attrapant par la manche. T'es trop bien pour lui, c'est ça?

– Puisqu'il est si bien que ça, retournez dans la salle et lâchez-moi, OK?

Cependant, la garce ne l'entend pas de cette oreille, elle tire davantage sur mon bras au point que je suis obligée de le récupérer avec force en la repoussant. Quand, subitement, elle lâche prise, je tombe en arrière, déséquilibrée. La chute est rude, je dévale un talus plein de branchages en ayant le réflexe de me protéger le ventre, au détriment de ma tête qui se cogne contre je ne sais quoi à plusieurs reprises.

Lorsque ma course s'arrête en bas de la pente, chassant brutalement l'air de mes poumons, une violente douleur me vrille la poitrine.

Incapable de bouger ni de reprendre mon souffle, je tâtonne prudemment pour trouver la source de cette brûlure qui me déchire les entrailles, jusqu'à ce que mes doigts butent sur quelque chose de dur en m'envoyant une décharge de souffrance dans le corps tout entier.

Pourtant glacée, j'ai l'impression de me consumer, toujours à la recherche de cet air qui me manque. Il fait nuit noire, mais je sais que je devrais voir les lumières de la ville, comprendre les mots de cette voix qui me parle.

Mais il n'y a plus rien, plus rien que mon souffle qui s'étiole et ce froid qui m'enveloppe et m'emporte dans les ténèbres.

45

Davon
Quelques minutes plus tôt

Elle me manque, putain. Même en plein concert, je ne pense qu'à elle, j'ai l'impression de sentir sa présence. J'essaie de donner le change, de faire croire à tous que je ne suis que ce petit con qui enchaîne les conquêtes, mais sitôt la porte fermée, je me mure dans mes souvenirs, dans ce besoin qu'elle seule peut combler.

Les apparences, rien que les apparences. Tout pour leur faire croire qu'elle ne compte pas. Mais un jour, j'irai la retrouver, je briserai ce serment que je me suis fait de lui obéir le jour où elle déciderait qu'elle en a fini de moi. Je lui expliquerai qu'il n'y a qu'elle, que c'était juste un moyen de brouiller les pistes pour qu'ils la laissent, qu'ils l'oublient. Mais que mon cœur, lui, ne peut pas l'effacer, elle y est trop ancrée pour qu'elle puisse un jour en disparaître.

Paris est en forme, ce soir. Il y a déjà trois filles qui ont dévoilé leur poitrine dénudée, et alors que j'entonne les dernières notes de la chanson, l'une d'entre elles monte sur scène pour se jeter dans mes bras. Allons-y pour le show, ça m'évitera d'avoir à donner le change en sortant. Tandis que je quitte ses lèvres poisseuses de gloss, un frisson me parcourt l'échine, et je lève les yeux vers la foule comme si un aimant les avait verrouillés pour les amener jusqu'aux siens, déjà baignés de larmes.

Non. Non, non, non. Pas ça. Je sens sa blessure comme si je me l'étais infligée moi-même. Elle fend cette marée humaine qui s'ouvre pour la laisser passer, mais qui se resserre sitôt que je saute de la scène pour m'efforcer de la rejoindre. Il ne faut pas qu'elle parte. Pas comme ça.

J'ai beau crier, hurler son nom, ma voix ne l'atteint pas. Des mains se referment sur moi, elles essaient juste de me toucher, parfois de me retenir, je sens même le tissu de mon tee-shirt craquer, si ce n'est se déchirer. Des vigiles essaient de contenir ce flot tandis que j'avance à contre-courant, luttant désespérément contre l'énergie d'une foule tout entière.

Quand enfin je parviens à sortir, frappé par le froid mordant de cette nuit de décembre, elle s'est déjà échappée. J'ai beau balayer l'esplanade du regard, impossible de la trouver. Et puis, je la vois enfin, elle se dispute avec une femme avant de disparaître dans les buissons.

Après avoir couru à toute vitesse, j'arrive au sommet d'une pente raide le long de laquelle je me laisse glisser. Elle est là, allongée sur le dos. Elle suffoque en se tenant le ventre, les yeux tournés vers le ciel en marmonnant des choses inintelligibles.

– Angèle, hé, regarde-moi, comment tu te sens, tu as mal quelque part ?

J'ose à peine la toucher alors que je brûle de la prendre contre moi, de tenir son visage entre mes mains pour m'assurer qu'elle va bien.

– Angèle, réponds-moi. Où est-ce que tu as mal ? Je t'en prie, réponds-moi.

Ses lèvres s'agitent, mais le son qui en sort est trop faible pour que je parvienne à l'entendre. Alors je place mon oreille tout près d'elles.

– Pas le bébé, pitié. Pas le bébé.

Voilà ce qu'elle répète en boucle d'une voix de plus en plus ténue, tout comme l'est son souffle à présent. Non… Non ! Tandis que mon cœur explose dans ma poitrine et que j'entends la foule s'amasser plus haut, j'appelle à l'aide, je les implore de prévenir les secours. Du bout des doigts, je parcours son corps jusqu'à tenir les siens, enroulés autour d'une branche épaisse qui lui transperce le ventre.

– Mon ange, regarde-moi. Tout ira bien, d'accord ? Accroche-toi.

Je dépose un baiser tremblant sur son front déjà glacé, ne percevant que la chaleur des larmes qui s'écoulent sur mes joues avant d'échouer sur les siennes. Elle ne peut pas mourir. Elle a cessé de parler, mais je sens son souffle sur mes lèvres alors que je l'embrasse en m'accrochant à l'espoir qu'elle trouvera dans ce baiser la force de survivre.

– Tu ne peux pas me laisser, tu m'entends ? Je t'en supplie, ne me laisse pas.

Bientôt, des lumières bleutées éclairent son visage par

intermittence, on s'affaire autour de nous, on me demande de bouger. Mais je ne peux pas la lâcher, je ne veux pas, c'est au-dessus de mes forces. J'ai peur de briser ce fil qui nous lie et qui la raccroche à la vie.

– Davon, laisse-les bosser.

C'est Tomy, je reconnais sa voix, même si elle est plus calme, rendue sourde par l'émotion. Il a saisi mes mains pour les défaire de celles d'Angèle, puis a posé les siennes sur mes épaules pour m'obliger à m'éloigner. Tous ces gens attroupés autour d'elle, qui cherchent comment l'extraire de ces écheveaux de branches sans la blesser davantage, ne me permettent plus de la voir maintenant. Quand enfin ils s'écartent pour l'emmener, je m'effondre à genoux, m'écroulant sous le poids de la douleur et de la peine.

46

Davon

– Alors ?

– Comme tous les jours, soupire Mika avec un air navré. Elle reste mutique, les yeux rivés sur la fenêtre. Elle a été très choquée, tu sais. C'est normal de se replier sur soi, après… après ça.

Oui, « ça ». La branche s'était fichée près de son cœur avant de dévier sa course dans son abdomen. Il a fallu plus de huit heures au chirurgien pour réparer les dégâts. L'attente était intenable. Chaque fois que quelqu'un passait les portes de ce long couloir au fond duquel ils se démenaient pour la sauver, je sautais sur mes pieds en espérant des nouvelles, au bord du gouffre.

Et puis, le médecin est venu et nous a annoncé qu'elle était dans un état stable, et que les heures suivantes nous diraient si on pouvait espérer qu'elle s'en sorte.

Mais pas mon fils. Elle avait perdu trop de sang pour qu'il survive. Et je porterai chaque jour le poids des conséquences qu'a eues ma vie sur elle.

– Davon, tu es sûr que tu ne veux pas aller la voir? demande Mika en posant sa main sur la mienne avec cet air bourré de pitié que je ne peux plus supporter.

– Non, il ne vaut mieux pas, on va éviter le choc de trop.

Je suis surtout incapable d'affronter dans ses yeux toute la souffrance que je lui ai indirectement infligée. Même si j'ai passé chaque minute de ces dix derniers jours dans cet hôpital, franchir cette porte est au-delà de mes forces. C'est lâche, j'en ai parfaitement conscience, et pourtant, c'est ce qu'il y a de mieux pour elle aussi.

Chacune de mes décisions l'a poussée vers la destruction, et elle ne peut que me haïr pour ça. Et c'est cette haine que je risque de lire sur ces traits qui m'effraie, je n'y survivrais pas.

– T'es un putain d'abruti, lâche mon frère. Tu recommences, tu fais les mêmes erreurs, encore et encore. Tu sais ce qui t'a amené là? T'es infoutu de communiquer. Tu dis que tu ne veux pas choisir pour elle, la forcer comme l'a fait cet enfoiré? Mais justement, tu choisis à sa place, là, sans même savoir réellement ce qu'elle pense. Tu la veux? Alors donne-toi toutes les chances, essaie au moins, plutôt que d'avoir peur d'être rejeté avant même d'avoir tenté le coup.

J'ai tout fait pour la protéger de ces filles qui ont perdu la tête et ont déversé leur haine. Je savais qu'à Londres on serait cernés par les paparazzis, mais j'ai quand même déconné en l'embrassant en public, et tout m'a explosé entre les mains. Les commentaires se sont déchaînés, certains sont allés encore plus loin en lui souhaitant les pires souffrances, même celles qu'elle avait déjà endurées. J'avais espéré que ça se calmerait en brouillant les pistes avec Shanna, mais tout ce que j'ai gagné, c'est qu'elle m'a quitté. Je ne méritais que ça. Et quelque part, ça m'a soulagé, parce que je me suis dit qu'elle serait mieux hors de mon monde. Sauf que ça n'a pas fonctionné, ces horreurs allaient de plus belle en ne cessant de les comparer. Alors je me suis montré avec toutes ces filles dans les bras desquelles je semblais finir, pour que tout le monde pense qu'Angèle n'était qu'une parmi tant d'autres et qu'ils arrêtent de s'acharner. Et voilà le résultat. J'ai tout perdu. Surtout le droit de mériter d'être ne serait-ce que dans la même pièce qu'elle.

– Tu ne comprends pas...

– Mais bien sûr que si, c'est tout vu. T'as pas de couilles, c'est tout !

– Va te faire foutre, beuglé-je en l'attrapant par le col de son maillot.

– Si t'en as vraiment, il est temps de les poser sur la table, crache Tomy en me repoussant brutalement.

– Ça suffit, tempère Rick, que je n'avais même pas vu arriver. Vous allez m'épargner l'esclandre en plein hôpital. Davon a raison, il vaut mieux éviter à cette fille d'en baver encore plus. Et puis, il est temps de passer à autre chose, aussi. On a déjà annulé quatre concerts, on ne peut pas se permettre d'en annuler un de plus.

Mika s'éclaircit la voix, et mon manager lève les yeux vers elle avec dédain.

– Bien, je vois où sont tes priorités, c'est... écœurant. Et sinon, tu as réglé ce... souci dont je t'ai parlé ?

– Oui, c'est bon.

– On peut savoir de quoi vous parlez? dis-je d'une voix apparemment un peu trop forte au vu des réactions courroucées des infirmières.

– Rien qui t'intéresse, grogne Rick sans oser me regarder dans les yeux.

– Vraiment? demande Mika en croisant les bras tout en haussant les sourcils. Rick, si tu ne le lui dis pas, je le ferai.

Mon manager soupire, passe la main dans ses cheveux ras, puis il daigne enfin m'éclairer.

– Son ex avait des sextapes de vous deux, mais c'est bon, j'ai engagé un pirate informatique hors de prix, il a absolument tout effacé: ordinateur, téléphone, on a même récupéré sa clé USB.

Les jambes coupées, je me laisse glisser contre le mur pour fourrer la tête entre mes mains.

– Il… Est-ce qu'il lui a fait du mal? Est-ce qu'il… Il l'a forcée à quoi que ce soit?

Faites qu'il ne lui ait pas infligé encore plus de souffrances, par pitié.

– Non, enfin, pas ce à quoi tu penses, précise la journaliste. Mais il lui a interdit de te revoir.

Le choc et le désespoir se muent subitement en colère dans mes veines, et je me retrouve debout, à présent uniquement gouverné par la rage.

– Donne-nous son adresse, demande Jay à Rick.

– Et pourquoi donc?

– Parce qu'on sait ce que mon frère va faire, et qu'on ne sera pas trop de trois, ajoute Tomy.

Je commence déjà à m'éloigner quand je réalise que, malgré toute la reconnaissance que j'ai envers lui, Rick est allé trop loin.

– Oh, au fait, Rick, dis-je en revenant sur mes pas, glacial. Tu es viré.

Alors que je me détourne, je jurerais voir Mika sourire.

47

Davon

Il est là, une sacoche à la main, rentrant tranquillement dans son petit pavillon comme s'il n'était pas le monstre qui a brisé Angèle.

Au moment où il referme la porte, je la bloque, bouillonnant de rage au point que celle-ci trouble ma vue.

– Nes Lambert?

Mais il n'a pas besoin de répondre, ses yeux écarquillés de stupeur lorsqu'il me reconnaît le font pour lui. Alors, le premier coup part, mon poing va s'écraser sur son nez dans un craquement annonciateur de tout ce qui l'attend.

Il recule en se tenant le visage des deux mains, comme s'il avait peur qu'il tombe. Je suis sûr que ce con n'a jamais pris un coup. Il ne sait qu'en donner, virtuellement ou quand il prend aux femmes leur dignité, que ce soit par la force ou par la menace. Il pisse déjà le sang, et ça n'est que le commencement.

Un uppercut dans la mâchoire le fiche au sol, mais je n'en ai pas fini, loin de là. J'enchaîne avec mes pieds, qui vont s'enfoncer avec force dans ses côtes. Cette petite merde se roule en boule, ployant sous les coups en gémissant.

– Davon, tu devrais y aller mollo, quand même, me prévient Jay sans grande conviction.

– Attends encore un peu, il a besoin de se défouler, lui répond Tomy d'une voix sombre.

Et c'est ce que je fais. À cheval sur lui, aveuglé par la haine, j'enchaîne un coup, puis un second, et un autre, encore et encore. Le sang gicle sur sa moquette blanche, c'est presque de l'art.

Tomy pose une main sur mon épaule pour me dire qu'il a eu son compte. C'est sûrement vrai, mes poings me font mal, je suis hors d'haleine, et son visage est sacrément arrangé. Pourtant, lorsque je me lève, j'ai un sentiment d'inachevé, la rage continue de me consumer. Ce bâtard part alors dans un éclat de rire sinistre, s'étouffant presque avec le sang qui dégouline de son nez et de sa bouche.

– Elle et moi, ça ne sera jamais terminé.

La vue voilée par la haine, je le redresse par le col de son costume rougi par le sang pour planter mes yeux dans les siens.

– Tu n'as pas compris, ce n'était qu'un tir de semonce. Si tu l'approches encore, je te tue.

Ma voix a franchi mes lèvres avec la froideur d'un tueur à gages. Et je le ferai, qu'il n'en doute pas. Sa tête dodeline d'une façon presque comique tandis que ses yeux montrent sa terreur. Je relâche ma prise, le laissant échouer lamentablement sur le sol, puis je porte le dernier coup qui vient faire craquer sa mâchoire dans un bruit à la fois sinistre et jouissif.

Alors que je m'éloigne vers la sortie, Jay lui fiche un coup de pied dans le ventre, puis c'est au tour de Tomy, qui vise avec force entre ses jambes avant de lui cracher dessus.

– Et moi, je te tuerai une seconde fois, ajoute mon frère avant de nous rejoindre.

48

Angèle
Une semaine plus tard

Vide. C'est le mot qui me définit le mieux. Dans mon ventre, dans ma tête… dans ma chair. Je ne suis plus qu'une coquille dénuée de toute substance, un corps qui n'est plus maintenu en vie que par un cœur qui bat à peine, pulvérisé par la haine et le mépris. L'abandon, aussi.

La main posée sur mon ventre, j'admire une dernière fois le bouquet de lys aux couleurs chatoyantes de l'automne. Ça a été la seule chose qui a réussi à rendre mon séjour moins morne. Ils changent les fleurs tous les jours ici, et à chaque fois, elles sont plus magnifiques que celles de la veille.

J'avais espéré que Davon vienne au moins une fois voir comment j'allais. Je ne sais pas comment je l'aurais pris, si j'aurais enfin ouvert la bouche, si j'aurais craqué pour finir en larmes en le suppliant de m'aimer ou si j'aurais hurlé mon désarroi en lui criant rageusement de partir, regrettant la seconde suivante de ne plus jamais pouvoir plonger dans ses yeux. Mais je ne le saurai jamais, alors autant essayer d'avancer. Dès que je serai remise sur pied, je déménagerai. Le médecin a dit que je ne pourrai pas finir l'année scolaire, je peux donc d'ores et déjà m'enfuir au loin. Loin de Voldemort, loin de ces souvenirs qui me hantent chaque fois que je m'approche d'un endroit où j'ai pu faire l'amour avec Albator. Dans chaque recoin de mon appartement, donc.

– Vous êtes prête, Angèle ? demande Andréa, l'infirmière qui a pris soin de moi durant la plupart des matinées de mon hospitalisation.

Je hoche la tête comme un robot, mais Andréa est habituée à mon silence et ne s'en émeut plus.

– Ah, ça va me manquer, ces jolies fleurs ! C'était un plaisir de les disposer dans un vase chaque matin. Et puis, le livreur était vraiment agréable à regarder. Je ne sais pas ce que vous avez fait à ce jeune homme, mais c'était adorable de le voir arriver avec ce petit air gêné dès la première heure de visite.

Voldemort ? Albator ? Le père de la folle qui veut éviter un procès ?

– À quoi ressemblait-il ? demandé-je, la voix enrouée.

Elle me sourit avec tendresse sans pour autant relever que j'ai retrouvé l'usage de mes cordes vocales, ce dont je lui serai éternellement reconnaissante.

– Brun, des yeux bleus absolument incroyables, beau comme un dieu. Mais vous n'avez pas pu le rater, il était encore là le soir quand je prenais ma garde.

Davon… Alors, il est venu. Pourquoi est-ce qu'il n'est pas entré pour me parler ?

Parce que tu aurais piqué une crise de nerfs, soit en pleurant, soit en lui hurlant dessus...

Je fais taire cette petite voix agaçante qu'est ma conscience tout comme j'essaie de calmer les battements de mon cœur. Ça ne change rien, d'autant que plus rien ne nous lie, à présent. À part ces saletés de vidéos, mais je trouverai un moyen de les récupérer. Je ne veux pas que ces horreurs soient la dernière chose qui nous unisse.

La silhouette de Mika apparaît dans l'embrasure de la porte. La journaliste est venue tous les jours. Lorsqu'elle a compris que je ne voulais pas parler mais juste rester dans ma bulle, détachée du monde extérieur, elle s'est contentée de m'offrir sa présence et la chaleur de sa main sur la mienne. Mika est une personne extraordinaire, je ne sais pas si elle a conscience de tout ce qu'elle a fait pour moi.

Tandis qu'elle pousse le fauteuil en direction de la sortie – c'est ridicule, dans deux minutes, je marcherai pour arriver jusqu'à sa voiture –, je pose cette question qui me brûle les lèvres depuis ma discussion avec l'infirmière.

– Mika... Est-ce que Davon est venu à l'hôpital ?

Elle s'arrête brusquement puis contourne mon siège pour s'accroupir à ma hauteur. D'un regard, elle me jauge en plissant le nez comme pour s'assurer que je suis suffisamment connectée au monde réel pour avoir cette conversation.

– Les infirmières étaient obligées de le foutre à la porte tous les soirs, et il revenait chaque matin dès l'ouverture aux visiteurs.

– C'est toi qui l'as prévenu ?

– C'est lui qui t'a trouvée, Angèle. Il était dévasté. Pour… tout.

Oh, non, il sait pour le bébé, c'est pour ça qu'il n'a pas voulu me voir, il devait être furieux. Mika essuie la larme qui perce à travers mes cils d'un geste tendre, avant de reprendre :

– Il avait peur que tu ne supportes pas de le voir, rien de plus, tu sais. Il était rongé par l'inquiétude, et puis je crois qu'il s'en veut, aussi.

– Pourquoi ?

– Ça, je ne suis pas dans sa tête, ma belle. Et ce mec est bien trop compliqué pour moi.

– Bah, encore un mystère auquel je n'aurai jamais la réponse. À force, je suis rodée.

– Ou alors, tu lui demandes directement.

– Ça ne sert plus à rien, Mika. Et puis, tu sais bien que je ne peux pas lui parler.

– Nes ne posera plus de problème, m'annonce-t-elle avec un large sourire. Les vidéos ont été effacées dans leur totalité, et je crois qu'il a compris qu'il ne faudrait plus jamais s'en prendre à toi.

– Comment ça ?

– Eh bien, mon petit doigt m'a dit qu'il s'était pris une sacrée dérouillée, je ne sais pas trop par qui, mais crois-moi, il n'est pas près de recommencer.

Le soulagement est tel que je sens cet horrible poids qui pesait sur mes épaules disparaître au point que je pourrais presque lui voir pousser des ailes et le regarder s'envoler en me faisant un petit signe d'adieu de ses doigts crochus.

Mika sort son téléphone de son sac, pianote dessus en fronçant les sourcils d'un air agacé avant de le remettre à sa place.

– Bon, écoute, je suis désolée de te demander ça, et si tu refusais, je comprendrais. Mais on me harcèle pour que je te fasse venir à la radio demain.

– Quoi ?! Non, Mika, franchement, c'est trop, là.

– Je sais, mais la radio veut montrer que tu vas bien. Promis, tu feras une apparition, je ne te poserai pas de questions, on verra juste que tu étais avec nous dans l'émission puisque l'enregistrement est retransmis en vidéo sur le Net.

– Non, hors de question.

– OK, OK, je comprends. Ils ont reçu des milliers de messages de gens inquiets de ton état, tu sais.

Son téléphone se met à sonner, et la journaliste s'éloigne pour y répondre.

– Non ! Elle ne veut pas… Ça se comprend, quand même, non ? Ne me sors pas cette histoire de contrat, à un moment, faut arrêter de se foutre de la gueule du monde… Eh bien, vire-moi… Comment ça, « OK » ?! Après tout ce que j'ai fait pour vous, tu déconnes, là ?!

Eh merde… Elle ne va tout de même pas perdre son travail à cause d'une tête de mule comme moi ?

– Mika ! C'est bon. Dis-leur que je serai là.

49

Angèle

C'était un putain de guet-apens. Lorsque je vois Davon entrer dans l'espèce de sas qui sépare le couloir de la pièce d'où est enregistrée l'émission, j'oscille entre la colère et l'envie – si ce n'est le besoin – de me sauver en pleurant.

Qu'est-ce qu'ils veulent, au juste ? Montrer que non seulement je suis en vie, mais que tout le monde s'entend à merveille ? On va me demander quoi, ensuite ? De danser la ronde du bonheur en nous tenant tous par la main, un sourire joyeux sur les lèvres ?!

À travers la vitre, un gros casque sur les oreilles, Mika me fait un rictus d'excuses qui a tout de la grimace en haussant les épaules. Comme si elle ne savait pas ! Traîtresse !

Quant à Davon, c'est tout juste s'il ose regarder mes pieds, ce petit con ne peut même pas m'offrir une dernière fois cette saloperie de bleu qu'il a dans les yeux.

Heureusement que la colère a pris le pas sur mes

émotions, sinon je suis persuadée que je me serais déjà écroulée par terre en me mettant à pleurer comme une madeleine. Ils veulent me tuer, c'est ça, en fait. Finir le travail que cette harpie a saboté. Ou alors ils ont tellement peur que je leur intente un procès qu'ils veulent s'assurer que, en apparence, tout va pour le mieux. Mensonges ! Comment est-ce que je pourrais ne serait-ce que donner l'illusion que je me sens bien alors que j'arrive à peine à respirer rien qu'en étant dans la même pièce que cet homme ?

Il lève finalement les yeux vers moi avec un air de Chat Potté, et c'est une véritable torture de ne pas ciller et surtout de parvenir à garder mon calme. Son expression me déchire la poitrine bien plus que ne l'a fait cette satanée branche.

– Tout ce que je voulais, c'était te protéger, murmure-t-il doucement avec ce timbre suave qu'il a toujours, quoi qu'il arrive. Je suis navré de ce qui a pu se passer entre nous.

Vas-y, enfonce-moi directement un poignard dans le cœur, Davon. Alors, c'est ça, il regrette d'avoir été dans ma vie. Ou plutôt que j'aie pu faire partie de la sienne, apparemment. C'est vrai que tout aurait été tellement plus simple si je n'avais pas gagné ce fichu concours. Pourtant, moi, je ne regrette rien. Il m'a apporté bien plus qu'il ne m'a pris, et je ne peux que l'en remercier. Même si, dans la bataille, il a gardé mon cœur. Mais peu importe, il est à lui, je n'en ai plus besoin.

On nous fait signe d'entrer, et d'une certaine manière, je suis rassurée de constater qu'il semble aussi gêné que moi.

Mika a revêtu son masque habituel, on la croirait presque sur le point de sauter sur la table pour faire la pom-pom girl tant elle surjoue la carte de l'enthousiasme. Mais je vois bien dans son regard qu'elle n'y croit pas une seconde. Elle sait la souffrance qu'est la mienne d'être coincée ici.

– Bien, mes petits loups, vous ne devinerez jamais qui j'ai là. Davon, des HotEverShot, en chair et en os. Eh oui ! On vous avait annoncé une surprise de taille, et croyez-moi, ça vaut le détour ! La température est montée de dix degrés dans le studio ! Davon, merci d'être venu. C'est un véritable plaisir de vous accueillir.

Elle ne me fait même pas l'affront de me regarder. Et fort heureusement, la journaliste n'a pas non plus mentionné ma présence. À se demander ce que je fiche ici…

– Bonjour à tous, salue le chanteur dans le micro.

Je profite de ce que l'attention de tous soit tournée vers lui pour graver son visage dans ma mémoire. Je ne me ferai plus de mal en feuilletant des magazines, d'ailleurs, j'ai la ferme intention de m'enterrer à la campagne et de ne même plus avoir l'occasion de passer devant un kiosque à journaux.

– Alors, Davon, votre tournée a été couronnée de succès et vous venez d'être sacrés « meilleur groupe de l'année ». Quels sont vos projets, maintenant?

Davon prend une longue inspiration, puis son expression revêt à nouveau cet air navré qu'il avait avant de rentrer.

– Je vais faire une longue pause. J'aimerais me concentrer sur ma vie personnelle, maintenant.

– Oh, votre vie… amoureuse peut-être ? Elle a fait beaucoup parler d'elle, dernièrement.

La saloperie ! Davon m'a plantée en plein cœur, et la voilà qui s'attaque à mon dos. Comment peut-elle aborder ce sujet en me sachant là, bon sang ? Si elle mentionne le nom de Shanna Quill, je jure d'attraper ce verre qu'elle porte à ses lèvres pour le leur balancer à la figure.

– Aussi. J'ai fait une erreur de jugement, j'ai cru qu'avec les faux-semblants, je pourrais protéger ceux que j'aime. Mais j'ai compris qu'il me fallait être honnête.

Il marque une pause, avant de reprendre en français.

– Si je lis ou entends, où que ce soit, un seul commentaire déplacé sur la femme de ma vie, je mettrai fin définitivement à ma carrière, car elle seule compte.

Mika se met à rayonner en se dandinant, et moi, je reste coite, abasourdie.

– Bien, il me semble que le message est clair. Et pour ceux qui auraient la mauvaise idée d'en faire parce qu'ils ne sont pas fans de rock, et dans ce cas, je me demande bien pourquoi ils nous écoutent, je suis sûre qu'ils seront ravis de payer des montagnes en dommages et intérêts… Alors, Davon, vous vouliez nous faire découvrir votre dernière chanson, je crois ? « La Volonté des anges », c'est bien ça ?

Davon hoche la tête – ce qui est très bête quand on passe à la radio –, puis il se lève et va s'installer devant un piano, au fond de la pièce.

Les premières notes résonnent, me rappelant la mélodie que je l'entendais souvent jouer sur sa guitare lorsqu'il écrivait sur son carnet. Puis, tandis que l'écran au fond de la salle s'allume, dévoilant les images du clip dans lequel j'apparais, et que Mika me glisse discrètement que je suis la seule à pouvoir les voir, il entonne les premiers mots, toujours en français.

« Les émeraudes de tes yeux percutent mon âme
Et tout se referme autour de moi
dans cette cage d'acier
Je pourrais passer l'éternité à les admirer
Si tu voulais bien me les abandonner

C'est toi qui coules dans mes veines
Tu es cet être inattendu
Qui donne du sens
Là où il n'y en avait plus »

Dans un état second, je l'écoute, les yeux rivés sur l'écran comme si je regardais le film de nos vies. Il n'y a pas que les images qu'on m'avait déjà montrées. Certaines sont plus récentes, il y a des séquences de ces moments de complicité que nous avons partagés dans les studios d'enregistrement, dans les coulisses, tous ces instants de bonheur… même si les plus importants n'appartiennent qu'à nous.

On ne peut que voir l'alchimie entre nous, l'intensité de nos regards, ce lien si fort qu'il est presque tangible… Puis vient le refrain, sublime, en anglais cette fois.

« Words die in my throat
Stay with me my beautiful angel

Do what you want with my heart
But don't give up our love
Because it is all that matters[1]

Les émeraudes de tes yeux percutent mon âme
Je te l'offre, garde-la, elle est à toi
Vois au-delà des apparences, sonde-la
Car il n'y aura jamais plus que toi

Cette flamme qui brûle dans tes yeux
Dévaste tout sur son chemin
Chaque mot que tes lèvres prononcent
M'emmène plus loin vers mon destin

Words die in my throat
Stay with me my beautiful angel
Do what you want with my heart
But don't ask it to stop beating
Because it only does it for you[2]

Les mots meurent dans ma gorge
Reste avec moi mon ange
Fais ce que tu veux de moi
Tu es ancrée dans mon cœur

---

1. « *Les mots meurent dans ma gorge / Reste avec moi, mon ange magnifique / Fais ce que tu veux de mon cœur / Mais n'abandonne pas notre amour / Car il est tout ce qui compte.* »
2. « *Les mots meurent dans ma gorge / Reste avec moi, mon ange magnifique / Fais ce que tu veux de mon cœur / Mais ne lui demande pas de cesser de battre / Car il ne le fait que pour toi.* »

Où que tu sois, je jure que je te retrouverai
Et je t'aimerai à jamais. »

Je sors de ma transe lorsqu'il joue les dernières notes et que Mika enchaîne :

– Bien, les amis, l'amour est si épais ici que j'ai du mal à respirer, une pause s'impose.

Elle lance la publicité puis sort, comme l'avait déjà fait le reste de l'équipe sans même que je ne m'en rende compte. Il n'y a plus que Davon et moi. Et mes larmes, aussi.

Nous nous levons avec une synchronisation parfaite, mais mes jambes en coton ne pourront pas m'emmener plus loin. Tandis que mon cœur bat la chamade, il s'approche prudemment, avec cette expression bouleversante de détresse absolue sur le visage. La même qu'il arborait le jour où il m'attendait devant mon travail.

– Je t'aime tellement, murmure-t-il en caressant tendrement ma joue.

Ces mots qu'il n'avait jamais prononcés dévastent tout sur leur passage. La souffrance, la peine, ce vide qu'il avait laissé… Ils m'emplissent, me nourrissent, réchauffent ma poitrine au point que les miens me manquent. Seul le sanglot qui s'échappe de ma gorge rompt le silence, mais nous ne l'entendons déjà plus, car mes lèvres lui montrent tout ce que je suis incapable de lui répondre. Qu'il a déjà tout : mon cœur, mon âme, tout l'amour que je peux lui porter.

ÉPILOGUE

Angèle
Deux ans plus tard

Depuis la quiétude des coulisses, j'observe les Hot faire leur show. Même après cette longue absence sur les planches durant laquelle Davon et moi avons pris le temps de trouver nos marques, le public est au rendez-vous, plus heureux que jamais. Et le groupe aussi se régale de donner à nouveau des concerts, offrant à ses fans de toutes nouvelles chansons que les critiques ont saluées comme appartenant à l'album de leur consécration.

– J'avais presque oublié à quel point ils sont bons sur scène, me glisse Mika sans les lâcher des yeux, le visage éclairé par les spots multicolores. Et leur nouveau manager est à croquer, ajoute-t-elle en me donnant un léger coup de coude.

– Et beaucoup plus sympa que Rick, surtout. Il faut dire que Davon a mis les pendules à l'heure dès que le label lui a trouvé un remplaçant.

– Laisse-moi deviner, tu es la reine et on doit se prosterner à tes pieds?

J'éclate de rire pour toute réponse, car, oui, c'est plus ou moins comme ça qu'il a présenté les choses.

– C'est presque étonnant que Davon te laisse aller bosser sans te suivre ou t'entourer de gardes du corps. Ou de majordomes, tiens, histoire de dérouler le tapis rouge sous tes pieds.

– Ouais, ça ferait bon effet au lycée, je n'en doute pas une seconde. Déjà que les élèves ont mis un mois à arrêter de me regarder comme si j'étais un ovni…

Depuis peu, je donne des cours de français dans le lycée près de chez nous, afin de garder un pied dans le monde réel. Davon trouve ça sexy à mort, je ne sais pas pourquoi. Peut-être qu'il fantasmait sur sa prof quand il était ado ?

– Ça ne te dérange pas si je rentre maintenant ? me demande mon amie. J'en ai plein les pattes avec le décalage horaire, et le lit de la chambre d'amis de votre magnifique villa avait vraiment l'air très, très confortable.

Depuis ce jour où Davon a reconquis mon cœur dans le studio de la radio – bon, OK, il l'avait déjà, mais il l'a demandé si gentiment que je le lui ai donné une seconde fois –, nous ne nous sommes plus quittés. Nous sommes d'abord restés en France le temps que je règle tous les détails administratifs, puis nous nous sommes installés dans la foulée en Californie dans une maison bien trop grande pour le moment. Mais nous avons la ferme intention de la remplir d'enfants, alors ce n'est pas un problème, bien au contraire.

Six mois après notre emménagement, alors que nous étions allongés sur la pelouse du Griffith Observatory à contempler les étoiles, Davon a demandé ma main. Il m'a alors montré son carnet, et ma page, celle sur laquelle il a couché tout ce que je lui inspirais, et puis cette dernière phrase :

Tu feras de moi le plus heureux des hommes
si tu acceptes de m'épouser.

Quand j'ai relevé les yeux – en pleurant, ça va de soi –, il était agenouillé devant moi, me tendant l'écrin d'une superbe bague ornée d'un diamant en forme de larme.

Pour toutes celles que j'ai pleurées, et qu'il ne me laissera plus jamais verser, a-t-il précisé. Il dit que ce sont les perles de mon âme, un vrai poète.

– Pas de souci, Mika, je comprends que tu sois fatiguée. Et puis, on passe la journée de demain ensemble, alors on va pouvoir vite rattraper le temps perdu.

– Tu crois qu'on a encore des choses à se raconter avec toutes ces heures qu'on passe au téléphone ?

Nous nous observons un moment avant de nous mettre à pouffer. Comme si on n'allait rien avoir à se dire, franchement.

Le concert touche à sa fin, et les garçons sortent de scène le temps de se faire réclamer à cor et à cri pour un rappel.

– Mika est déjà partie ? demande Davon en me déposant un baiser sur le front.

– Oui, elle était crevée.

– Rhô, elle aurait pu rester jusqu'au bout, quand même, râle Jay. Ça faisait un moment qu'on ne l'avait pas vue, c'est toujours toi qui pars en France pour aller la rejoindre.

– C'est bon, ne t'inquiète pas, vous aurez largement le temps de discuter à la soirée.

Demain, nous fêtons l'anniversaire de Davon. Il n'y aura que nos proches, et qui l'eût cru, ça fait du monde quand même. Entre les amis de Davon – dont Shanna, qui est tout simplement adorable – et les miens, on sera une bonne trentaine. Il faut dire qu'à force d'évoluer auprès des Hot, j'ai sympathisé avec pas mal de monde. Des gens auxquels les garçons ne prêtaient même pas attention auparavant. Notamment Gina, leur maquilleuse attitrée, dont le fils est adorable. Je lui donne de temps en temps des cours pour l'aider en mathématiques, et je pense que je continuerai quand le groupe partira en tournée d'ici quelques mois. Cette fois, ce sera en Asie.

– On peut dormir chez vous, ce soir, hein, dis ? me supplierait presque le bassiste en me faisant un petit regard digne d'un enfant de 4 ans.

– Tu es au courant que tu as un chez-toi, n'est-ce pas ? Parce que j'ai l'impression que ma cuisine est devenue votre nouveau quartier général.

– Bien sûr, intervient Tomy en enroulant son bras autour du cou de son meilleur ami avec le manque de douceur qui lui est propre. Mais tu fais les gaufres comme personne, Ange. Et tu nous connais, nous et la bouffe…

– Oui, je sais, c'est votre plus belle histoire d'amour.

La seule, en fait. Mais je ne doute pas qu'un jour eux aussi rencontreront la femme qui saura faire battre leur cœur.

– Allez, les gars, on y retourne, annonce Davon. On se retrouve dans la loge, mon ange ?

Bien sûr, en voilà une question ! C'est que j'ai mes petites habitudes, moi. Et Davon comme moi serions bien incapables de nous en passer.

Dix minutes plus tard, essoufflé et trempé de sueur, Davon me rejoint et saisit ma taille pour me coller contre lui, un large sourire aux lèvres. Avec un autre homme, cela me révulserait, mais j'aime quand sa peau humide prend cette odeur, qu'elle me marque, prend possession de mon corps. Il dégage tant de virilité qu'à chaque fois, je suis la plus mouillée de nous deux. Surtout après un concert devant des dizaines de milliers de personnes qui entonnaient en chœur ses chansons. *Ma* chanson. Celle qui nous a réunis pour de bon et qui est la plus belle qu'il ait jamais composée, et je suis loin d'être la seule à le dire.

Personne n'a plus osé écrire quoi que ce soit de mal à mon sujet depuis ce jour où il m'a déclaré son amour de la plus belle façon possible. Et quand bien même ça arriverait, je m'en contrefiche. Parce que le seul regard qui compte, c'est celui de ces yeux bleus qui me renvoient la plus belle image qui soit. Celle de l'amour, de la tendresse, de toutes ces choses que nous ressentons l'un pour l'autre. Et à cet instant, c'est de désir qu'il s'agit.

Mon rockeur de mari dégage tous les produits disposés sur la petite table devant le miroir, puis il m'empoigne les fesses pour m'y installer. Lorsqu'il découvre que je n'ai pas remis de sous-vêtements après ce moment que nous avons partagé avant le concert, ses yeux s'illuminent comme ceux d'un enfant à Noël.

– J'ai faim de toi, me susurre-t-il tout en me dévorant le cou.

– Et moi, j'ai envie de croissants, mais on ne peut pas tout avoir, le provoqué-je pour faire durer le plaisir.

J'aime jouer à attiser son désir jusqu'à voir cette flamme dévastatrice s'allumer dans ses yeux. Et puis, c'est vrai, cette envie de croissants vire à l'obsession. Il faut dire qu'ils sont infoutus d'approcher un minimum de leur saveur, ici. Même dans les boulangeries qui se disent françaises. C'est une honte, que dis-je, un calvaire. Surtout en ayant élu domicile à Los Angeles, ma ville préférée – aux boulangeries exécrables.

Je le libère puis referme mes jambes autour de lui pour lui faire comprendre de passer à la vitesse supérieure. Depuis quelque temps, ma libido atteint des sommets, je crois que je pourrais l'avoir en moi à chaque instant de la journée.

– Comment oses-tu penser à des croissants dans un moment aussi intense ? murmure-t-il avec cette voix sourde de désir qui me fait toujours autant vibrer, assortie d'un petit sourire qui, lui, me fait carrément chavirer.

Me laissant le guider, il attrape mes cuisses en grognant puis tire sur elles d'un coup sec pour s'enfouir davantage en moi sitôt que je l'ai fait entrer. Une vague de délicieux frissons dévale ma colonne vertébrale alors qu'il m'emplit complètement, et tout en enfonçant mes talons dans ses fesses pour le sentir encore plus fort, je plaque les mains sur son torse, comprenant que c'est le moment idéal, là, maintenant que nos corps fusionnent. Tant pis pour la surprise que je voulais lui faire demain à l'occasion de ses 30 ans.

– Davon… Je n'y suis pour rien, je crois que c'est une envie typique de femme enceinte. Apparemment, chez moi, ça se traduit par une envie irrépressible de croissants. Et de faire l'amour avec toi, aussi…

Surpris, il marque un temps d'arrêt. Lentement, ses traits s'éclairent, empreints de douceur, de cette crainte d'avoir mal compris, et puis, quand il lit dans mes yeux que c'est bien ce que signifient mes mots, il rayonne de pur bonheur.

Alors qu'il embrasse chaque recoin de mon visage pour me montrer à quel point cette nouvelle le rend heureux, j'attrape ses cheveux pour qu'il se concentre sur ma bouche. Bientôt, la passion reprend ses droits, et nos corps se chargent d'exprimer la joie que nous partageons. Ses assauts sont trop doux, cependant, alors, d'une pression des talons, je l'encourage à me prendre plus fort, à se montrer plus rude. Plus il me pilonne, et plus j'ai l'impression de m'envoler.

– Je t'aime, Davon, dis-je dans un gémissement tout en plongeant dans l'océan de ses yeux.

Chaque fois qu'il est proche de l'orgasme, leur bleu s'intensifie, comme s'ils se liquéfiaient pour fusionner avec les miens.

La table claque bientôt si fort contre la paroi de béton qu'elle semble sur le point de céder, alors Davon me soulève et nous entraîne jusqu'au mur, dont la froideur fait se dresser davantage mes tétons tandis qu'il me plaque contre celui-ci. Il dépose l'une de mes jambes sur le sol, relevant plus encore celle qui est toujours accrochée à lui, puis ses mouvements s'accélèrent, si amples, si forts, que je ne tarde pas à rejoindre les étoiles à ses côtés.

– Moi aussi, je t'aime, mon ange, chuchote-t-il entre deux baisers d'une tendresse à l'extrême opposé de la façon dont il vient de me prendre. Tu es la plus belle chose que m'ait apportée la vie, et j'ai hâte de découvrir celle que tu vas bientôt m'offrir.

Fin

Si vous avez aimé les HotEverShot, retrouvez le personnage de Tomy dans *Hot Bastard*.

BONUS

Notes de Davon

« La Volonté des anges »

~~Se changer cent fois~~ en attendant la cage d'acier
Putain d'yeux verts qui vous défoncent/percutent l'âme
Ange enragé
Avec toi, je me sens à l'étroit, tout se referme autour de moi,
il n'y a déjà plus que toi
Tu me fais ravaler mes mots, ils meurent dans ma gorge
Je veux que tu voies au-delà des apparences, prends mon âme,
sonde-la
Et ne me la rends pas, elle est à toi
Tu es l'inattendu qui donne du sens là où il n'y en avait plus
Flamme dans tes yeux qui brûle tout sur son passage
Tout s'éteint, il n'y a plus que toi
C'est toi qui coules dans mes veines
Tu feras de moi le plus heureux des hommes si tu acceptes
de m'épouser
Chaque mot que tes lèvres prononcent m'emmène un peu plus loin
Tu pourrais faire de moi ton pantin
Mais ne demande jamais à mon cœur de cesser de battre pour toi
Ces moments nous appartiennent
J'aimerais tant être le seul

Mais si les autres te regardent
Je suis le seul à te voir
Tout ce qu'il y a de mauvais en moi
Tu l'extirpes
Tu ouvres mes plaies comme tu sais les panser
Si je savais dessiner, je remplirais des musées de la couleur de ta peau
Pour passer ma vie à t'admirer
Mais je ne sais que chanter
Derrière la porte, tu découvriras celle que tu es vraiment
Et alors seulement, j'espère, tu viendras à moi
Je veux te voir heureuse, mais je brûle que ce soit avec moi
Ne le laisse pas prendre ta volonté
Divine torture
Muse, ~~rien de plus?~~
~~Tu as tout pris de moi~~
Je te donnerai tout de moi
Les perles de ton âme s'accrochent à tes cils
Pour les effacer, je serais prêt à vendre la mienne
Je veux toutes tes nuits, tes soupirs et tes gémissements
Où que tu sois, je te retrouverai
Les mots ne sont pas assez forts pour te dire combien je t'aime
Trompeuses apparences
Tu es ancrée dans mon cœur

REMERCIEMENTS

Un grand merci à mes « tatas de Vegas », mes bêta-lectrices. Gaelle, Jen et Johanna, vous savez toujours me rassurer dans mes moments de doute, et il y en a eu un paquet (et il y en aura sûrement d'autres). Il n'a pas fallu longtemps pour que ce lien se transforme en une belle amitié qui, je n'en doute pas, est partie pour durer.

Merci à cette amie, aussi, qui se reconnaîtra. Tu m'as permis de comprendre comment un homme peut avoir une emprise dont on met des années à se relever. Le chemin est parfois long pour retrouver l'estime de soi, et je te souhaite de rencontrer ton Davon, même si tu as déjà fait le plus gros du parcours.

Un grand classique, aussi, mais un merci des plus sincères à Émilie, mon éditrice (ou le petit diablotin désormais sur mon épaule). Ça a été un plaisir de suivre vos conseils et d'amener ce livre au meilleur de lui-même. J'ai hâte de collaborer avec vous sur de prochains projets.

Extrait

ARROGANT & TATTOOED

Ludivine Hart

1

Iris

J'attendais ce jour avec impatience. Il y a quelques mois, je n'ai pas réfléchi quand j'ai pris cette place de concert, mais j'étais persuadée que d'aller voir mon idole ne pouvait que me faire du bien. Le problème est que le jour J est arrivé et que je ne le sens plus.

Depuis bientôt deux ans maintenant, je suis fan de Carson Parker, célèbre chanteur de rap et parfois de rock américain. Il n'est pas aussi connu en France, il faut vraiment chercher pour trouver des informations sur lui. Il ne passe jamais à la télévision ici, sauf quand il fait des duos avec de célèbres chanteuses pop. C'est une des raisons pour lesquelles il n'a fait que des festivals en France jusqu'à maintenant ou qu'il prend d'assaut, ce soir, une petite salle de Paris. Et quand je dis « prendre d'assaut », je ne rigole pas, ce mec fout vraiment le bordel en concert, et ses fans de toujours sont dingues, mais complètement dingues. Il ne fait pas bon se trouver dans la fosse, entourée d'eux, mais malheureusement je n'avais pas le choix puisqu'il n'y a pas de place assise dans cette petite salle. Et pour ne rien arranger, je suis petite, très petite : un mètre cinquante-deux tout au plus et même pas cinquante kilos. C'est donc en soi le combo parfait pour se faire écraser et pour ne rien voir si l'on n'est pas au premier rang. Voilà une des raisons qui me fait paniquer.

– Iris, t'es dans la salle de bains ? me demande Mathilde.

Cette fille, c'est ma coloc, ma meilleure amie, mais aussi mon opposé sur le plan physique : grande, blonde, au corps de mannequin.

– Oui, je suis là. J'essaie de dompter ma touffe comme d'habitude, dis-je en baissant le volume du son.

J'écoute de la musique dès que je le peux, c'est-à-dire tout le temps, en travaillant, en faisant mon sport, en cuisinant, tout, quoi. C'est pourquoi j'ai décidé de me spécialiser en partie dans cette industrie pour mon métier.

Mathilde me rejoint dans la salle de bains et explose de rire en voyant l'état de ma crinière.

– Prête pour ce soir ?

– Pas tellement, avoué-je en brossant ma chevelure ondulée brune qui m'ennuie tous les matins.

– Ouais, je peux comprendre, déclare ma meilleure amie en prenant le fer à boucler pour le brancher avant de s'approcher de moi.

Non, je ne suis pas une adepte de la coiffure, du maquillage, oui, je suis vraiment nulle pour ce qui est de me coiffer.

– Je sais que tu l'adores, que c'est ton âme sœur, mais jamais je n'irai à un de ses concerts.

– Ce n'est pas mon âme sœur, m'écrié-je en souriant.

– Tu rigoles ? s'exclame Mathilde, vous avez le même caractère de merde, bien que tu sois calme la plupart du temps, et vous avez les mêmes goûts vestimentaires. Pour moi, vous êtes des âmes sœurs.

– N'importe quoi.

Ma meilleure amie me donne une tape sur la tête.

– Arrête de me contredire et laisse-toi faire.

Je lève les mains en l'air, mais pouffe devant son expression butée. Je ne comprends pas pourquoi elle veut que je me boucle les cheveux, alors que les boucles vont se défaire sous l'effet de l'humidité dégagée par la foule, mais soit, si cela lui fait plaisir.

Une fois que Mathilde en a enfin fini avec mes cheveux, je pars enfiler ma tenue, qui est simple et confortable. Un jean skinny noir, une chemise blanche légère au décolleté assez avantageux, mais je n'ai pas énormément de poitrine, alors cela ne me dérange pas. J'enfile des boots à plateforme de onze centimètres pour me grandir. Généralement, je ne porte pas de chaussures hautes pour aller à un concert, mais celles-ci sont hyper confortables dans toutes les situations. Je noue autour de ma taille une sacoche à la mode en ce moment, pas les vieilles bananes des années 1990, début 2000, pas de panique ! Puis j'entreprends de me maquiller, en accentuant mes yeux d'un trait de liner et ma bouche d'une couche de rouge à lèvres.

Quand j'arrive dans la pièce à vivre, Mathilde en fait carrément tomber la cuillère dans la casserole, éclaboussant le mur de sauce tomate.

Elle n'exagère pas un peu, là ?

– Bordel, t'es canon ! Tu es prête à partir à la chasse au grand et sexy Carson Parker !

– La ferme, répliqué-je en rigolant.

J'essuie le mur avec un torchon alors que ma meilleure amie continue de s'extasier sur ma tenue.

Elle enchaîne ensuite sur le concert qui sera forcément du n'importe quoi, selon elle. Pour ma part, je ne réalise toujours pas.

***

Alors que je m'apprête à ouvrir la porte d'entrée de notre immeuble, Peggy, la concierge âgée de 70 ans, me remarque. Je l'adore, elle est vraiment cool, même si elle me pose tous les jours la même question. Elle est encore plus petite que moi et, du haut de mon mètre cinquante-deux, ce n'était pas simple, mais elle a réussi. Comme toujours, elle est tirée à quatre épingles et très bien maquillée.

– Bonjour, ma petite Iris.

– Salut, Peggy. Tu vas bien ?

Cette vieille dame est tellement attachante qu'avec Mathilde on s'est mises à la tutoyer un mois après notre emménagement. Elle est seule depuis le décès de son mari il y a plusieurs années et le déménagement de son unique fille en Angleterre. Alors, même si elle peut être quelquefois exaspérante, je m'arrête toujours quand je la croise.

– Maintenant que je te vois, ça va bien.

Je lâche un petit rire embarrassé, les effusions de sentiments et les compliments ne sont pas vraiment mon truc. Elle ne me laisse pas répondre, son regard passe de pétillant à diabolique. Je sais ce qui va suivre.

– Toujours pas d'homme à me présenter ?

– La réponse est la même depuis un an, Peggy.

Comme une petite fille, elle croise les bras et tire une moue boudeuse.

– Tu comptes me laisser mourir sans me présenter un homme ?

– Tu as dix ans de moins physiquement et mentalement, ce n'est pas demain la veille que tu vas mourir, grand-mère.

– Ce n'est pas le tact qui t'étouffe, toi, gamine.

– Moi aussi, je t'aime !

J'éclate de rire puis je montre la porte d'un signe de la tête.

– Je dois y aller.

Ses sourcils se froncent puis elle détaille ma tenue.

– Tu détestes sortir le dimanche et encore moins t'habiller. Tu vas où ?

– À un concert.

– Sans Mathilde ? s'étonne Peggy.

– Oui, sans Mathilde, rétorqué-je en levant les yeux au ciel. Maintenant, je dois vraiment y aller !

Je la salue d'un signe de la main et m'éloigne en direction de la sortie de notre immeuble.

– Toujours aussi allergique aux embrassades, celle-là, marmonne ma grand-mère favorite.

J'éclate de nouveau de rire et secoue la tête. J'allais pour fermer la porte derrière moi quand, dans mon dos, quelqu'un me percute de plein fouet. Je pense que j'aurais pu atterrir par terre si la personne, l'homme d'après le bras qui s'est enroulé autour de mon ventre, ne m'avait pas retenue.

Waouh, stop ! J'ai déjà vu ces bagues quelque part !

Et les tatouages dépassant de la manche de la veste appartenant à cet individu me disent réellement quelque chose.

– *Damn*, jure-t-il en anglais, et mon cœur commence à s'emballer.

Les bagues, les tatouages, un juron, de l'anglais, un accent américain tranchant, ça fait beaucoup trop de similitudes pour être une coïncidence. J'ai maintenant peur de me retourner pour faire face à l'inconnu.

Mais c'est trop tard, car il m'aide déjà à me redresser et il me regarde. Cependant, je garde la tête baissée en retirant des poussières invisibles sur mon jean. La main de l'homme est maintenant posée sur ma hanche.

– Tu vas bien ? me demande-t-il dans un très bon français, légèrement teinté de son accent américain.

– Ça va.

Je me racle la gorge et décide d'enfin lever la tête pour le regarder.

Mon hypothèse est confirmée quand je découvre mon chanteur préféré à même pas cinquante centimètres, l'air réellement inquiet. Je me recule d'un pas. Il est en compagnie de son batteur. Je salue ce dernier d'un petit sourire, qu'il me rend. Il est plus petit que Carson, il doit faire un mètre soixante-quinze maximum, mais ses cheveux courts bruns, ses yeux sombres et ses tatouages, qui prennent toute la place sur son cou, le rendent plus intimidant. Paradoxalement, il a aussi un sourire avenant et communicatif qui donne envie de lui parler. Je savais qu'il était musclé grâce à la batterie, mais je ne pensais pas qu'il l'était autant. Je reporte ensuite mon attention sur Carson Parker. J'ai toujours su qu'il était mon type d'homme et j'ai toujours ressenti une sorte d'attirance pour lui. Mais maintenant qu'il est en face de moi, il est indéniable que je ne suis pas insensible à sa beauté brute. Il ne fait pas complètement l'unanimité chez la gent féminine : certaines ne valident pas son air bad boy et ses tatouages. Les autres, par contre, il les rend toutes dingues… Et moi, j'aime tout ce qui ne fait pas l'unanimité. De plus, ses yeux bleu océan qui me happent et ses tatouages colorés font tout son charme.

– Je suis sincèrement désolé, je ne regardais pas où j'allais.

Je secoue la tête et lâche un rire timide.

– Non, ne t'inquiète pas. Je suis plutôt minuscule par rapport à toi.

Un léger sourire étire ses lèvres jusqu'à maintenant pincées. Il me détaille de la tête aux pieds, et inversement, avec un regard curieux.

Et appréciateur ?

Après son inspection rapide qui m'a donné l'impression d'être passée aux rayons X, ses yeux s'ancrent de nouveau dans les miens.

– Je pense que je t'aurais quand même vue si j'avais fait attention.

– Je…

Soudain, des applaudissements nous font tourner la tête vers l'entrée de mon immeuble, où Peggy nous regarde bien trop curieusement. Je rougis et claque finalement la porte que j'avais oublié de fermer.

– Tu la connais ? me demande Carson.

– Oui, c'est ma concierge. Elle est décidée à me voir me caser avec un homme. Tu as alimenté ses espoirs, soufflé-je d'un air désespéré. Bon, je suppose que l'on va dans la même direction, du coup.

Carson et Drew se lancent des œillades et semblent communiquer entre eux par la pensée, puis tournent leurs yeux sur moi pour m'observer de nouveau. Carson ouvre la bouche puis la referme pour la rouvrir une seconde après.

– Tu vas au concert ?

Je souris grandement et hoche la tête.

– Mais je croyais que tu ne me connaissais pas ! s'exclame-t-il.

Je hausse les épaules et croise les bras. Je n'aurais peut-être pas dû, car j'ai fait remonter ma poitrine et il l'a très bien remarqué.

– Je ne suis pas une groupie, je n'allais pas crier, d'autant plus que je t'avais reconnu dès que tu m'as rattrapée, grâce à tes bagues.

– Pas une groupie, mais une grande fan si tu me reconnais seulement à mes bijoux, pas de famille, bien entendu, rétorque-t-il avec un sourire charmeur.

Drew lâche un rire gêné et frappe du poing Carson.

– Mec, arrête. Tu l'as déjà choquée en lui fonçant dessus.

Carson m'observe avant de répondre à son ami.

– Je crois qu'il en faut beaucoup pour la choquer.

– En effet, confirmé-je en souriant malicieusement. Mais autant j'ai bien aimé ce petit moment, autant je voudrais avoir une bonne place au concert, car vous l'avez remarqué : je suis petite.

Je les salue d'un signe de la main et m'écarte rapidement. Carson me rappelle, mais je ne réponds pas, décidée à m'éloigner le plus vite possible de lui avant de le regarder pendant deux heures ce soir.

Cependant, derrière moi, j'entends ses pas qui se rapprochent rapidement et je sens ses doigts s'enrouler autour de mon poignet pour me retenir.

– Attends !

Je me retourne et rigole quand je vois Drew, essoufflé, nous rattraper.

– Mec, c'est pas parce que t'as des jambes de la taille de la tour Eiffel que moi aussi.

Carson ne lui répond pas et me regarde intensément avant de finalement me demander :

– Tu veux venir en backstage ? T'aurais une bonne place pour le coup.

Je remarque facilement l'éclat d'espoir dans ses yeux, mais il faudrait être réellement con pour ne pas deviner ce qu'il attend. Et j'ai beau l'adorer, je ne suis pas sûre de pouvoir supporter son mode de vie, même pendant une nuit. Ça me demande un effort surhumain, mais je secoue la tête et retire mon poignet de sa main.

– Non, je préfère rester avec les fans.

Son visage se crispe, il me regarde même avec étonnement.

Eh oui, mon grand. Je sais résister.

– T'es sérieuse ?

– Totalement. (Je fais deux pas en arrière et lui lance une

moue contrite.) À ce soir… Toi sur scène, moi dans la foule.

Puis je m'éloigne aussi vite que possible. Je sais très bien qu'ils me suivent, mais Carson n'a pas essayé de me rattraper et c'est tant mieux. J'arrive très vite devant la salle de concert et, quand je me retourne, ils ne sont plus là. Ils ont sûrement dû prendre l'autre rue pour entrer directement par les coulisses.

Je suis plutôt étonnée : il n'y a pas tant de monde que ça, je pense que je pourrai facilement me faufiler au-devant de la scène. Bon, je n'ai plus qu'à attendre maintenant. Mon portable vibre, c'est Mathilde qui me demande des nouvelles :

[T'es bien arrivée ?]

[À l'instant, mais tu ne devineras
jamais ce qui s'est passé…]

[Il n'y a que cinq minutes
entre chez nous et la salle,
mais, bien entendu, il t'arrive
toujours un truc, à toi. Raconte.]

[J'ai rencontré Carson
devant chez nous…]

[QUOI ? OMG ! APPELLE.]

[Je ne peux pas raconter ça au téléphone,
en étant entourée de fans.
Tu veux qu'on m'étripe ou quoi ?]

[Ouais. Pas faux. Allez, raconte.]

[Si Péggy ne m'avait pas retenue
deux petites minutes, je ne l'aurais pas croisé.
Je fermais la porte de l'immeuble
quand il m'a foncé dessus.]

[Et ?]

[Et il a appris que j'allais au concert,
il ne croyait pas que j'étais une fan au début.]

[Tu m'étonnes. Il a dit quoi ?]

[Il m'a proposé l'accès
aux backstages…]

[Dis-moi que t'y es
et que tu l'as déjà vu à poil.]

[Mathilde !]

J'avoue, elle m'a quand même fait rire, si bien que les gens qui m'entourent me lancent des regards perplexes. Je leur souris et reporte mon attention sur notre discussion.

[Bah quoi ? Toi-même
tu connais sa réputation
en termes de sexe.]

[Ouais, et crois-moi je préfère
ne pas la vivre. Non, je suis dans la foule,
devant la salle de concert,
à attendre comme tout le monde.]

[Je n'y crois pas, où est passée
ma meilleure amie ? Celle qui ne recule
jamais devant un défi ?]

[Ce n'est pas pareil.]

Ce n'est pas pareil parce que je ne passe pas mon temps à fumer de la *weed*, à boire et à baiser.

Contrairement à un certain chanteur !

2

Carson

C'est impossible pour moi de lâcher du regard cette jeune femme qui s'éloigne après m'avoir complètement rembarré. Dire que je suis surpris est un euphémisme total, je suis complètement sur le cul. Ce n'est pas pour me vanter mais rares sont les meufs qui me disent non. J'ai l'attirail complet pour les rendre folles, je suis célèbre malgré moi, je suis grand, je suis recouvert de tatouages, j'ai cet air de bad boy, et il faut avouer que je les fais toutes monter aux rideaux. Drew, mon batteur, qui a assisté à toute la scène rigole encore, même si j'ai l'impression qu'il est tout aussi surpris que moi.

– Mec, je crois qu'on a trouvé LA fille capable de te tenir tête.

Je le crois aussi. Ça m'énerve autant que ça me rend curieux et m'excite. Maintenant, je suis encore plus impatient de performer ce soir. J'espère que je la trouverai dans la foule, et là, je le jure, je ferai tout mon possible pour la convaincre de passer la soirée avec moi. J'ai été attiré par son physique dès qu'elle s'est retournée dans mes bras, mais sa façon de rester calme devant moi et de me résister m'attire encore plus.

Pour être honnête, je ne pensais même pas qu'elle était fan au début. Elle a agi comme si j'étais une personne lambda et ça m'a carrément plu. Elle a un corps de folie, même si elle est petite – au moins quarante centimètres nous séparent. En talons, elle ne m'arrivait pas aux épaules, alors sans, elle doit s'arrêter seulement à ma poitrine.

Malgré tout, ce petit bout de femme doit avoir un sacré caractère et je suis persuadé qu'elle est le style de tout le monde grâce à l'aura qu'elle dégage. On se retourne inévitablement sur son passage, pas obligatoirement pour mater son corps, mais pour être témoin de sa force. De plus, son visage rond, sa bouche rouge pulpeuse qui sourit tout le temps et ses yeux noisette qui ont changé de couleur plusieurs fois en à peine quelques minutes de discussion m'ont achevé.

J'ai l'impression que Drew a lui aussi été charmé et, si elle l'avait regardé plus longtemps, je suis persuadé qu'il aurait tenté sa chance. Mais avec lui, elle est restée tout simplement cordiale et polie, alors qu'à moi, elle souriait malicieusement.

Nous sommes arrivés hier à Paris, c'est notre première date de la tournée européenne, et si le séjour se passait très bien jusqu'à maintenant, je l'aime encore plus après cette brève et fortuite rencontre. Bref, je veux cette femme dont je ne connais même pas le prénom. Mais je sais où elle vit, c'est déjà ça. Sur cette pensée, je repense à la grand-mère dont la fille m'a appris qu'elle était la concierge de son immeuble. Elle semblait très intéressée par la vie sentimentale de ce bout de femme… Je rigole tout seul et Drew hausse les sourcils dans ma direction.

– Je repense à la grand-mère de l'immeuble.

Drew s'esclaffe à son tour et secoue la tête.

– La brunette semblait vouloir disparaître quand elle a vu sa voisine applaudir. Elle est devenue rouge tomate ! Au fait, j'ai regardé les sonnettes de l'immeuble pour voir si je pouvais te trouver son prénom, mais il y en avait trop.

– Fait chier, juré-je en passant une main dans mes cheveux.

Nous suivons toujours l'inconnue qui marche à une dizaine de mètres de nous. Je pourrais la rattraper de nouveau, mais je pense que je n'en tirerai rien pour le moment. En plus, je dois me préparer pour le concert de ce soir. Alors qu'elle continue son chemin pour aller attendre avec les fans devant la salle, nous tournons à l'intersection de la rue pour passer par-derrière. Je lui ai proposé de venir en backstage pour lui faciliter les choses, mais apparemment elle aime quand c'est compliqué.

Pas de problème, je suis là pour ça.

Ou alors elle ne veut pas de toi.

Je verrai bien, si elle refuse de me rencontrer après le concert, je serai fixé. Mais putain, je ne veux pas croire qu'elle n'en ait pas envie et j'espère qu'elle acceptera !

Quand nous entrons dans les loges, nous retrouvons les musiciens de notre équipe, déjà en train de régler leurs instruments. Mason, mon compositeur, relève la tête en nous entendant entrer et nous questionne du regard.

– Enfin ! Je croyais que vous alliez seulement vous dégourdir les jambes.

– On a eu un petit contretemps, rétorque Drew.

Je le fusille du regard, mais devant l'air insistant de Mason, il continue.

– On a croisé la future femme de Carson. Pas le simple plan cul de ce soir, mais la mère de ses enfants, je vous le dis, moi !

Mes deux autres musiciens : Kevin, mon guitariste, et Aaron, mon bassiste, relèvent subitement la tête avec des gros yeux.

– Ta future femme ? répète Aaron.

– N'importe quoi ! On a juste croisé une fille.

Je frappe du poing l'épaule de Drew et m'adresse à ce fouteur de merde.

– Tu n'as même pas encore fumé de *weed* de la journée, et tu planes déjà.

– C'est toi qui planes depuis ta rencontre avec elle.

– Ça y est, tu vas me faire chier avec ça jusqu'au bout maintenant ?

– Vous vous bouffiez du regard tous les deux, alors oui.

Je lâche un profond soupir et lui fais un doigt d'honneur en riant. Je décide de m'éloigner pour aller prendre l'air : il faut que je me concentre un minimum. Mais je n'arrive pas encore à la porte que j'entends la question de Kevin.

– C'est une fan ?

– Ouais, répond Drew. Elle sera présente au concert ce soir.

– Ça s'annonce très drôle, commente Kevin.

– Ou pas, elle a refusé de venir en backstage quand Carson le lui a proposé.

Il y a un moment de silence, puis les mecs éclatent de rire alors que, de mon côté, je claque la porte et me retrouve seul.

Je crois que je serais capable de retourner à son immeuble pour sonner à tous les interphones jusqu'à trouver le sien. Ou alors je pourrais demander à la grand-mère.

La porte claque derrière moi ; je me retourne doucement et vois Mason s'asseoir à mes côtés sur le trottoir.

– Depuis quand une femme te fait cet effet ?

Je tire une latte sur le joint que j'ai roulé avant qu'il n'arrive.

– Je n'en sais rien, mec, elle est magnifique, et elle a un truc en plus. Elle m'a reconnu puisqu'elle est fan, mais elle m'a considéré comme quelqu'un de normal. Ça m'a plus que plu, je crois.

Je me tais et regarde au loin, je sens le regard de mon ami sur moi. Je l'ignore quelques instants avant de reporter mon attention sur lui.

– Je peux te dire quelque chose ?

– Bien sûr !

– Tu promets de ne pas te foutre de moi ?

Mason hausse un sourcil et secoue la tête.

– T'es mon meilleur ami, tu sais que je suis toujours là pour toi. Qu'est-ce qui se passe ?

– Tu sais ô combien j'adore baiser les filles qui viennent à nous seulement parce qu'on est connu… mais je crois que ça y est, ça me lasse. J'aimerais avoir quelqu'un, une fille avec qui je passerais de bons moments. Je rêve d'une personne qui me manquerait quand je partirais en tournée.

– Tu penses à cette fille ?

– Non, si, enfin, je ne sais pas. Bordel !

Les coudes sur les genoux, je fourre la tête dans mes mains.

– En cinq minutes, elle m'a retourné le cerveau, maugréé-je, abattu.

Mason pose une main sur mon épaule et la presse dans un signe réconfortant.

– Tu veux qu'on aille dans la foule devant la salle et qu'on la ramène par la peau des fesses ici ?

C'est tentant, pensé-je dans un premier temps, mais je change vite d'avis. Ce n'est pas en la forçant que j'obtiendrai quelque chose d'elle.

– Comment une fille comme elle pourrait-elle ne serait-ce que vouloir passer du temps avec moi ?

Mason me frappe fortement derrière la tête.

– Hé ! m'insurgé-je.

– Arrête, t'es un mec bien, Carson ! Si elle ne le voit pas, c'est son problème, mais elle ratera quelque chose.

Je lâche un rire nerveux puis me relève et change de sujet.

– C'est l'heure d'aller bosser !

***

Deux heures plus tard, les balances sont finies, nous quittons la scène, car les portes de la salle vont s'ouvrir d'une minute à l'autre.

– Mec, tu dois voir ça ! m'apostrophe Drew quand j'entre dans la loge.

Je saisis son téléphone et découvre une photo d'un putain de paparazzi. Ce que je les ai en horreur, ceux-là ! Et ce qui m'énerve le plus, c'est qu'il n'y a pas que Drew et moi sur la photo, non, il y a aussi la fille. Elle est de dos, fort heureusement, mais je doute qu'elle veuille se retrouver sur Internet et dans la presse people à son insu.

Je ne peux pas nier que, sur cette photo, je la bouffe des yeux pendant qu'elle parle, tandis que Drew m'observe avec un rictus moqueur. Bon Dieu, pour une femme aussi menue et légère qu'elle, elle a un sacré cul, qui me rend dur dans mon caleçon en une seconde.

Bordel, ce n'est pas le moment, sermonné-je ma bite mentalement.

– J'ai regardé, il n'y a pas d'autres photos, on ne la voit pas de face.

– C'est déjà ça, marmonné-je.

– Je comprends que ça doit être chiant pour elle d'être exposée comme ça en ligne, mais tu ne pourrais pas t'en servir pour retrouver sa trace ? demande mon ami.

– Comment ça ?

– Eh bien, si tu mets la photo en story sur Insta et que tu demandes aux fans de te dire où elle est dans la salle, tu pourrais…

Je regarde Drew avec des yeux grands ouverts et il recule les mains devant lui.

– J'ai dit quelque chose de mal ?

– Non, bordel. T'es un génie, mec !

– Merci, mais je le savais déjà.

Je rigole dans ma barbe et sors mon téléphone, ouvre Instagram et récupère ladite photo sur Internet. Je suis persuadé qu'elle me suit sur les réseaux sociaux, qu'elle aime et commente mes photos, et peut-être qu'elle m'a déjà envoyé des messages privés ou qu'elle m'a mentionné en story. Mais je ne sais toujours pas son prénom et, si ça se trouve, elle a même un pseudo. Ça serait compliqué et presque impossible de repérer son profil sans cette photo.

Bon, allez, Carson, concentre-toi, bordel, et trouve quoi dire aux fans.

J'importe la photo en story et reste comme un con devant mon téléphone, sans inspiration. Finalement, mes doigts commencent à écrire et je suis plutôt satisfait du résultat :

« Si vous reconnaissez cette fille et qu'elle est à côté de vous ce soir au concert, criez-le-moi. Elle a perdu quelque chose ce matin et j'aimerais le lui rendre. »

Plutôt pas mal.

Si je disais que je voulais la baiser, certaines filles auraient pété un plomb, tandis que là ça paraît totalement innocent et plutôt fair-play de ma part. Ouais, ça sonne juste. J'appuie sur Envoyer et découvre les têtes de mes amis, qui éclatent tous de rire et se foutent de ma gueule quelques secondes plus tard. J'avoue qu'il y a de quoi se moquer.

Mais je redeviens sérieux quand je reçois déjà plusieurs réponses, dont une qui attire mon regard. Le mec me répond qu'il l'a vue dans la file devant la salle, mais qu'il l'a perdue quand les portes se sont ouvertes.

Après je n'ai plus de réponses importantes, juste des remarques admiratives ou bien haineuses, rien de nouveau. Bref, je n'ai plus qu'à espérer qu'elle la voie aussi.

***

Une petite heure plus tard, alors que je viens de terminer de me préparer et que je m'apprête à rouler un joint avec les mecs, notre tradition avant de monter sur scène, j'inspecte de nouveau les réponses sur Instagram. Je passe au moins dix minutes à *scroller* quand mon regard est attiré par un message.

Il est d'une certaine Iris, qui me dit qu'elle n'a strictement rien perdu. Je clique sur la photo de son profil et, bordel de merde, c'est elle !

Je mémorise son pseudo, retourne au message, le like puis

reviens sur son profil. Je ne m'y abonne pas et ne like pas ses photos, car il y a des fans qui suivent de très près mon activité sur les réseaux sociaux. Je ne voudrais pas qu'ils se doutent de quelque chose.

Néanmoins, j'en apprends beaucoup sur elle : elle aime le maquillage, la mode, la lecture et la musique. Elle a un blog, une chaîne YouTube et elle est *community manager* free-lance. Elle est donc une femme très active à seulement 22 ans, car j'apprends aussi qu'elle ne les a que depuis deux semaines. Elle semble célibataire, et tant mieux. Cependant, je garde quand même un doute, car outre ses passions, elle ne parle pas de sa vie privée ni ne l'expose. Un énorme point pour elle.

Je décide de retourner dans notre discussion et, effectivement, j'avais raison, elle m'a déjà mentionné à plusieurs reprises dans ses stories. Je réponds rapidement :

Moi_T'es placée où ?

Iris_ Dans la salle.

Moi_ Tu vas te faire désirer encore longtemps ?

Iris_ Je sais que tu n'aimes pas ça, alors je mets toutes les chances de mon côté pour que tu te lasses.

Moi_ Fuck, tu te trompes complètement.

Elle vient vraiment de m'envoyer un emoji doigt d'honneur ? OK, tu veux jouer à ça, ma petite Iris ? On va jouer.

Moi_ Si je croise ne serait-ce que ton regard dans la salle, tu es dans la merde, ma belle.

Iris_ À dans quelques minutes.

Elle ne m'a pas rembarré et me défie presque, là, ou je rêve ?

Juste avant que je ne ferme l'appli, un nouveau message arrive :

ArtHur_5_ Elle est deux rangs devant moi au premier rang et face à ton micro, mec.

Je souris en lisant le message, d'un fan encore une fois. Décidément, les filles ne sont pas coopératives ce soir. Je me demande pourquoi, tiens.

Je suis quelqu'un d'impulsif et, quand je reçois ce message, je ne peux m'empêcher de me lever d'un bond et de frapper des poings en l'air en signe de victoire. C'est seulement quand je me calme que je remarque les regards ahuris des gars posés sur moi. Je hausse les épaules et me rassieds sur mon siège comme s'il ne s'était rien passé.

– Vous ne pouvez pas comprendre.

– C'est la fille ? demande Aaron.

– Iris, oui.

Un grand sourire étire mes lèvres à la perspective de ma fin de soirée, que je n'imagine pas autrement qu'avec elle ; ça promet d'être épique, démentiel et électrique. Comment je le sais ? Iris a l'air d'être une femme farouche, brûlante et qui ne se met pas à genoux devant les mecs. Ça me change et, bordel, ça me rend fou.

– T'as son prénom ? s'étonne Drew. Mais je croyais que tu ne le connaissais pas !

Je secoue mon téléphone.

– Je ne le connaissais pas. Mais on vient de parler sur Insta, ton idée de la photo a bien marché.

– Tu sais où elle est dans la salle, alors ?

– Yep ! Premier rang, devant le micro. C'est un mec qui m'a filé l'info.

Mon pote se frotte les mains en signe d'excitation et ses yeux commencent à briller.

– Bon, les mecs, on aura plus de filles pour nous ce soir.

Je glousse et le frappe derrière la tête. Mais je ne peux qu'acquiescer, je leur laisse toutes les meufs qu'ils veulent ce soir, car j'aurai la mienne.

En parlant de filles, la porte de notre loge s'ouvre sur notre manager, Alya, la femme de Mason, qui est accompagnée, comme d'habitude, de groupies.

Alya tire une tête de déterrée comme chaque fois ; elle préférerait que l'on trouve une femme avec qui se mettre en couple, mais ce n'est pas demain la veille que cela va arriver pour la majorité du groupe. Elle est aussi jalouse parce que son mec passe ses soirées avec nous, même s'il est plus que fidèle : il ne regarde même pas les filles et profite juste du bon temps avec ses potes.

C'est souvent un sujet de discorde entre eux alors qu'ils s'aiment plus que tout depuis des années. Parfois, j'envie leur relation, à d'autres moments, non. Certes, je suppose que ça peut être bien d'avoir une femme à ses côtés, aucun problème pour baiser tous les jours, mais la jalousie d'Alya m'horripile chaque fois et me refroidit. Je ne sais pas si je serais capable de gérer ça.

Alors que je suis dans mes pensées, en observant Alya et Mason roucouler, je ne vois pas une brune avancer vers moi.

Je suis sûr qu'elle serait jolie si elle était mieux habillée, c'est-à-dire avec des vêtements à sa taille et non pas deux tailles en dessous, qui la boudinent plus qu'autre chose, et si elle était mieux maquillée. Je ne dis pas « moins maquillée », car j'aime les femmes maquillées, que ça soit léger ou plus prononcé. Mais il faut que ça soit bien fait et que ça ne transforme pas la fille en quelqu'un d'autre. Ce qui, pour le coup, n'est pas le cas pour celle-ci. Elle se dandine vers moi et s'assied sur mes genoux.

La seule chose que je suis capable de faire, c'est d'imaginer une demoiselle plus petite à sa place, avec de plus petites mains qui prendraient plus de temps à parcourir mon corps. J'imagine une femme mieux habillée, mieux maquillée, plus lumineuse, avec des yeux qui pétillent de malice. Et bordel, j'ai une trique d'enfer. Je repousse la fille qui me lance un regard interrogateur. Elle doit sans doute penser que c'est pour elle que je bande, mais clairement pas. Alors, tel le connard que je suis, je lui fais remarquer.

– Je pensais à quelqu'un d'autre, tu peux partir.

– Connard, lâche-t-elle avant de courir pour sortir de la loge, non sans claquer la porte derrière elle.

Les mecs et les autres filles me regardent.

– Quoi ? Je n'ai jamais prétendu être gentil.

Sur ce, ma trique disparue, je me rassieds et commence à me rouler un joint. On va bientôt monter sur scène. Ce soir, je ne veux pas avoir de l'alcool dans le sang, mais j'ai quand même besoin de mon joint rituel. La loge se trouve à proximité de la scène et la porte est ouverte : on peut entendre le rugissement du public, les rires et les pas qui courent.

Je me figure Iris, accoudée à la barrière devant mon micro. Je sais qu'elle sera là, car c'est impossible qu'elle puisse bouger maintenant à cause de la foule qui doit l'entourer. Elle doit trépigner d'impatience. Je visualise la scène quand j'enlèverai mon tee-shirt devant elle tout à l'heure. D'habitude, ce sont des choses que je fais, mais sans réelle envie en amont, c'est dans le feu de l'action et ça déchaîne les foules. Je n'ai jamais eu aucun problème avec ça.

Pourtant, cette fois, j'ai l'impression que ça signifie autre chose, je ne sais pas encore quoi. J'ai la conviction que ce soir je vais réaliser ma routine, en en ressentant cent fois plus le besoin. J'en ai envie et, bordel, je suis encore plus impatient de monter sur scène.

Généralement, si j'embrasse des filles du public, elles sont tellement heureuses d'avoir été choisies qu'elles ne pensent même pas à me rendre le baiser. Je vise toujours des filles qui veulent être embrassées et qui ne se gênent absolument pas pour me le demander en hurlant tout ce qu'elles peuvent. Après tout, je suis là pour satisfaire mes fans.

Je me demande si Iris acceptera et réagira. Elle est farouche, alors pourquoi pas ? La tête renversée en arrière contre le fauteuil, je souffle la fumée du joint dans un élan libérateur en imaginant sa bouche pulpeuse sur la mienne et sa langue contre la mienne. Heureusement que les mecs sont occupés, car ils se foutraient de ma gueule en voyant mon état.

La porte s'ouvre de nouveau sur Alya, son regard fait le tour de la loge avant de se poser sur moi. Je sais très bien ce qu'elle va me demander dans une seconde.

– Prêt ?

Je me relève d'un bond, détends mon pantalon moulant, enfile mes boots et ma veste de concert. Je termine mon joint, et un technicien vient m'accrocher le boîtier du micro contre ma ceinture dans mon dos. Il fait la même chose avec les mecs, nous frappons les mains de chacun et sortons de la loge.

Public de Paris, j'arrive. Iris… j'arrive !

addictives

Romans déjà parus

Rose Becker
Le Bébé, mon milliardaire et moi (aussi en poche)
Torride, sexy & dangereux
Forever You – saisons 1 et 2
Dangerous

Phoebe Campbell
Lui résister… ou pas – l'intégrale
You Again
Single Daddy. Try Me if You Can

Mia Carre
Bad for You
Teach Me Everything
Charmant connard !

Mélodie Chavin
Campus Rules
Fucking Wedding

Sonia Eska
Ne me tente pas

Emma Green
Toi + Moi : L'un contre l'autre (aussi en poche)
Toi + Moi : Envers et contre tout (aussi en poche)
Toi + Moi : Seuls contre tous (aussi en poche)
Call Me Baby – volumes 1 et 2
Call Me Bitch
Love Me if You Can
Kiss Me if You Can
Bliss. Le faux journal d'une vraie romantique – volumes 1 et 2
Jeux interdits
Jeux insolents
Jeux imprudents
Une toute dernière fois
Fallait pas me chercher ! – volumes 1 et 2

Corps impatients (aussi en poche)
Cœurs insoumis (aussi en poche)
Âmes indociles (aussi en poche)
Cent facettes de Mr Diamonds – l'intégrale
Bliss. Le faux journal d'une vraie romantique – l'intégrale
(Im)parfait
Love Me if You Can – l'intégrale
Kiss Me if You Can – l'intégrale
It's Raining Love!
The Boy Next Room
Call Me Baby – l'intégrale
Call Me Bitch – l'intégrale
PS: Oublie-moi!
Fallait pas me chercher! – l'intégrale
Recherche coloc: emmerdeurs, râleurs, lovers… s'abstenir!
10 bonnes raisons de te détester!
Just 17
Love & Lies on Campus
Bien plus forte que toi!
If You Wanna Be My Lover...

Megan Harold
Breaking the Rules
Initiation with My Boss

Ludivine Hart
Arrogant & Tattooed

Amy Hopper
Gone Boy
Le Coloc

Julie Huleux
Alpha Player

Charlie Lazlo
Mon insupportable boss

Sienna Lloyd
Mords-moi!

Caroline Mongas
Mariage forcé. Un contrat indécent

June Moore
Étreinte – volumes 1 à 3

Zoé Murat
Stepbrother Love
Boss Me Around

Clara Oz
Arrogant

Gaëlle Sage
Kiss, Kill & Ride
Lost Rider

Ana Scott
Dark Ride
Last Ride
Vicious Ride
The Dominant
Evil Ride
Sensual Stepbrother
Un enfoiré mais un coup d'enfer !

Camilla Simon
Le voisin parfait est un enfoiré
Initiation with My Enemy
Le mec parfait est un inconnu… ou presque !

Ève Souliac
Sexy Mistake

Liv Stone
Love Lessons

Lisa Swann
Adore-moi ! – l'intégrale

Louise Valmont
Toi & moi, c'est compliqué !
Campus Initiation
Mon insupportable voisin !

Chloe Wilkox
Extreme Lover – l'intégrale
Immoral
Dominant Boss. Apprends-moi
The Virgin's Price

Luv

Romans déjà parus

Ana K. Anderson
Indompté
Scottish Bastard

Sophie Auger
Be with Me

Sonia Birdy
L'Initiation
Touchdown. Campus Star

Laura Black
Dark Initiation
Games of Desire
H.A.R.D. Hot, Arrogant, Rebelle, Déterminé
Sulfurous Bad Boy

Margot D. Bortoli
Too Young

Juliette Brunel
Delicious

Anne Cantore
Promets-moi. Louise et Marco

Sarina Cassint
Avec toi… peut-être
Insolent Boss

Mary Ann Davis
Coach Me Love

Gwen Delmas
Noël, toi & moi
Sex Friends. Pas de contraintes, que du plaisir!

Sarah Dheilm
Hot Reward

Eugénie Dielens
Imprévisible Boss

Cléa Dorian & Ninon Vars
Dark Love

Laurie Eschard
Love Naked

Lil Evans
Savage Rider
Crash & Burn
Boss Affair

Lou Garance
Can You Keep a Secret?
Foutu coloc!

Alexandra Gonzalez
Shades of You

Erin Graham
Teach Me Love
The Boss
Secret Stepbrother
Strong Addiction
Coloc avec mon boss

Joh Harper
Crazy Love
Broken but Alive

Marie Hayle
Under Control
Lover Next Door

Ellie Jade
About Last Night

Emma S. James
Under the Rain

Lucie F. June
Fight with Darkness

Sara June
Rider in the Dark
Sexy Wild Rider

Emily Jurius
Love to Hate You

Allie Krown
High School Challenge

Marion Laurent
Mr Alpha

Pauline Libersart
Tiger. Entre ses griffes

Nina Loren
Breaking the Ice
Teach Me Again. Impossible Desire

Ella Lores
Mariée par accident à un connard arrogant rencontré la veille…
My Best Enemy

Jessica Lumbroso
Emma X. Secrète et insoumise

Lili Malone
Coloc avec un inconnu

Mila Marelli
Dark Man in Love
Crazy Wedding

Mag Maury
My Hipster Christmas

Alix Parks
Never Kiss the Boss

Jeanne Pears
Insupportable coloc
Colocs & Sex Friends
H.O.T. Hypnotique, Obstiné, Ténébreux
The Most Insolent Man

Alexia Perkins
Arrogant Fake Lover

Sophie S. Pierucci
L'Inconnu de l'ascenseur & Moi (aussi en poche)
My Stepbrother. L'initiation

Silvia Reed
Darkest. La dernière heure
Too Close

Anita Rigins
No Rules
My Rules

Avril Rose
Coffee, Sex & Law

Jana Rouze
Effet de vague – saisons 1, 2 et 3

Wendy Roy
Une seule fois (ou presque)

Ana Scott
À corps brisés

Léana Soal
Fight & Hope

Cara Solak
Perfect Obsession

Izia Soley
Fauve

Liv Stone
Initie-moi. Mes jours contre tes nuits

Lena K. Summers
Perfect Bad Boy
Donovan, roi des connards

Kaly Swann
Austin. Breathe with Me

Lily Tortay
Dance for Me

Flore Valier
Ta peau contre la mienne

Anna Wendell
Arrogant Bad Boy
Apprends-moi le désir
Colosse. Le maître du jeu

Mina Zadig
Just Sex & Tattoos
Arrogant Highlander

addictives

Romans déjà parus

Sonia Birdy
California High School

Sianna Milano
High School Initiation

Isla A. Rowley
Toxic Games

addictives
POCHE

Romans déjà parus

Rose Becker
Le Bébé, mon milliardaire et moi (aussi en grand format)

Marjorie Burbaud
The Campus Teacher

Phoebe Campbell
Tes ordres sont mes désirs

Olivia Dean
À lui, corps et âme – volumes 1 et 2

Lou Everly
Bad Boy Crush

Erin Graham
Nos amours contraires

Emma Green
Seuls contre tous (aussi en grand format sous le titre *Toi + Moi : Seuls contre tous)*
L'un contre l'autre (aussi en grand format sous le titre *Toi + Moi : L'un contre l'autre)*
Envers et contre tout (aussi en grand format sous le titre *Toi + Moi : Envers et contre tout)*

Corps impatients (aussi en grand format)
Coeurs insoumis (aussi en grand format)
Âmes indociles (aussi en grand format)

Megan Harold
Sublime-moi !

Charlie Lazlo
Kiss Me I'm Famous

Jeanne Pears
Jamais avec mon coloc !

Sophie S. Pierucci
L'Inconnu de l'ascenseur & Moi (aussi en grand format)
Deep & Dark

Lise Robin
Forbidden Stepbrother

Alexane Tolley
The Boss Rules

Chloe Wilkox
Your Game, My Rules

Auteure : Sarah Dheilm

Edisource – Éditions Addictives
100, rue Petit, 75019 Paris
Imprimé par FINIDR – Lipova cp. 1965 – 73701 Cesky Tesin,
République tchèque
Dépôt légal : mars 2022 – Achevé d'imprimer : février 2022
ISBN : 978-2-37126-483-0
Réf. contrat : ZGEL_001